参商

上

梦溪石 著

知音动漫图书·时代坊
ZHIYIN COMIC BOOK 打造优秀作品·引领流行阅读

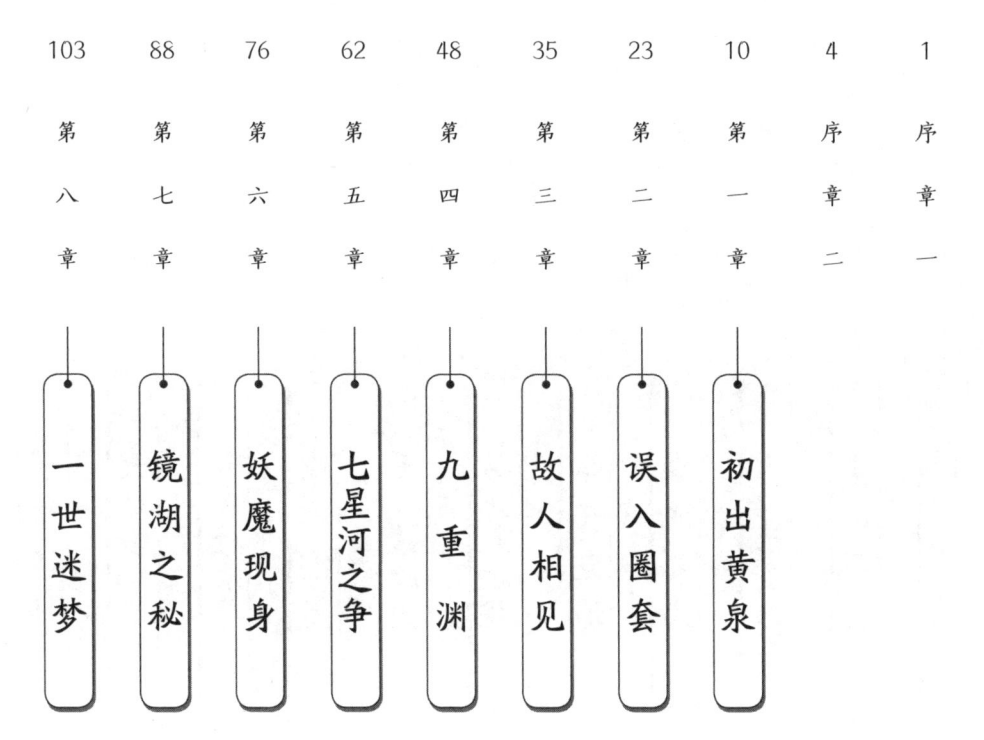

目录

页码	章节	标题
1	序章一	
4	序章二	
10	第一章	初出黄泉
23	第二章	误入圈套
35	第三章	故人相见
48	第四章	九重渊
62	第五章	七星河之争
76	第六章	妖魔现身
88	第七章	镜湖之秘
103	第八章	一世迷梦

116	第九章 弱水情劫
129	第十章 天垂城
139	第十一章 云顶楼决斗
148	第十二章 虚无彼岸
159	第十三章 玉汝镇谜案
169	第十四章 活死人之祸
180	第十五章 暗夜鬼城
193	第十六章 混沌之海
210	第十七章 天垂城变故
222	第十八章 冰山渐显
232	番外 因果

序章一

万神山。

飞沙走石，遮天蔽日。巨大气旋从深不见底的天坑往外蔓延，如同血盆大口，张嘴便要将万物吞噬。

所有人不得不以灵力或神兵稳住身形，修为稍弱者立时被狂风刮走，在号叫声中不知去向，幸存者则竭力想要看清混沌中的景象。

饶是浑天蒙地的气旋砂石也掩盖不住黑色雾气像喷泉一般从巨坑冒出，又涌向外头。但这些嚣张跋扈的黑雾，如困笼猛兽，只能在有限范围内反复扑腾。

不远处由点而线，连成一个荧荧红光的圈，恰好将黑雾拢在里面，不让其越雷池半步。

比起黑雾，红光微弱，时明时暗，却始终不灭。

六个人，分立红圈六处，或双手结印，或手持兵器，周身形成一片澎湃白光，与黑雾相持不下。此六人俱是当世顶尖高手，宗师中的宗师，世人可望而不可即的巅峰。任何一人都具备了羽化成仙、白日飞升的修为。然而现在，他们其中有人眉头紧锁，有人额头沁汗。悬空在每个人身前的烛火，也都摇曳不定，明明灭灭。

红圈外围，帮忙筑阵的人同样紧张。

"这六合烛天阵不会出问题吧，我怎么看东南角的光有点弱？"

"应该不会，那是昆仑剑宗宗主任海山，如果连他都顶不住，我们这些人更不济事！"

"希望他们能将深渊彻底封住，否则后果不堪设想……"

这是关系天下苍生的一场战役。深渊结界一旦彻底破碎，所有妖魔将突破封印倾巢而出，人间从此万劫不复。

只有六合烛天阵能阻止这一切的发生。前提是，一个人都不能出错。

轰隆！

轰隆隆！

地面震颤，山石崩塌。

"怎么回事？"

"任宗主！任海山那边！"

在外围苦苦支撑的人眼尖地瞥见任海山周身的光芒忽而暴涨，又瞬间黯淡。下一刻，他的身形就被流风似的黑雾吞没，快得让人来不及做出任何反应。失去了一角的六合烛天阵瞬间摇摇欲坠，行将崩塌。

"不好！独孤家主那边也支撑不住了！"

"掌门，戚真人的阵角崩塌了！"

六个角的灯一盏接一盏灭掉，红光也逐渐黯淡下去。

最后只剩下一盏灯！

烛火大盛！

红光骤起！

"是九方尊主的灯！"

"他能撑住吗？！"

"快，我们上去帮忙！"

"把六个角都稳住！"

"来不及了……啊！"

咆哮声瞬间被狂风吹散！黑雾陡然爆开，四散开来，犹如无数只触手迅速延伸至地面，没了禁锢的妖魔们争先恐后往外窜逃。

日月无光，天地失色！

黑雾之中，那硕果仅存、寄予无数人希望的烛火颤颤巍巍。这唯一的坚守，注定历尽艰难困苦，熬尽心血精神。

那是世间最长的一刻钟。

没有人知道，那个唯一的持阵人在顶着本该由六人驻守的阵法时承受着何等压力。

没有人知道，他此刻是否还保持着清醒的神志。

九方，这个素来被认为修为绝顶的天下第一宗师，固然平日里正邪不定，被儒释道甚至魔门的人多番诟病，几番风波起伏皆与之有关。但此刻，没有人不希望他活着，甚至活得好好的。

六合烛天阵，只剩下这一盏——

烛火！

倏然熄灭！

铺天盖地，黑暗吞噬了一切。

所有生灵，未闻声息。尸山骸骨，顷刻不存。

万神山一战，以人间惨败结束。

深渊之门自此洞开，妖魔尽出，广布人间，万神山亦因此成为两界通道。

世人谓之九重渊。

序章二

五十年后。

张暮，这个名字以及他本人的资质就像他的门派一样普通。他十岁入道门，至今二十余载，说好听点是按部就班脚踏实地，说难听点就是一无所成。

本门武学修行遵循道法，以长枪和双刃为兵器，张暮在入门时选了长枪，但他的枪法止步于第五重，连第六重都上不去。而门中天分高的弟子已经突破了第八重，以气合枪，所向披靡。

张暮知道自己的短处，但他无力改变现状。天赋与生俱来，对于修道者来说，天分不高是最大的绝望。如果安于现状，过个两三年成亲生子，他可以在门派山脚下买几亩田地，耕读传家，若是儿女有天分，还能近水楼台，送他们入本门拜师。但张暮内心深处隐隐有些不甘心，如果天赋异禀，谁愿泯然众人，埋没此生？思来想去，左右纠结，两三年过去了。当他的大师兄突破第九重枪法时，张暮终于决定放手一搏。

他启程离开门派，以历练为名辞别师长，前往黄泉。

生死两界皆茫茫，阴都夜台度怨灵。

黄泉不是死亡归宿，但比死亡更令人恐惧。传说此处阴阳混沌，亡魂渺渺，无白昼黑夜之分，误入此地之人只有两个结局，要么一去不归，要么在生死之间突破心障，更上一层楼。但后者寥寥无几，几百年也未见得能出一个，前者却层出不穷。有误闯其中的修行者和普通人，也有像张暮这样破釜沉舟的。其中大部分人，没能再从黄泉离开。

在最西南的地方，有一条灰河。河水泛灰，不知有何物在其中，河面终年雾气不散，越溯流而上，迷雾越浓，最终令人迷失方向，不知所终。

传闻中，河流的源头就是黄泉。

张暮正是抱着置之死地而后生的决心，沿着这条河流进入了迷雾世界。

古怪迷雾如同结界，隔绝阳光，也隔绝一切生机。他在遇到第一道危险时就后悔了。所幸，求生本能令他在关键时刻突破了第六重枪法，最终捡回一条命。出是出不去了，他只能继续往前走。不知道在混沌世界中转悠了多久，从起初细心留意路线和危险，到后来一次次死里逃生，张暮唯独凭着一股求生的欲望苦苦支撑。

此刻他跟同伴们躲到这块巨石后面，祈求片刻安宁。同伴是他在黄泉里结识的，几人来自不同的小门派，同样是进来历练的。中途有人死了，又有新的人加入，如今拢共七八个人。半个时辰前，他们被无数妖魔恶灵追赶，它们或觊觎人类的躯壳，想趁机夺舍，或许久未尝到人的甘美滋味，希望一饱口福，张暮等人费尽全力也只能将它们稍稍驱离。

"怎么办！那些东西很快又会追上来的，我不想死在这里啊！"一名女弟子带着哭腔，在张暮耳边小声啜泣。他们这几个人天分都不高，亦非师门长辈属意的弟子，虽然抱着必死之心进来一搏，但终归还是想活下来的。

女弟子姿色不差，同行有倾慕者立时出声安慰，还有几人小声商量对策。人群之中，只有一个人是永远沉默的。张暮不由得多看了对方几眼。此人披头散发，衣衫褴褛，伤痕累累，看不出年纪，看不清容貌。其他人都不大愿意和他坐在一起，离他最近的反而是张暮。

张暮也不知道对方的名字，只知道他们有一次在密林幻境中迷失方向，差点全军覆灭，是这人把他们带出险境。但此人神志时而清醒，时而混沌，名字、来历一问三不知，说话有时候还会自相矛盾，除了对这里地形熟悉，似乎也没什么身手可言。

久而久之，旁人都不愿意与他相处，背地里都喊他"哑巴"。唯独张暮帮他疗伤，偶尔还能与他说上一两句话。

"道友，你知道这里还有别的退路吗？"张暮问道。蓬头垢面之下，他连对方是男是女都不知，只能以道友称呼。

哑巴手里抓着刻刀和木雕，低着头全神贯注地刻着，压根就没听见张暮的话。张暮等了片刻不见回应，无奈收回目光，另想法子。

逃，是逃不成了，他们一行人早已力竭。

战，只怕刚拒猛虎，又引新狼，最后所有人都成为恶鬼的盘中餐。

躲，此处四面透风，无处藏身，能躲哪儿去？

黄泉中的沙漠戈壁，看似与外头没有不同，实则那吹进洞窟里的风阴冷入骨，

犹如寒冰化为利刃，一刀刀在身上凌迟，四周鬼哭狼嚎远比阳间可怖百倍，便是连他身边见过世面的同伴，都咬紧牙关强忍恐惧。

寒风送来恶灵的讯息。它们循着人类的气味悄然接近，与他们的距离正在一点点缩减。

"那些恶鬼会不会是他引来的？"不知谁突然说了一句。

张暮抬头，见所有人的目光都落在他旁边的人身上，不由得愕然。

"我方才就想说了，我们在黄泉里走了这么久，也没见过这么凶猛的灵煞，就是把他带上之后，怪事才开始发生的！"

"照我看，那些东西未必是冲着我们来的，他走了说不定我们反而平安了！"

众人你一言我一语，已经将哑巴的归宿安排好了。之所以没有一个人最后下定论，是因为他们在等张暮做出决定。

张暮是他们之中身手最好、修为最高的人。没有张暮发话，他们尚有一丝顾忌。

哑巴恍若未闻，兀自低头刻着他的小木雕，一刀一刀，划在木头上。

像是在雕一只鸟。脑海里的念头一晃而过，张暮没细想。

这人跟他们萍水相逢，虽说对他们有救命之恩，但带他走了这么久，也算报恩了。更何况黄泉里朝生暮死见怪不怪，一路走来也早就习惯了。把哑巴扔出去当作诱饵，也许能让他们彻底脱身。就算不能，也能为他们争取更多时间逃跑。反正非亲非故，于他们而言也没有损失。

但——毕竟是一条人命。

呼啸声带来的腥气越来越重，所有人经历过与恶灵的缠斗，脸上不由得流露出恐惧的神情。他们不得不一步步往后撤退。

张暮不自觉咽下口水，手心开始沁出汗，长枪被握住的地方都变得湿滑。他看向哑巴——

"道友你——"

哑巴忽然抬起头："我想跟你们一起走。"

他居然开口说话了。

张暮欲言又止，但时间容不得他多说两句，他拽起人就走，为众人断后。但危险来得是如此之迅猛！

腥气挟着阴冷的风席卷而来。恶灵邪魅蒙混其中，在灰雾黄沙里张牙舞爪，在晨曦将明未明的天色中显露出狰狞身形，若隐若现，越发增添几分恐怖。偏生昏暗微光之中，迷雾让人无法看清，所有人只能凭借对腥气的辨识往反方向逃。

忽然间，迷雾中一团旋风陡然增大，形似枯爪的指掌从中伸出，抓向张暮的后领！

张暮似有所觉，蓦地回身出枪！长枪层层旋转递进，蓝光骤然闪现，点点凝聚成团，又在半空须臾绽放。蓝色莲花温柔美丽，蛊惑人心，若因此沉迷于它的美丽，就会在不知不觉中为其绞杀！

　　这是张暮新近悟出的枪法第七重，他曾凭借这一手在黄泉里打败过不少强敌。但他似乎忘了，对面的不是生灵，不会为表象所迷惑。蓝色莲花形成的屏障轻而易举被突破，凶猛鬼魅扑杀过来，血盆大口，腥气四溢。

　　张暮亲眼见过同伴被这种鬼魅吞噬，黑气过后，皮肉无存，唯有一堆骸骨七零八落，着实令人头皮发麻。而此刻他也即将成为黄泉中无数尸骸之一，也许若干年后，冤魂不散，他无法升天，无法入地，只能在黄泉里日复一日，成为同样吞噬旅人的恶灵鬼魅。

　　不！他不想死！他好不容易来到这里，为的就是付出能有回报，哪怕千辛万苦，最终也能逃出生天，出人头地！

　　他不能栽在这里，功亏一篑！张暮不自觉地睁大眼睛，本能做出身体最诚实的反应。

　　那一瞬间，所有迟疑和不忍都化为私心。他攥住哑巴的手腕猛地一紧，旋即用力将人转了个方向，自己则往后跃去，恰好借力飞起，落在几丈开外。

　　别怪我，我也是为了活命！愧疚在内心一闪而逝，张暮咬咬牙，准备抽身撤退。因为根据他的经验，当这些邪灵在吞噬一个肉体时，会暂时沉迷于这副躯壳的美好，无暇顾及其他，他们可趁机脱身。

　　然而，所有人奔出没多远，就听见身后一声巨响，回头却见火光冲天，迷雾尽散。

　　火焰之中，几团黑色人形翻滚哀号，可张暮知道，那绝不是哑巴！

　　那些扭曲变异、古怪高大的人形黑雾，全都是之前紧追不舍的邪灵鬼魅。现在这些鬼魅邪物竟然被一把火烧了个精光？！

　　不，这不是普通的火！

　　张暮和他身后的同伴目瞪口呆，看着烈火中金光灿烂的凤鸟腾空而起，昂首挺胸，低头吐火，将所有鬼魅淹没在火海里，而后急剧发亮，在众人眼睛被刺痛的同时，骤然炸开璀璨光芒。烈火凤凰卷着漫天火焰熊熊燃烧，火势迅速蔓延，不仅扑向躲闪不及的张暮，连带张暮身后的所有人也通通被卷入其中。

　　有人眼明手快想要御剑逃离，长剑刚起就被烧成灰烬，奇异的是，身体在烈火中却感觉不到疼痛，唯独四肢难控，神志逐渐模糊，最终陷入沉沉黑暗。

　　张暮失去意识之前，隐约看见一人从烈焰中缓步走来。凤鸟盘踞其后，双翼流光溢彩，炫目难描。

　　这一幕，烙在所有人的灵魂里。

直到贺惜云从漫长的昏迷中醒来,产生自己已经死去的幻觉时,还牢牢记得那个从火里缓步走出的身影,如王者归来,天神降临。烈焰所到之处,一切魑魅魍魉,应声摧毁,齑粉不存。

还没死?贺惜云随手抓起手中冰冷的黄沙,任流沙从指缝滑走,抬头望向满天星斗,最后目光落在不远处盘坐的陌生人身上,面上难掩疑惑。她记得昏迷之前的最后一刻,自己跟同伴退无可退,恶灵鬼魅成群袭来,张暮为他们殿后,然后——就失去意识了。

这里不像黄泉诡谲莫测,更像是外面的凡间世界。天可怜见,已经多久没有感受到来自人间的气息了。

"请问道友尊姓大名,此处又是何处?"

星光之下,她细看对方,只觉陌生又熟悉。

"我叫长明。"那人吐字很慢,仿佛许久没说过话,"这里,我也不知道。"

熟悉的嗓音和说话方式,立刻让贺惜云记起:"你是那个哑巴?!"

一不小心,她竟把背地里给他取的外号说出口了。原来哑巴叫长明。

长明说,那些恶鬼,既是终结,也是起点。他们如果被恶鬼吞噬,尸骨不存,残魂在黄泉徘徊不去,终将变成那样的结局。但他们得救了。那些恶灵被焚烧殆尽,连同滔天烈焰,突破黄泉结界,为所有人挣得一条生路。九死一生,他们居然得到了那一线生机。

贺惜云跟长明二人得以逃脱,并落在凡间世界的荒漠边缘。而其他同伴,也许和他们一样错落分布各地,侥幸逃生;也许错过结界爆发的穿越时刻,依旧滞留原地,只能在荒芜世界里寻找下一次机会。

贺惜云听得呆了:"好像,有只凤鸟救了我们……"

长明拿出一具焦黑木雕,依稀还能辨认出它原来的模样。

贺惜云很吃惊:"道友竟会御物化神之术?!"

长明没说话,将烧焦的木雕凤鸟随意丢在一边。

贺惜云这才分出心神仔细打量他。对方换了一身素色衣裳,头发绾到脑后松松系着。脸洗干净了,不再蓬头垢面,竟是出人意料的清隽明秀,唯独眉头紧锁,似有陈年旧事一重重压到心上,让贺惜云的心也跟着沉甸甸的。可那双眼却与眉头截然相反,悠远清阔,敞亮淡漠,仿佛能装下世间所有事。

贺惜云看了一眼,忍不住再看一眼。

"长明道兄的名字,可是常怀光明之常明?"

"是长夜辉明的长明。"

"长夜若无星月灯火,又何处得长明?"

"此心长明。"

一问一答，言简意赅。

贺惜云好像明白什么，却又转念即逝，什么都捕捉不到。反倒是长明慢慢在找回说话的能力，询问起一些问题。贺惜云发现对方好像在黄泉里待了很久，久到对外面的世事变化失去了感知。她想起之前他们一群人为了保命，将长明推出去，不由得忐忑。

"对不起，那时我们……"各种借口到了嘴边却说不出来，贺惜云双颊烧得慌。痛定思痛，她起身给对方磕了三个响头。

"道友两次救命之恩，我却恩将仇报，实在羞愧难当！"

长明淡淡瞥她一眼，问的问题风马牛不相及："如今人间的王朝可还是洪氏主政？"

"洪氏？"

贺惜云愣了一下："道友说的莫非是兴洪王朝？那已经是几十年前的旧事了，如今天下三分，幽国、洛国、照月王朝各踞一方，互有制衡。最近数十年，妖魔横行，人间不太平，天下自然也就波涛迭起，人心涌动。"

长明微微蹙眉："那各大玄门仙宗呢？"

贺惜云："大小门派林立，像神霄仙府和万剑仙宗等宗门皆是屹立数百年的宗门，道友想必都听说过，只是有些宗门新近换了主人。"

长明"嗯"了一声。

贺惜云："还有些崛起不久的门派，如蓬莱岛、六义门、庆云院、见血宗等，也都可以算势力庞大，乃一方之主。尤其是见血宗，宗主喜怒无常，不高兴时见人就杀，偏生修为深厚，轻易没人奈何得了他。"

长明歪着头，面露疑惑："新近崛起的宗师很多吗？"

贺惜云想了想，道："这一二十年间的确不少，如见血宗宗主周可以，庆云院不苦禅师，蓬莱岛一叶舟，二十四陂君无意，还有九重渊之主云未思，都是赫赫有名的宗师级人物……长明道友，你的脸色为何如此古怪？"

"你说的这些人——"

其中好像有几个是他的徒弟。

叛出师门的孽徒。

第一章 初出黄泉

  他曾经有四个徒弟。四人皆天分出众，惊才绝艳，随便拎出来一个都是日后的宗师级高手，若有机缘，说不定还能突破极限，立地飞升。现在看来，他们似乎也没有泯然于众人，证明他当日并没有看错。

  可惜——想起往事，长明觉得耳朵开始嗡嗡响，像上千只蚊子一下涌入脑壳，杂乱纷扰，要把他脑袋里所有气血精神都搅乱才快活。与此同时，所有热血从指尖、脚底、四肢百骸不约而同往心口涌来，激得他心神一荡，差点呕出鲜血。

  "道友？长明道兄？"贺惜云见他表情不大对劲，赶紧停住话头，上前察看。只见他眉头紧蹙，面色冷白，额前还有一颗颗汗冒出，像在忍受极大的痛苦。

  贺惜云下意识握上长明的手腕，想为他调理内息，可当灵力输入其间时，她却不由得大吃一惊。长明体内如有旋涡，她的灵力一入其中，顿如泥牛沉海，半点不留。她下意识想撤离，才发现对方虽然半点灵力也无，却有股力量莫名牢牢吸住她的灵力，令她想撤也撤不了。

  长明的另一只手忽然抓住贺惜云，将她狠狠推开。她一下往后跌坐在地上。

  "不必浪费灵力了……"长明哑声道，声音有些颤抖，似身体苦痛折磨未消。

  贺惜云剧烈喘息，惊魂未定，又不知怎么才能帮到他，一时有些无措。

  "过些时候就好了。"长明撑着脑袋，慢慢地说道，一字一顿。

  贺惜云点点头，也不敢出声，甚至忘了起身，就这么坐在地上。

  时间一点点流逝，见他似乎好了一些，贺惜云这才开口询问："你受伤了？"

  长明"嗯"了一声："旧伤，到现在都没恢复，时不时就会发作，没大碍。"

贺惜云小心地道："你也是为了历练才进的黄泉吗？"

长明蹙起眉头，好一会儿才回答："我不记得了。"

贺惜云以为他不愿说，或有什么难言之隐，但长明脸上的茫然又不似作假。

"我只记得，我进黄泉之前，洪氏王朝的皇帝叫洪燊，在位已满二十年。"

贺惜云讶异："那是兴洪王朝的倒数第二个皇帝，在位二十五年驾崩，后面便是末帝，末帝当政三年即被推翻，后面诸侯群雄割据，各国林立逐渐过渡成三家分天下。这么说，道友你在黄泉起码也有五十年了！"

她越说越惊讶："据我所知，黄泉魔物横行，妖魅作祟，根本没有人能在里面活着超过十年。我们进去时也是抱着必死之心的，你竟能待上五十年？！你……你到底是怎么过的，我方才探得你灵力荡然无存，难道只靠御物化神之术吗？"

贺惜云有些激动。黄泉里处处都是致命的危险，与她一同进去的师兄弟里不乏修为比她高的，可也同样丢掉了性命，尸骨无存。她能活到现在，凭的不仅是心思细腻、机警敏锐，还有运气。

但激动过后，她很快冷静下来，许多修行者都有不欲为人知的秘密，知道太多并不是好事。

"抱歉，我不该问太多。"

长明不是不想说，他是真不记得了。他的记忆混混沌沌，大体发生过什么他是知道的，但细节是混乱的，像支离破碎的地图，图上有些地方是完整的，有些地方却是东拼西凑，怎么也凑不出一幅完整的画面。偶尔会发现遗失在角落里的碎片，捡起来，地图可以一点点地慢慢恢复全貌。却不知要多久。

长明记得，他流落黄泉是为了杀一个人。但因何杀人，那人死了没有，他却没了记忆。他还记得，他有一把剑，名为四非剑，非道、非佛、非魔、非儒，是他在昆仑之巅萃取初雪、东海之滨提炼玄晶而成。他走遍天南地北，穷尽心血，神识与剑贯通，如星月相融。四非剑披荆斩棘，划破山海之隔，助他登临剑道巅峰，成就一代宗师大能。但那把剑……如今又去了哪里？

不能深想，一想，他的头就越发地疼。太阳穴突突跳动，像一把生锈的锁，彻底锁住长明的思考能力。

"我想找回我的剑。"·他道。找回四非剑，也许就能找回遗失的记忆，甚至，可能帮助他恢复修为也未定。

"剑？"贺惜云问，"什么样的剑？我见过的剑不少，也许能帮得上忙。"

长明："通体黝黑，细长匀称，乍看朴实无华，若能遇上契合之人，以灵力灌注其中，剑身就会显露金色纹路。"

贺惜云犯了难："抱歉，我未曾听说过。"

长明本就没抱什么希望，闻言摇摇头，表示不在意。

贺惜云："此番我与师兄弟入黄泉历练，是瞒着师长偷偷下山的，如今同门都死了，仅我一人幸存，我得先回师门向师父禀报领罚。道兄若是不记得自己的师门所在，不如与我一道回青杯山。我师父知你对我有救命之恩，定会留你做客，你便可以在青杯山上长住下来，等身体恢复了再从长计议。"

长明沉吟片刻，却道："我想去找我的大徒弟。"

贺惜云愣了一下："你还有徒弟？他叫什么？"

长明："好像是叫，云未思。"

"是九重渊之主云未思？"她失声道，"云未思是你徒弟？！"

长明："我只记得他叫云未思，至于是不是你说的那个人，我不知道。四非剑可能在他那里，就算不在，他也许知道下落，我想找他问问。"

贺惜云："那他现在在哪儿？"

长明："不知道。"他一问三不知，失忆失得彻底。

贺惜云无语："九重渊的位置我也不晓得，只听师门长辈说过几回，道兄若想去九重渊，少不得也得跟我回师门一趟。"

清水村是个不起眼的小村庄。今日，它不仅迎来长明跟贺惜云两个不速之客，也迎来了另外一拨贵人——七弦门的弟子们。

清水村位于七弦门所在的维清山脚下，村民世代耕种七弦门的土地，其中资质出众者也有机会入七弦门，被挑选为外门甚至内门弟子，修炼习武，求仙问道。村民们听说七弦门的人前来挑选弟子，也顾不上招待贺惜云他们了，都兴高采烈地将自家最聪明伶俐的孩子推出来，希望他们能被贵人看中，从此摆脱凡人的世俗苦累。

贺惜云跟长明冷眼旁观，却都知道修炼之路并非像这些村民想象的那样，一旦入门就高枕无忧。大千世界，天分出众者比比皆是，若无过人心志，能忍人之所不能忍，及置生死于度外的决心，很难在漫漫岁月与惊险挑战中存活下来。即便不缺这两样，也未必就能笑到最后，气运与智慧，同样不可或缺。

而七弦门也谈不上什么名门大派，充其量只是——贺惜云感慨至此，不由得"咦"了一声。

"原来这里是见血宗的地盘！我说七弦门怎么听着这么熟悉。见血宗门下有七个附庸的小门派，七弦门正是其中之一！"

长明："见血宗宗主，是不是你之前说过的，周可以？"

贺惜云："不错。"

长明："……"大徒弟没找着，先遇见三徒弟？

贺惜云将目光放在七弦门弟子身上，没留意到他古怪的表情。

"此人喜怒无常，残忍嗜杀，可别在他们的地盘上提起这个名字，我们还是赶紧走吧，此地不宜久留！"

话音方落，一名左顾右盼的七弦门弟子就伸手指着他们："你们，过来一下！"

贺惜云有些不悦。七弦门只是背靠见血宗的一个小门派，远比不上她的师门。但人在屋檐下，不看僧面看佛面，她敢得罪七弦门，却不敢得罪七弦门背后的见血宗。

贺惜云纠结之际，长明却已迈步上前。为首的七弦门弟子上下打量他们。很明显，两人不像普通村民，也不像外地游子，虽然形容狼狈风尘仆仆，但贺惜云手上的剑却表明了她的身份。

"在下林寒，请问两位道友尊姓大名，师从哪位高人门下？此地乃七弦门庇护，两位若有空，不妨随我们上山喝杯热茶。"态度不算热情，但比方才多了不少礼数。

贺惜云："多谢道友，在下贺惜云，自青杯山来，路过此地，无意打扰。"

她拱手行礼时特意亮出剑鞘，让对方看见师门标记，表示自己没说谎。

见血宗有许多仇家，但青杯山不是其中之一。林寒点点头，放松警惕，还主动解释两句。

"我们今日到清水村来挑选弟子，招呼不周，贺道友见谅。二位不妨进屋稍坐，待我忙完再与二位叙话。"

贺惜云婉拒："我有要事在身，正急着赶回师门禀报，请恕我无法久留，改日再登门拜访。"

她因师兄弟的死，眉间焦灼未去。林寒看在眼里，觉得不似作伪："既然如此，那就……"

"贵派挑选弟子，你看我合适吗？"长明冷不丁开口，把林寒给问愣了。

贺惜云在旁边解释："长明道兄是我在途中遇见的道友，于我有救命之恩，我本想邀请他到青杯山去做客。"

长明："我身受重伤，功力全无，连脑袋也成日晕晕乎乎的，长途跋涉唯恐精力不济，不知贵派可有外门打杂的空缺？"

林寒看了看边上那群等待被挑选的七八岁小童，再看看长明，意思很明显：我们七弦门是来收弟子的，不是养老院。再说了，这人来历不明，是不是奸细仇家还不好说，七弦门怎能随随便便就把人收留了？

"林道友，我们说两句，你先忙你的。"贺惜云扯扯长明的衣角，将他拉到一边。

"道兄，七弦门背靠见血宗，大事没有，小事也不少。你不如还是与我一道回青杯山吧，那里山清水秀，有助你养伤。"

长明："我的身体恐怕撑不到那里，便是不能入外门，在山脚下找个地方安顿养

伤也可。"

贺惜云犹豫片刻:"那我……"

"等我伤愈,就去青杯山看你。"长明给了她一个安抚的笑容。

贺惜云想起同门师兄弟的死,想陪同留下的话一时说不出口。这人与她萍水相逢,已经完全不是初见时落拓狼狈的样子了。兴许是慢慢恢复记忆的缘故,两三天的时间逐渐磨去了他眉间的萧索,整个人变得清朗疏阔,明明如月,便是这样一笑,也——虽说修行之人不该被皮相所迷惑,世间最靠不住的就是皮肉表象,可非仙非佛,谁又能超脱物外,凡心不动?

贺惜云似乎明白了什么,匆匆撇开视线,勉强一笑:"那好吧,既然你决定了,我去帮你给林道友说一声,青杯山算不得大门派,但还有几分薄面。等我回师门禀告过此间变故,再过来看你。"

她回身去找林寒,从袖中拿出一枚青玉簪子递过去:"林道友,长明道友身负重伤,的确无法长途跋涉,能否让他先在贵派安顿些时日,待些日子,我再来接他。"

"这……"林寒的视线落在簪子上。

贺惜云笑道:"这簪子乃是我那以炼器成名的灵飞师叔所炼,不算什么名器,但最适合女子防身之用。林道友可以送给心上人或女性长辈,权当我的一点见面礼。"

林寒果然挪不开眼。老实说,七弦门不算一个富裕的门派,他作为非核心弟子,能得到的资源就更少了。这次出来帮忙挑选弟子,也是他好不容易争取到的差事。原以为是个肥差,但他分到的这几个村子,村民个个家境平平,拿不出什么好东西孝敬。

刚才他暗示了好几次,示意有条件的可以优先参加甄选,有很大机会成为入门弟子,那些笨孩子竟然一个都没听出来。反倒是贺惜云,成为下山之后第一个给他送礼的人。

林寒犹犹豫豫,欲迎还拒:"恐怕有些不合规矩……"

贺惜云笑道:"长明道友年纪在那里,本也不适合从头练起,若是有些不太辛苦的打杂活计,可以让他帮忙干干,也不会浪费贵派的名额。"

林寒松口:"外门灶房倒是还缺个做饭打下手的……"

他招手让长明过来:"你会做饭吗?"

长明:"会一点。"

林寒:"会什么?"

长明想了想:"香椿炒蛋算吗?"

林寒嘴角抽搐,心说你确定不是正好闻见后面这户人家在做香椿炒蛋的香气现想出来的吧?

长明一脸诚恳:"我很聪明,可以学。"

灶房打杂倒也不需要什么修为，甚至连做饭好不好吃都不打紧，反正也不是林寒吃，内门那些金贵的师长和师兄弟们更不会跑到外门来吃饭。林寒摸了摸袖子里的簪子，一口答应下来。

贺惜云却不大放心，依依惜别之余，再三叮嘱。

"虽未听说七弦门有甚劣迹，但他们背靠见血宗，道兄还是留意些好，凡事不要强出头。"

长明道："多谢你的簪子，回头我寻了更好的给你送去。"

贺惜云只当他是客气，但两人因此有了牵绊，她也心满意足。

告别贺惜云，失忆人士长明就此正式成为七弦门外门灶房打杂的一员。

一晃三个月过去了。

对七弦门而言，把长明收留进来只是一个微不足道的插曲。眼下除了挑选新弟子入门，七弦门还有一桩大事，那便是掌门最宠爱的弟子刘细雨迎娶萧家女儿。

萧家累世官宦，到了上一代，出了个天纵奇才的萧藏凤，萧藏凤虽至今未婚，他的侄女却到了适婚年龄，求亲之人络绎不绝，最终却是七弦门得偿所愿。

究其原因，不单是因为刘细雨作为七弦门掌门最看重的嫡传弟子，将来极有可能接掌大位，也因为他天资奇高，号称百年难得一见的奇才，不仅年纪轻轻就能驾驭镇派之宝七星七弦琴，还曾白日突破修为，灵力暴涨，引来龙凤和鸣的天象。如无意外，刘细雨极有可能带领七弦门走上中兴之路。这样一个天之骄子，哪怕出身小门派，也有足够骄傲的本钱，与萧家之女也称得上郎才女貌，珠联璧合。

掌门嫡传弟子婚事将近，加上几十名新晋弟子入山门拜师，喜上加喜，七弦门上下张灯结彩，喜气洋洋。但对外门灶房掌勺的何大厨来说，这些事情都比不上他多了个帮手。

有点规模的门派都会分内外门。所谓外门弟子，其实就是内门弟子的候补，资质平平，上课是几十上百号人一道上，比不上内门弟子有一对一的师父教导。简单点说，外门弟子爹不疼娘不爱。

何大厨脾气不好，这是外门弟子的共识。奈何人家有个亲戚在内门当掌事，本人还是掌勺大厨，甭管外门弟子心里怎么想，在他面前都得客客气气。而脾气不好的何大厨，居然也有和颜悦色的时候，他正在跟内门一名管事闲话家常。

"你不晓得，自打长明来了我这儿，我可省事多了，让劈柴劈柴，让捡豆子就捡豆子，半句多的话都没有，话少干得还快，比原先那几个偷奸耍滑的好多了。我准备再考察一段时日，要是他还耐得住性子，就把人收下来当徒弟，也算有个继承衣钵的了！"

那管事笑道:"难得见你这么夸一个人!那人当真有这么好?"

何大厨:"那可不?哎哟,说人人就到,长明,来来,你过来!"

待长明放下柴火走到跟前,何大厨就给他介绍:"这是张管事,内门里负责打点庆典、人情往来的就是他。这次刘师叔的婚事,都是张管事里里外外撑起来的。"刘细雨年纪虽轻,但他作为掌门弟子,辈分却高,何大厨喊他师叔并无不妥。

张管事打量长明,不像那些十来岁就入门的年轻弟子,这人起码得有二三十岁了吧。看着是精神,也可靠,但委实过于俊秀了,竟比号称玉君子的刘细雨还要好看些。这长相,该不会引得外门女弟子为他争风吃醋吧?荒谬的念头一闪而过,张管事自己也觉得好笑。

"你就不想修炼?愿意跟着何大厨做菜吗?"

长明道:"我身体不大好,不适合修炼,何大厨愿意收留我,帮他干干活就挺好的。"

张管事懂些医理,闻言捏了他的手腕搭脉,果然如其所说。

"可惜了。"张管事随口发出一声惋惜。这人天分也还可以,要是能修炼,假以时日未尝不是又一个玉君子。

长明倒不在意,他对何大厨道:"我先去把柴劈了。"

有人分担活计,何大厨现在可以一心一意研究菜式,脾气都好了不少,闻言笑呵呵的:"去吧去吧。"

长明应声"是",拱手离开,身后传来两人的闲聊。

"你说这次刘师叔能不能顺利突破?要是能,这可就是有史以来第一位能在二十五岁就突破本门第八重披霞心法的人了!"

"就算能,那也是第二位。"

"不会吧,还有人更快?第一位是本门哪位前辈?"

"并非本门中人,是当年统一魔门的九方。"

"九方?可是那个先入道门,后入佛门,又叛出佛道入魔,最后连儒门也跟他翻脸的九方真人?"

"不错,正是他。"

"他竟也跟本门有过牵扯?披霞心法这等不传之秘,掌门肯借阅于他?!"

"因为那不是他借的,是抢的!不问自取,拿走三天三夜之后又还回来,还说披霞心法里有无法修补的瑕疵,注定不可能有人修炼到第九重,把前任宋掌门给气得够呛。这又不是什么光彩的事,怎好到处宣扬?我怀疑宋掌门早逝,就是因为心有不服,非要强行突破第九重,结果失败身故。听说最后死状惨烈,当年进去收拾尸骨的弟子都吓得……"

"行了行了，别说了！大喜的日子，咱们聊点别的，你见过刘师叔的未婚妻没有？"

"还真远远见过一面……"

说话声落在身后，越来越模糊。长明绕过后厨，在墙根背起竹篓，沿着山间小道往下走，准备去半山腰的竹林里挖几个竹笋，照何大厨的意思，晚上是要做竹笋烧肉。外门灶房的伙食，除大部分供外门弟子食用之外，小部分自然留给他们自己吃，可这大部分小部分到底是多少，也是何大厨说了算，所以何大厨才是外门众弟子最不能得罪的人。

行至半路，竹杖拄在地上的力道陡然加大，长明微微弯腰，倒抽一口冷气。四肢百骸一阵发麻，仿佛被万年寒冰冻住，热血倏地涌向心口，如澎湃巨浪，几乎灭顶。

疼痛来得突然，但也不让人意外。自打从黄泉出来，长明时不时就会发作一阵，他虽然记忆有些残缺，却还记得从前的一些修炼心得，每晚都试图将灵力引导归正，调息养气。几个月下来倒也有些成效，现在发作间隔时间延长不少，半废的灵窍似乎隐隐也有被撬动的趋势，但每次发作仍旧令人受尽煎熬。

他只能站立不动，慢慢等这波痛苦消退。右侧竹林里传来动静，长明不是个爱管闲事的人，如今的身体状况也由不得他管。

一人却被推出来，踉踉跄跄后退，正好摔倒在他身前。

对方抬头，长明落眼。

四目相对。

难以掩饰的震惊之色流露在外，长明心里咯噔一下。

这人？！

二十八岁那年，已经是玉皇观观主的长明收下了第一个徒弟。玉皇观不是一个很大的门派，但在长明执掌几年之后，这座道观开始崭露头角，在江湖上小有名气。不少人慕名而来，想要拜入门下，长明却都看不上眼，偶尔遇到资质根骨还算可以的，就收下来丢给师弟去调教，他则一门心思在大道上修炼，想要穷尽有生之年，一窥天道奥妙玄机。

那个时候的云未思，只是一个十五岁少年。他从满门抄斩的厄运中捡回一条命，又被赶出家族，流离失所，四海为家，锦衣玉食、诗书礼仪都成了过眼云烟。许多门派因为他身份敏感不肯收留他，也有些门派见他根骨平平，内腑受创，不肯花大力气为一个陌生人重塑筋骨，只有玉皇观收下他。

起初，长明也没留意到这个不起眼的烧火弟子。直到有一天，门派管事给所有杂役弟子布置早课，让他们在煮熟的米粒上雕花刻字。在米粒上刻字本来就考验功夫，煮熟的米饭蓬松柔软，几乎是不可能完成的功课，不少弟子半途而废，对刁难的管事

颇有怨言，也有一些人交了差强人意的作品，个别人坚持两三天雕出了简单的花纹，已是令人意外。唯独云未思，整整三个月，每天夜深人静，就在月光下雕米饭。

偶然之下，长明发现他将雕好的米饭放在碗中，以寒冰诀保存完好。整整三个月的米雕，从一开始七零八落不成模样，到后面居然能看出后山竹林的形态。雕工寻常甚至简陋，但这份韧性难得。长明起了收徒的心思，云未思也没有辜负他的期望，接连完成几个考验，最终成为长明的入室大弟子。

除了云未思，长明在玉皇观那几年没再收过别的弟子，直至他离开玉皇观，另立宗门，成为天下第一人。

作为他的大弟子，云未思也跟着声名鹊起，在他独自斩杀雪山魔龙，力败鬼王之后，云未思之名终于脱离其师，变得如雷贯耳，惊动天下。

再后来，师徒反目。所有旧日情谊，灰飞烟灭，不复存在。

云未思公开宣称要追杀其师，率领道门数十成名修士围剿长明一人，虽然最后铩羽而归，可天下人都知道了，这对师徒不和，竟已到了徒弟不惜忤逆犯上的地步。

当时长明固然有天下第一人之称，名声却没好到哪里去，甚至有不少人暗中幸灾乐祸，等着看他惨死在徒弟剑下，只不过当着他的面不敢说出来。长明也向来我行我素，从来不把这些事情放在眼里、心上。

哪怕过去这么多年，哪怕记忆混乱有所缺失，长明仍旧记得云未思十五岁时的模样——与眼前这名被追杀的少年无缝重叠，分毫不差。

是巧合？还是另有隐情？听贺惜云所言，云未思应该还活着，而且已经是九重渊之主，赫赫之威，无人可及，绝不可能变回十五岁被追杀至此。

难不成，这少年跟云未思有什么亲缘关系？

长明皱起眉头，没等他开口询问，就有三四人从竹林里窜出来。

对方手里拎着木棍，从装扮来看应是外门弟子，来势汹汹，不怀善意。

"把他拖走！"他们看也不看长明，显然没将他放在眼里。

少年像是已筋疲力尽，如一摊烂泥由他们粗暴拽起，拖向竹林深处。

为首弟子边走边冷笑："让你再盯着碧心小师妹看，这次定要将你眼珠子抠下来！"

"可不是，这厮天天偷鸡摸狗，早就该赶下山了！管事仁慈，就由我们来帮忙教训吧！"

几人很快远去，长明没有阻拦。他沉默片刻，从袖中摸出一张纸片，轻轻弹出。

纸片随风而去，悄无声息滑入竹林。须臾之后，竹林方向响起惨叫。哀号和求救声此起彼伏，长明却听而不闻，弯腰用笋刀把笋割下扔进竹篓，直到那少年从林中飞

快逃窜出来，冲到他面前，突然跪下，砰砰砰磕了三个响头，又立马起身匆匆逃走，很快消失在暮色中。

长明不以为意，那几名弟子早就被纸老虎追得往反方向飞奔而去了，就算折返回来，也不可能猜出是他放的。慢腾腾将笋收割了一篓子，长明回到外门灶房，开始帮何大厨拾掇晚饭。

其实何大厨早就做得差不多了，也用不着他帮什么忙，长明回去，正好赶上热腾腾的四菜一汤上桌。

两个人吃这些菜着实奢侈，但谁让他顶头上司是何大厨，谁也说不出二话。

"来来，尝尝我的新菜，鲜笋鱼片！"何大厨招呼他坐下，"咱爷俩再来个小酒，啧，今晚就齐活了！"

长明应声坐下，举筷夹菜，从善如流。

"怎么样？"何大厨伸长脖子。

"笋脆鱼嫩，调料是整道菜的核心，没了调料，光这两样也不够。"长明评价道。

"我就知道你懂我！"何大厨一拍大腿，"对头，这调料是我的独家秘方，我整整琢磨了一个月才琢磨出来的，我敢担保，绝对找不出第二家一模一样的！"

长明也觉得不错，接连夹了几筷子。

"这要是有什么仙厨比试，别的不说，你保管能拿前三。"

何大厨哈哈一笑："何止前三，魁首必定是我！"说罢又叹气，"可惜啊，世人只知功名利禄，武功修为，何曾会关注怎么下厨做菜？在他们看来，这就是个下三烂的活计。"

长明用筷子虚点盘子："你再伤春悲秋，我就吃光了。"半碗饭就着几个菜，瞬间被他扫去大半。

何大厨这才反应过来，两人风卷残云，扫荡一空。不同于人前，两人私下相处很随意。长明既能干活又愿意倾听，还能对他的新菜提出可行意见，对何大厨来说不啻知音，比那些叽叽喳喳眼高手低的外门弟子不知好多少倍。

"老何，我听见见血宗与本门渊源不浅，这么说，这次门派大喜，见血宗宗主也会亲至了？"

何大厨摇头："你这话可别在外面提起，犯忌讳。"

长明："我看出来了，没提过。"他在七弦门这些天发现，门派上上下下对见血宗讳莫如深。

"当年见血宗势大，七弦门弱小，不得不屈从成为附庸，但掌门心中对这件事委实觉得屈辱，不准任何人在门派内提起。如今刘师叔大喜，必然也是要给见血宗宗主发请帖。不过宗主本人肯定不会来，来的应该是他的座下亲信。"

说到这里，何大厨面露忧色："我担心的是，见血宗会在刘师叔大喜之日闹事。"

长明挑眉："不至于吧，这样他如何收服人心？"

何大厨苦笑："他为何要收买人心？只要见血宗的威势还在，七弦门没有出现比周可以更厉害的高手，就翻不出见血宗的手掌心。刘师叔虽然天赋异禀，可现在不过才修行十余年，与周可以那魔头如何能比？"

长明："七弦门不是已经臣服于见血宗了？"

何大厨："据说周可以在修炼一门邪功，每几个月就需要吸食人的精气，而且普通人还看不上，非要长相端庄秀美的，之前是几个附庸门派轮流上贡，上回轮到本门时，正好有个杀害师兄弟的叛徒被掌门献过去，不知这次又会轮到谁……唉，这些事也轮不上咱们操心，老老实实把饭菜做好就得了！"

絮絮叨叨一通，几杯酒下肚，何大厨终于心满意足地去歇息了。长明将碗筷拿到灶房收拾。

夜深人静，唯有孤月。他心不在焉地洗碗，一边琢磨起自己的四非剑。有这把剑在，他也许能找到早日恢复身体和修为的契机，但剑流落何方，到底是在云未思手里，还是被周可以拿去，长明却记不得了。他是否要去见血宗找一找？

周可以从前就有收藏名器的癖好，若见了四非剑定然不会放过，兴许是在他那里。

咔嚓。

柴火堆传来一声细响，细微得可以忽略不计。长明如今的五感退化许多，但不意味着他连这声动静都听不见。不必转身，一根筷子被扔了过去。

精准命中柴火堆。哗啦啦响动，不速之客被迫从柴火堆里钻出来。长明扭头一看，居然是白天遇见的少年。

对方没有急着逃跑，反倒立住不动。这让长明忽然想起一点往事——在很长一段时间内，云未思虽然是道门之首，却因出手狠辣，毫不留情，在背地里素来有"冷面魔君"的绰号，可这并不妨碍许多妙龄女修争先恐后向他表达倾慕之情。然而此刻，拥有少年云未思的脸的人，手里还抓着半个烤白薯，脸上有东一道西一道的污渍，不知那些曾经的倾慕者，看见这一幕会做何感想？

长明心里觉得好笑，嘴角也不由得上扬。少年眼也不眨地望着他，似在等他发落。

"还没吃饭？"长明看着他手里的烤白薯。白薯不知道放了多久，一看就不大新鲜。

少年没吱声，将手往身后缩去。

长明从灶边拿出一盘鲜笋鱼片，又舀了点剩饭，放在桌上。饭菜是凉了，想吃

上热乎的还得重新加柴生火，长明懒得弄了。想踏上修炼之路的，谁不是历尽艰难险阻，再说剩饭总比不知放了多久的烤白薯好。

少年果然直勾勾地盯住饭菜，把烤白薯往怀里一塞，扑向桌边，连筷子都不要了，直接上手狼吞虎咽，也不知道饿了多久。

等他吃完抬起头，才发现长明不见了。少年用袖子抹了嘴，犹豫片刻，起身将碗筷拿去洗干净，推门准备离开，却不由得站定愣住。

月光下，两个纸片小人正轮流劈柴捡柴，动作无比利索，还有个背对着他，蹲在地上剥花生。而本应该干活的长明，就坐在桌边躺椅上，喝茶望月，慵懒散漫，好不惬意。

少年目瞪口呆。他曾听说何大厨身边来了个新人，手脚勤快，啥活儿都能干，而且又快又好，颇得何大厨欢心，有意收他当徒弟，却没想到人家竟是这样干活的。这换了谁，都能又快又好啊！

"你叫什么名字？"长明忽然开口，将少年从盯着傀儡小人的着迷中拉回来。

少年低声道："小云。"

长明："哪个云？"

少年："蓝天白云的云。"

不仅长相酷似，连名字里都有个云。长明真要怀疑这人是他那不肖孽徒的私生子了。

"你爹娘是谁？你爹姓云？"

少年："我爹娘是山中猎户，都死了，外门管事是我远房表叔，看我可怜，就让我进来干点杂活。"

长明皱眉："那你听说过云未思这个名字吗？"

少年毫不迟疑摇头，不似作伪。他束手站了半天，见长明没出声，忍不住悄悄打量，只觉对方不管做出什么神态，哪怕撑额思索，沉吟不语，也比他见过的任何人还要好看。

但少年不敢停留太久，生怕引起对方反感，踟蹰好一会儿，忍不住小声开口："前辈要是没什么吩咐，我先回去了。多……多谢您今天帮我……"

"你住在哪儿？"长明回过神来。

"就在后山半山腰。"

倒是离得不远。长明："我记得半山腰有片林子，里面有些蘑菇很美味。"

少年："是有一些，得起早去采，有种朝露菇，只在日出前出现，日出后就会消失的。"

长明："我的确听老何说过，朝露菇难采但美味。天色不早了，你去休息吧。"

少年答应一声,转身离开。他走出很远,忍不住又回头去看。隔着树叶,对方在月光下的身影已经有些模糊,但又好似清清楚楚印在眼里。少年也不知道自己为何对长明如此念念不忘。

也许是冥冥之中的久别重逢,又或者是梦境萦回的琉璃幻影。今夜注定会成为他平淡人生中的一场奇遇。

第二章 误入圈套

隔天一大早，长明刚推开门，就看见院子里的桌上摆了满满一篮子的朝露菇。蘑菇伞面上露珠未散，可见刚摘下来没多久。

会把这一篮子蘑菇送来的人，只有一个。院子外面已经没人了，可见对方并没有留下来讨功的打算。长明弹指一点，指挥两个傀儡纸片人留下来收拾屋子，他则提着篮子给何大厨送去。这种蘑菇常见但难采，何大厨几次念叨着想用来做菜，看见这一篮子可不乐坏了。

至于这两个傀儡，只要有人稍微靠近，就会自动变回原形，不会被人发现。这种御物化形之术说难不难，真正掌握诀窍的当世却没几个，无一不是开宗立派的山主，除非像小云一样亲眼所见，否则谁也猜不出这样高明的御物化形竟出自一个帮厨之手。

去了何大厨那里，长明才得知一个让七弦门上下惶惶不安的重要消息——见血宗宗主手下的凌波峰峰主许静仙，奉宗主之命，前来祝贺刘细雨新婚大喜，顺道问七弦门要一个人。

"我们小门小户，哪有人是他们看得上的？"长明到时，正听见何大厨在问别人。

"我听说，他们要的正是刘师叔！"对方压低了声音，却没留意长明在旁边。

何大厨一下就跳起来："什么？我们七弦门好不容易出个人才，他们居然还敢打刘师叔的主意？！要……要刘师叔是个什么意思？"

"你是真傻还是假傻？见血宗宗主那魔头荤素不忌，从前被他要过去的人，有哪个回来的？不是被当作炉鼎练功而灰飞烟灭，就是变成他座下娈宠！咱们刘师叔去了能落得什么好？"

"那……那刘师叔是下任掌门的不二人选啊！而且，他都要大婚了，怎么还……见血宗宗主真是欺人太甚？！"

"要怪只能怪刘师叔玉君子的名声在外，引起魔头注意了。我听说前段时间，因这下任掌门人选的事情，还闹了一阵。"

"我怎么不晓得？"

"那是你能知道的事情吗？我也是听掌门夫人身边的丫鬟说的。说是华清明，就是刘师叔那不省心的师弟，不忿刘师叔被内定为下任掌门，跑去掌门面前闹了一场，完事就离开本门了，临走前还扬言要让刘师叔好看。我寻思他是不是跑去见血宗那儿说什么话了，不然怎么会这么巧，华清明前脚刚走，见血宗的人后脚就来了！"

"那刘师叔的婚事怎么办？"

"见血宗的人说，让他先成亲，再带着新婚妻子去见血宗做客。萧家的人一听吓坏了，想悔婚，这会儿正跟掌门和刘师叔在大殿里吵架呢！"

"那明天的婚礼……"

"都乱成一团了，恐怕婚礼也办不成了，见血宗横插这一手，谁家还敢把女儿嫁过来？"

那人瞧见长明过来，也懒得遮掩了。这事闹成这样，本门上下迟早都会知道。如果见血宗使者坚决要人，那么掌门就得面临两难处境。不交人，得罪见血宗。以见血宗的实力和行事风格，想要血洗七弦门，是轻而易举的事情。但若是就这么把刘细雨交出去，七弦门颜面扫地从此抬不起头不说，更是连半点崛起希望都没有了。

长明从头到尾没有插嘴，只是默默地听。他想，自己几个徒弟都混得风生水起，人见人怕，唯独他落魄狼狈，寄人篱下。他又想，周可以当年就行事乖张，动辄偏激，这么多年过去，果然本性难移，越发"长进"了。

跟何大厨闲话的人很快离开，留下何大厨在那儿唉声叹气。

"你也听见了吧？"他看了长明一眼。

"别看本门好像人挺多，还真够不上人家一根小指头。除非掌门能说动见血宗使者改变主意，不然……哎，你说，这要是真把人送过去了，咱们七弦门以后在外面还能抬得起头吗？"

何大厨也没指望长明能出什么主意，纯粹就是找个人絮叨絮叨。

长明道："刘细雨能打赢见血宗来使吗？"

何大厨刚要说自己也不知道，就听见主峰方向传来惊天巨响。二人循声望去，但见主峰三清大殿上空霞光炫目，宛若旭阳当空。

剑破长空化为巨响，铃铛清脆悦耳，但两种声音此刻混杂在一起，却是说不出的刺耳，令人耳膜刺痛，禁不住捂住耳朵。何大厨倒抽一口凉气，立马露出难

受的神色。

此时，两道身影若隐若现，交战于半空，依稀能看出一男一女。男的持剑，女的舞绫。

"是刘师叔！"没等长明发出疑问，何大厨就道出其中一人身份。

"另外一个，好像是见血宗那妖女，他们交上手了？"

离得远反而看得更为全面。长明如今虽然身体不济，修为尚未恢复，但眼力没有消失。短短片刻，他便可断定，刘细雨要输了。

果不其然，一炷香之后，剑光越来越弱，绫缎乘虚而入，牢牢绞住剑身，真气顺势将剑绞为齑粉。刘细雨整个人往后飞出，消失在两人的视野之内，想必受伤不轻。

何大厨吐出老大一口浊气，脸上是说不出的失望。但这在长明看来却是意料之中。七弦门弟子眼中的修真天才，毕竟只是七弦门的天才。更何况见血宗这位来使，的确有些不一般。

这一战的胜败，对长明无关紧要，对七弦门上下却是关键性的一战。事后不光何大厨唉声叹气，几乎长明见过的每一个人，面上都阴云密布，愁眉不展。所有人都很清楚，刘细雨恐怕逃脱不了去见血宗的命运了。

而在外人眼里，七弦门连嫡传大弟子都能交出去，恐怕也很难再有作为了。

眼看何大厨也没心情检验朝露菇是否新鲜了，长明放下篮子，忽然胸口剧痛，心知旧伤又要发作了，赶忙寻了个借口告辞离开，先行回到自己的住处。

他如今的身体就像风中残烛，破败不堪，哪怕是被吹一口气都经不起，虽然略有好转，表面上看与常人无异，但发作起来来势凶猛，有时连他自己都控制不住。

一路强忍着，及至推开房门，长明踉跄前倾，摔在地上，人事不省。若换个地方，他断然不敢这样昏过去，就算咬碎牙也得强撑着保持灵台一丝清明，但七弦门大隐隐于世，他这里又僻静，平时连何大厨都鲜少过来，是个绝佳的休养之地，反倒比在别处疗伤安全许多。

不知过去了多久，长明只觉心如擂鼓，狠狠一下，震得他心脏连同耳膜生疼，神志突然被人唤醒过来。

有人在惨叫！声音好熟悉！而且就在不远处！

长明蓦地睁开眼，脸色惨白，身体还没从方才的痛苦中缓过劲来。但他已经想起是谁的声音了。

是小云，那个少年！

长明刚追出院子，就看见散落一地的酸果。藤条篮子很熟悉，跟早上装朝露菇的一样。没有人会专门送东西过来，只有小云。长明眉头微皱，追了上去。

七弦门虽然不大，也有几座山峰。他们所在的麟德峰，属于外门的外围，平时只负责外门弟子的日常补给、衣食住行。麟德峰人不多，住处之间相隔甚远，他去何大厨那里，平时都得走上一炷香的时间。

这种情况下，即便旁人听见惨叫声，一时半会儿也难及时赶到，毕竟外门的管事杂役顶多就是身手利落些，御物飞行那等功夫还得是内门高阶弟子才能学会的。

惨叫声越来越近。一路循迹，地上杂草随着对方行踪而倒向一面，叶尖隐有冰霜。

他顺手将冰霜刮了点下来。如今远远还没到结霜的季节，这似乎是一种真气凝成的功法。至于隶属哪门哪派，是道是魔是佛，不好判断。长明没有多耽搁，加快脚步奔向声音来源处。

"啊——"

惨叫声戛然而止，近在咫尺！

"……在哪里？"

"我不知道……"

夜风里传来飘忽的对话。一方凌厉，一方恐惧，后者的确是小云的声音。

长明快步追上前，手指微动，掌心就已经多了两道白符。白符飞掠出去，顺着风飞速膨胀，须臾化为两只幼小狐狸，转眼没入草丛。

下一刻，前方尖叫乍起！不像人声，倒像是狐狸被捏住喉咙的惨叫。

长明没有片刻迟疑，当即又是几发纸箭射出。悄无声息，纸箭一去不回，仿佛被黑暗吞没，就像这夜，混沌模糊看不清方向。

树欲静而风不止。云雾乱卷，月影乱跳。长明衣袂俱被吹得高高鼓起，他感觉前方发生的事情并不简单。小云很可能被贼人掳走甚至遭遇了更严重的事情，但是又会是谁大半夜突然闯入七弦门，掳走一个无关紧要的小杂役？

是见血宗的人？还是小云无意中撞破什么秘密，被七弦门的人追杀？

纷乱念头从脑海中快速滑过，长明的脚步戛然而止。

四下无人。

荒郊野外，杂草丛生。这是半山腰一块比较平整的坡地。春季繁花盛放，连外门女弟子都喜欢过来赏景看花。但现在——前面趴着个人，头面朝地，一动不动。

那人一身白衣，袖子上的金线在月光下隐隐生辉。

不是小云。

长明没有贸然上前，他举目四望，却找不到行凶人的踪迹。而恰在此时，四面八方人群涌动，由远及近纷至沓来。几乎没给他任何反应的时间，剑光挟着人影落在周围！

长明心下一沉，不祥预感瞬间成为现实。终究是太久没入世，大意了。

"是刘师叔！"

"刘师叔在那儿！"

有人扑上前去，将白衣人扶起。长明没见过刘细雨，但从对方的长相和周围人反应来看，这的确就是七弦门前程无量的玉君子了。

原本意气风发的掌门大弟子，七弦门未来的希望，此刻正软绵绵地被人翻过来，面若金纸，无声无息。

"师父，刘师叔他……他没气儿了！"

目光灼灼，所有的视线全都落在长明身上。

他没想过逃走——这会儿逃也来不及了——前后左右被牢牢封住去路，不留一丝缝隙。探究、防备、敌意如密密麻麻的针，刺向长明。

"都让开！"

七弦门掌门张琴从人群中走出来，神色沉重地来到刘细雨跟前，弯腰探息，又不死心地将手悬在对方额头上方，微微蓝光自掌心流入刘细雨体内。

长明知道这是一种寻魂之术。人死了，魂魄尚未完全离体，若能将其召唤出来，稍加询问，即可知道生前情况。

但张琴探寻半天，就像手在一个空盆子里捞了半天，一无所获。这说明刘细雨已经彻底死透了，连魂魄也早就离体，不知去向，也许被人攫取了，也许消散在天地之间。

早有弟子分散开来，四处搜查异状。长明被围在中间，面对天罗地网，无处可逃。他很清楚，如果不是对方还想从他身上问出点什么，他恐怕会马上被七弦门众人的怒火撕得粉碎。

"我不是凶手。"赶在他们出声质问之前，长明先一步开口了。

"我是外门杂役，在何大厨手底下干活，方才听见门外异动，这才追出来察看。"

"我灵脉受损，没有修为，杀不了刘师叔，你们不信可以查验。"

他主动将一截手腕伸出。掌门冷着脸瞥旁边一眼，立时有人出来，捏上他的手。对方动作粗暴，长明不以为意，微合上眼，任凭对方察看。

"师父。"那人冲掌门摇摇头，意思很明显，他认为长明的确没有能力干出这种事。

刘细雨何许人也，哪怕他在外面名声不显，还未登堂入室，但好歹也有中阶高手的水准了。击杀一名中阶高手，显然不是眼前这个病恹恹、没半点灵力的男人能办到的。

张琴面沉如水，他对刘细雨寄予了多少厚望，此刻的心情就有多沉痛。

先是见血宗前来要人，刘细雨败于见血宗使者之手，而后又是刘细雨被人所杀，

还是在自家地盘上被杀的，传出去，七弦门何以立足？几百年基业怕是要毁在此一夜了！

他忍住去掐长明脖颈的冲动，这人不能死，他很可能看见了什么，张琴咬着腮帮子，竭力控制情绪。

"你叫什么？"

"长明，在何大厨手下干活。"

"去将老何带来。"张琴吩咐弟子，转头继续亲自审问他，"你刚才看见了什么？"

长明："外门有个叫小云的孩子过来给我送东西，我听见外面有响动，出去却只看见东西，没见着小云，又远远听见动静，就追了出去，结果就到这里来了。"

在张琴看来，一个外门帮厨能面对这么多高手修士还如此镇定，应答有序，本身就是最大的疑点。长明也明白，但他很难装出紧张害怕的样子。他需要时间来梳理这件事的前因后果。

外门弟子连同何大厨很快就被带过来了，他们看见刘细雨的尸身，当下目瞪口呆。何大厨看见长明，脱口而出："你怎么在这里？！"

张琴："你认识他？"

何大厨忙道："认识认识！他是我新收的帮手，平日里干活很勤快，做菜也有悟性！"这会儿，换了人都恨不得撇清关系，他却还愿意为长明说话。

门中弟子已经陆续询问完毕回来禀报。

"师父，我已经将他们问了个遍，外门并没有一个叫小云的杂役！"

长明看见被问话的人里有几个之前欺负过小云的外门弟子，就指着那几个人道："那天我便是看见小云被他们欺负，才会认识这孩子。"

几人随即被拉过来，听见小云这个名字，都露出疑惑的神色，表示自己从来就没见过一个叫小云的人。

"我问过了，符合你所说的年纪的，只有外门两个管事的孩子，和一个今年新入门的外门弟子，但他们名字里都没有云字。"负责问话的弟子很细致，还将三人都带过来了。

看见三人的长相，长明已经彻底明白了，他落入了一个局。

小云也许从未存在过，也许是一个只有他能看见的幻术。不管是哪种情况，从小云以酷似云未思少年模样出现在他面前时，这个局就是为他而设的。

谁设了这个局，目的又是什么？

那四个叛出师门的徒弟，有的与他反目成仇，有的恨他入骨，不是没可能干出这种事。但在他们眼里，他九方长明早已是个死人，如何能找到这里来？

即便设了这个局，又能得到什么好处？仅仅为了让他被陷害，落入此刻的难堪

境地吗？

"你还有什么好说的！"

张琴满面怒容，伸手抓向长明的脖颈。这一抓，手指隐隐带上雷火气息，人未至而灼热气浪扑面而至。张琴虽在天下宗师里未必能排上前一百，但毕竟是一派之主，功力不容小觑，这手风雷掌法，就要比长明重新入世以来见过的所有人都高明！

眨眼之间，指尖已将他的肌肤灼出几道红痕。长明能够看清对方路数，也能摸透对方底细，但如今半丝灵力也无的身体跟不上反应，只能眼睁睁看着张琴的手须臾间已在咫尺。

死是死不了的，受罪脱层皮却难免。长明微微蹙眉，他有办法躲开这一击，却会暴露自己擅长御物之术，到时候更是跳进黄河也洗不清了。

恰在此时，一根软缎悄无声息伸了过来，如同美人柔荑，软绵无力，却牢牢缠住张琴的手。铃铛伴随着悦耳动听的女声，由远而近。

"这样好看的郎君，你们都舍得伤害，还有没有人性啦？"

张琴脸色陡变，不得不急急撒手。但那软缎却死死绑住他，不肯松开分毫。

月光下，软缎透着奇异古怪的光泽，隐隐发亮，饶是长明见多识广，一时也认不出是什么材料所制。

张琴面色紫胀，从牙缝里蹦出一句话。

"见血宗与我门并非仇敌，许道友何必如此一而再，再而三折辱人！"

"张掌门这句话可就说错啦！我是不忍心这位郎君被你弄坏了，怎么能叫折辱呢，应该是路见不平拔刀相助，又或者英雄救美，怜香惜玉，你觉得哪个更好听，就是哪个咯！"

软缎另一头，窈窕身影翩翩而来，宛若仙女降临，吸引无数惊艳的目光。即使许多人知道惊艳表象之下是令人恐惧的杀人恶魔，但眼睛仍旧不由自主为其吸引。

紫衣少女凌波微步，落地无声，明明隔着一两丈的距离，转眼却已到了他们面前。

"好啦，我撒手便是，张掌门不必如此激动，你有话好好说，我就不拦着你。"

她说话软声软调，绵软如棉，伴随铃铛脆响，几欲迷惑人心。铃铛并非她身上所戴，而是系在软缎一端，软缎收回，变为缠住小蛮腰的腰带，那铃铛也就像系在身上一般，灵动可爱。

"哎呀，这不是刘细雨刘道友吗，怎会横尸此处？"

张琴沉声道："这就要问许道友你了，细雨刚出事，你怎么就马上得知消息赶过来了？难不成这中间还有什么我不知道的原委吗？"他愤怒到极点，语气反倒很冷静。

许静仙无辜道："瞧您这话说的，我与刘师兄白日里不过是切磋而已，切磋总有个输赢，刘师兄技不如人，难道还要我这个小女子让他一手？"她容貌幼嫩如稚童，露出无辜神色时，简直让人不忍心多苛责一句。

　　"我倒是完全有理由怀疑，张掌门为了阻拦刘师兄到我们见血宗做客，特地闹这么一出，让刘师兄假死，借此躲避见血宗的召唤呢？不会吧，刘师兄这么输不起的吗？"

　　"你！"张琴再也忍不住了，怒火中烧。

　　"我刚才已经问过，此人来历不明，在山脚下遇到本门招新，就主动加入，他不单谎话连篇，还第一个来到现场，焉知不是你们见血宗安插在本门的细作！"

　　许静仙不怒反笑："张掌门血口喷人，特地闹了这么一出，说到底是想反悔，不给见血宗交人了是吧？这样也罢，像我这样娇滴滴的小女子，寡不敌众，怎么说都是吃亏的，只好回去向宗主禀明来龙去脉，至于宗主做何反应，那就不是我能左右的了！"

　　她说罢转身欲走。

　　"许道友留步！"

　　张琴出声，他神色变幻，过了许久，才吐出一句话："此事尚有商量的余地，容我先将细雨的后事安排好，我们再从长计议。"

　　许静仙回眸一笑，善解人意："这是应当的，张掌门节哀顺变，我就在七弦门多叨扰几日了。"

　　她没再为长明说话。张琴挥挥手，让人将长明带走。

　　刘细雨的死令七弦门上下为之震动，与萧家的联姻自然就取消了，萧家人带着准新娘连夜离开七弦门，话都没留下一句，张琴还不得不修书一封去给萧藏风解释道歉。

　　这还不算完，七弦门随之要面临的，是山雨欲来风满楼的局面。

　　张琴其实也知道，许静仙没有必要杀害刘细雨。即便要杀，以许静仙的实力，也许真能杀得了刘细雨，但必然会闹出动静，两败俱伤。刘细雨就算打不过她，不至于连求救消息都送不出来就死了。更蹊跷的是，刘细雨大半夜为什么会跑到外门麟德峰去？

　　张琴问遍平日跟刘细雨交好的弟子，无人听说他与外门的人有交情。张琴的妻子也告诉他，不少弟子反映刘细雨性子倨傲，格外看重实力，不大可能与外门的人玩得来，外门弟子对这位嫡系大师兄，素来是抱着远远仰望的态度。

　　如果有一个人，能在自家门派悄无声息杀了掌门最爱重的弟子，那么是不是意味着他可以在门派内自由出入，如入无人之境？那些修为比不上刘细雨的人，是不是也随时有性命之忧？七弦门上下，自此人心惶惶。

撇开外面的混乱，地牢里却是一片死寂。长明本以为会被严刑逼供，他甚至已做好代替自己受刑的傀儡替身，但几天过去，他非但没有受到刑讯，连过来审问他的人都没有。

自然，也没有人过来送饭。他像被彻底遗忘了，无人过问。

安静的环境给了他思考和修炼的时间。长明还记得，从前在他修为遇到瓶颈、遍寻突破时，一门名为执玉念月的功法曾经进入过他的视线。

那是几百年前，名为执玉和念月的人所创下的心法，最大的作用在于短时间内为一个灵脉荒废的人重塑经脉，洗髓伐筋。执玉和念月两人本是毫无灵力的普通人，却因不甘于平凡，而走遍五湖四海，翻阅经史典籍，寻访高人隐士，最终创立了一门魔功。

世人眼里的魔门，跟深渊里放出来的真正意义上的妖魔鬼怪，不是一个概念。魔门中人行事乖张偏激，以极端手段谋求修为进阶，为达目的不惜伤人性命，毫无道德底线，为儒释道所不齿。

执玉念月之所以被称为魔功，也是因为此功邪门，已超过一般修炼法门的范畴。

世间万物并非无偿，你想得到一样东西，必然得付出另一样东西。执玉念月正是如此，若非将他人灵力化为己用，那就必须极限消耗自身寿元。

执玉不愿用别人的修为来成就自己，最终在练到第八重时，就因精力损耗过度，一夜白头，力竭而死。念月不想重蹈好友覆辙，她无所不用其极，攫取修士的灵力为己所用，修为在短时间内突飞猛进，一度成为魔门里数一数二的大宗师。但由于她下手的对象不论门派、不论派系，很快得罪了所有人，引得各方联手剿灭。

执玉、念月两人虽死，这门魔功却被她们亲笔记录下来得以流传，也不是什么秘密。后来有不少蠢蠢欲动，想一步登天的人修炼过此功，无一不以被惨烈反噬而告终。

长明早在看见这门功法时，就已将其默记于心，如今虽在黄泉几经流离，大难未死，这套心诀倒是没有忘记。他灵力枯竭，经脉根骨几乎废尽，若无意外，这辈子几乎没有重新成为修士的可能，所以七弦门才没有立马对他下手，因为他们认为长明这样的普通人根本不可能杀害刘细雨。但他们不知道，这具比寻常人还孱弱的身体里，实则隐藏着一个绝世大宗师近乎地仙修为的灵魂。

刘细雨的死让他背上杀人嫌疑，也让他明白需要加快修炼的步伐。但抄近路走后门，想花远远少于别人的时间，就需要付出更大的代价。

用执玉念月来重塑经脉，凝聚灵气，在练到第八重时，这门功法里会出现一个致命缺陷，唯一解决的办法是强行撕开一道口子，将新的外来力量注入，强行扭转以改变功法本身的缺陷。也就是说，他可以很快重新拥有修为，成为一名中阶甚至高阶

修士，也许还能达到一流高手的水平。可等这门功法练到第八重时，他就必须面临生死考验，成功机会极小，而失败了，则可能肉身消失，彻底魂飞魄散。

重回人世，重新开始，不一定就是好事。他周身迷雾重重，前路混沌不清。先是小云，然后是刘细雨。小云自始至终是个谜团，突然出现，又神秘消失，而其他人从未见过其人，就像是为了他特意安排的。

那么，特意引他出去，杀了刘细雨又嫁祸给他，最终目的是什么？总不会就是为了让七弦门把他关到这里来，然后杀了他吧？凶手既然可以杀了刘细雨，自然也有杀他的能力，这样做未免大费周折，吃力不讨好。

既来之，则安之。长明合眼，开始默诵执玉念月心诀。

　　世间万魔，皆由心生，至道不烦，一面可知。盖因灵台幽闭，泥丸混沌，故需以外物为炉，攫灵聚精，炼化增进，一曰草木，二曰牲畜，三曰人鬼妖魔，凡有灵智之物皆可通用此法……

"郎君好定力，都被关到这里了，还能打坐养神，安之若素。这等人才，却在一个三流门派的外门帮厨，岂不是委屈又可惜？"

娇娇俏俏的声音由远及近，打断他的静修。许静仙足不沾尘，飘然而来。

"这么多天，没有一个人来探望你，我是第一个，郎君难道不感动吗？"她笑吟吟地站在栏杆外面，手里还提着个篮子。

香气四溢，不必打开，长明就知道这是何大厨的手艺。

"你一定满肚子疑问吧，只管开口，我有问必答。"

她将篮子放在地上，打开盖子，再将碗碟一样样放到里头，方便长明拿取，体贴周到。长明也不客气，伸手去拿饭菜，举箸就吃。

许静仙："你不怕我下毒？"

长明头也不抬："仙子这么漂亮，肯定不会干这种事的。"

许静仙挑眉，蹲下来看他吃饭，看得津津有味："七弦门很多人都想杀你，他们觉得你跟刘细雨的死脱不开干系。"

长明："多谢仙子送饭。这份烤松茸是老何拿手的菜肴之一，能在死前吃上一回，算是了无遗憾了。"

许静仙噘嘴："你怎么半点好奇心都没有，这么笃定他们不敢杀你？"

长明真诚地说："因为我是被冤枉的，他们自然不会错杀无辜。"

许静仙一噎，聊天差点进行不下去，只好换个话题。

"听说你叫长明？长夜辉明，这样好听的名字，怎会是个无名之辈？"

长明："仙子听过王九幽吗？"

许静仙："没有，这是何方神圣？"

长明："他是我们村村头的王二大爷，因为他娘在怀他的时候梦见一颗放了很久的柚子，所以给他起名旧柚，后来当地人喊着喊着，就变成了九幽。可见名字跟本事没有关系。"

许静仙盯了他好一会儿，忽然笑道："不瞒你说，我也很讨厌刘细雨那厮，目中无人，狂妄倨傲，也就是七弦门这种小门派愿意捧着他，换了在其他地方，死都不知道怎么死的呢！就算人是你杀的，我也只会为你拍手喝彩。"

她拿出半只没有烧尽的纸片狐狸傀儡放在地上，长明不动声色。

许静仙："这是我在刘细雨死的草丛附近捡到的，同样的傀儡，我也在你居所的枕头下面发现过一个，不过你放心，都被我收起来了，张琴他们不知道你会御物之术，你不该感谢我一声吗？"

长明慢吞吞地发出一个无辜的声音："啊？"

许静仙："我早已问过，你是通过青杯山弟子的引荐入的七弦门，可谁都说不清你的来历，也就是七弦门这种小门派才会随随便便把你收进来。你会御物之术，却甘愿在这里默默无闻，说得通吗？"

两人四目相对。

许静仙一番试探，却没能从对方眼里看到半点波澜。真能装，她心道。

"好哥哥，你杀了刘细雨不要紧，可这样两手空空回去，宗主饶不了我。所以我跟张琴说，让你代替刘细雨，跟我回见血宗，这可是多少人求之不得的荣耀呢！"

长明故作迷茫："去做什么？"

许静仙笑眯眯："贴身近侍。"

长明迟疑："我什么也不懂，只会帮何大厨干点活，这一下子是不是提升得太快了？"

许静仙："没关系，你生得这样好看，宗主肯定会很喜欢的。"

长明心道，我就怕你们宗主看见他师父诈尸，吓得直接把你给剁了。

长明没想到他一打瞌睡，就有人递枕头过来。想练执玉念月这门魔功，必须有可供他吸食灵力的对象，要么是修士，要么是具有充沛灵力的灵物，如日月精华聚集的洞天福地，已经具备灵识的神兵，等等。洞天福地不好找，有名有姓的灵山大川早让人给占了，剩下的要么陡峭凶险，妖魔横行，要么难觅踪迹，穷尽半生也未必能找到一座，全凭运气。

至于神兵，长明倒是知道一件，他曾经片刻不离身的四非剑。

四非剑跟着他出生入死，灵气澎湃，早已有了自己的神识，原本与长明心意相通，

后来长明遭逢变故，身在黄泉，四非剑下落不明，连他自己都不记得遗落何处，最有可能是落在云未思那里。

其次是周可以，因为周可以练功喜欢走偏门，这把剑被滋养多年，自身灵力不下于宗师，很容易成为魔门中人觊觎的对象。

还有他那四徒弟宋难言，发迹之后，尤其喜欢收藏名器古玩，甚至是神兵法宝，以此结交各方人士。当年他陨落之后，四非剑也有可能阴差阳错落在宋难言手里。

至于二徒弟，不提也罢。总之，四非剑可以助他增进修为，但这把剑现在不知流落何方，他恐怕还得一个个徒弟这么找过去。先前长明选择留在七弦门，也是想找个机会进入见血宗，伺机找剑，如今被陷害，许静仙居然表示要把他送到周可以身边去，那不是瞌睡来了送枕头又是什么？

唯一麻烦的是，他这三徒弟不是个省油的灯。确切地说，他四个徒弟，没有一个是省油的灯。

许静仙见他不吱声，还当他吓尿了，不由得得意地一笑，将手伸过栏杆去摸长明的脸："你也听过我家宗主的威名吗？放心吧，只要我美言几句，你非但不用受苦，反倒还会受到宗主重用，说不定，将来我还得仰仗你呢！"

长明笑了一下，微微后退，避开那只手。

"如果能离开这里，别说去见贵宗主，就是留在仙子身边做饭，我也感激不尽。"

许静仙娇嗔："别仙子仙子的，我名字里就有个仙字，不知道的还当是你给我起了个爱称呢。我叫许静仙，你还是叫我仙娘吧！"

长明："许仙子，贴身近侍听着有些怪，我从未听过，怎么不大像是正经随从？"

许静仙："再正经不过了，你看我生得这么漂亮，像是会骗人的吗？"

长明迟疑："我可以说像吗？"

"不可以。"许静仙没摸着他，把手缩回来，半路又突然改变方向，非得捏他下巴一把，才心满意足地收回手。

长明："……"他活了那么多年，见过那么多世面，头一回遇见这种强行调戏的，偏偏他身体反应大不如前，一下子没反应过来，竟还真被占了便宜。

换作从前，这样的人怕不是死了十回就是八回了。长明一时竟无言以对。

许静仙还笑眯眯的："明郎，若是宗主不要你，要不你就从了我吧！"

第三章 故人相见

长明以为还要在地牢里待上几天，没想到许静仙动作如此之快，隔天七弦门的人就将他带出去，交给许静仙。掌门张琴也在场，他看长明的眼神很复杂，交织着痛恨、不甘、郁闷各种感情。

张琴很不愿意放他走，但在许静仙和见血宗的压力下，他还是不得不放人，因为刘细雨死了，七弦门已经承受不起再送出一个弟子的代价，随便挑个资质平庸的，见血宗也看不上眼。

许静仙说走就走，牵过长明的袖子，笑吟吟道："张掌门深明大义，我会向宗主如实禀告，为你记下一功的。"

"且慢！"张琴见她摸出金铃，忙高声道，"许道友，我们之前说好的，你要帮我们调查杀害细雨的凶手……"

"张掌门只管放心，我回去就禀明宗主，请宗主调派人手过来帮你寻找凶手，定会给你一个满意的答案。"

长明怎么听都觉得这句话里透着一股敷衍。

话甚至还没说完，许静仙就催动手中金铃，让人耳膜震颤头晕目眩，金铃光芒万丈，瞬间刺痛眼睛，让人禁不住马上合眼。

张琴和许静仙的声音逐渐遥远。待长明重新睁眼，面前已经不是七弦门的山门，而是一座白色大理石圆台，一群着淡紫衣裙的少女列队相迎。

"恭迎峰主归来！"

许静仙见长明没盯着那些美貌少女瞧，反而在看自己手里的金铃，便得意道：

"这是我的传送法宝,名曰雨霖铃,这世间只有三个这样的法宝,就连昆仑剑宗那等名门大派,都要用传送阵法呢!"

长明不吝赞美:"的确是好东西。"

许静仙心情不错,她走向侍女,正要让人带长明去安置,准备好好休息一番再作打算,却见自己最宠信的女弟子行色匆匆上前来,神情颇有些忧愁,她不由得停住脚步。

"发生何事,可是香积峰那帮死不要脸的又来找碴了?"

"峰主,宗主闭关出来了,心情很不好,问你们去带的人怎么还没带回来,都让人来问了好几遍了!"女弟子小声道,眼睛瞟向长明,"他就是您要献给宗主的人吗?"

许静仙本来不想那么快把长明送过去。她发现这人很有意思,而且身上谜团很多,她总觉得自己捡到的那两只纸片傀儡,就是出自长明之手,只不过他死不肯承认,许静仙一时半会儿找不到证据,她正想这段时间好好从他口中套出更多秘密,再把人交给宗主。谁知宗主竟会这么快就出关了,肯定是修炼不顺,突破失败,急需炉鼎来补充灵力。

许静仙有点遗憾,面上却不露半点,反倒对长明绽露笑容。

"来,随我去见宗主吧,能得他老人家一见,是你天大的福分。"

长明低头看一眼自己被牢牢钳制住的手腕:"如果许仙子没有这个举动,我会更相信你的话。"

许静仙笑嘻嘻地说:"我怕宗主过于英俊,把你给迷倒了,可不得先把你扶好,免得丢我的人!"

这次她没再用雨霖铃直接传送,而是老老实实与长明挤在一顶轿子里,让人抬下山,又转乘马车去另一座山峰,沿着蜿蜒山路上山,到半山腰再由那里的仆从重新抬轿子载他们去山巅。

从这个举动来看,长明就知道许静仙万分不想去见周可以。虽然从她面上一点都看不出来。

"许仙子本事高强,为何会甘愿屈从于你们宗主之下,而不像七弦门掌门一样自立山头?"长明问道。

许静仙哂笑:"你居然会觉得张琴那样比我好?我一句话,任他有天大怨气,也得屁颠屁颠把人交出来,你没看见?"

长明道:"虽为附庸,好歹山高皇帝远,总不像在宗主眼皮底下这么不自在。"

许静仙被他说到痛处,沉默片刻,不服输地反驳:"宗主有召,自然得随叫随到,

宗主本事通天，我亦是心服口服的。"

要是真心服口服，你又何必犹豫？长明没戳穿她，转而问起此处的风土人情，许静仙倒是很乐意回答。从前她没少送人给周可以，但对长明还是有些许不同，可能是因为长明的容貌对了她的胃口，又或者长明不像那些被抓过来哭哭啼啼惊慌失措的人。

"这见血宗共九峰十三溪，其中六峰有人驻守，中间拥簇的龙鼎峰正是宗主所在的地方，我则住在凌波峰，你若以后得了空，记得到凌波峰看我呀！"

"我去了宗主那里，还有能见到许仙子的一天吗？"

许静仙眨眨眼："你要是表现好，得宗主看重，说不定他还会传授奇术秘功给你，就算你现在毫无灵脉根基，宗主也能帮你变成高手呢！你看七弦门那样对你，不分青红皂白把你关到地牢里去，你想找他们算账的话，我可是举双手双脚赞成的！"

这女人看热闹不嫌事大，明明冷血无情却又表现得非常热情，不过既然能在周可以手下做事，这种性格也就不奇怪了。

说话间，两人已经到达峰顶。长明抬起头，龙鼎峰三字映入视线。熟悉的字迹让他想起一段往事。

当年他把周可以收入门庭时，对方甚至还不识字，这一手字是周可以每日临摹他的书信练出来的，也算得了七八分的神韵。不过那个时候周可以还是个自卑阴沉的孩子，可不是许静仙口中这个威风八面，让七弦门闻之色变不敢反抗的见血宗宗主。

真是天上一日世上千年，转眼间，连最不可能有出息的三徒弟都出息了啊。

门口的弟子走过来，先向许静仙行礼，态度还是挺客气的，尤其是在有个中年修士被他们赶出来又被呵斥，灰溜溜掩面疾走的对比下。由此看来，许静仙在宗主面前还是颇有颜面的。

"许峰主安好，您这么快就从七弦门回来了？"

许静仙软绵绵地道："可不呢，宗主这边急着要人，我紧赶慢赶也得把人给送过来。"

对方打量长明："他就是七弦门那个天才弟子刘细雨吗？"

许静仙道："刘细雨死了，这是杀死刘细雨的疑凶。"

对方一脸不知道许静仙在想什么的古怪表情："许峰主这是准备让宗主来帮忙断案？"

许静仙："哪能啊。刘细雨一死，七弦门就没人了，那些个歪瓜裂枣我看不上，反倒是这个疑犯吧，虽然没什么修为灵力，但好歹皮囊不错，就算当不了炉鼎人丹，也能让宗主消消气不是？"

对方苦笑："我的好姐姐，宗主闭关不顺，急需人丹，正在里头大发脾气呢！

刚刚吸食了精气，犹嫌不够，你送个没灵力的普通人来算怎么回事？我可管不了了，你自个儿进去跟宗主解释吧！"

许静仙脸色微变，忽然一笑："既然宗主正在发脾气，我就先不进去拜见了，等他老人家消气了再说。这人就劳烦你帮我送进去给宗主，姐姐我会记得你的好的，回头在凌波峰等你来做客！"

说罢，许静仙还朝那弟子抛了个媚眼，手中金铃摇动，旁人还来不及阻止，她就已经逃之夭夭，余下长明和门口弟子面面相觑。

弟子道："得！该你倒霉，许峰主跑了，宗主肯定把气都撒在你身上，跟我进去吧。"他话虽说得敞亮，手下却没有半分客气，直接就牢牢抓住长明的手臂，不让他有任何逃跑的机会。

如果长明这时候大喊大叫，对方还会直接下禁言符。但长明非但没有喊叫，反倒还露出好奇的神情。

那弟子心道，这又是个不知死活的，怕是根本不知道里面是怎么个修罗世界。

"宗主脾气不大好，你待会儿趋奉附和，身段柔软些，说不定还有活路。"看在这人挺配合的分上，他忍不住多提醒了一句。

长明道："我对宗主仰慕已久，已经迫不及待想要见到他了。"

弟子明白了，这是个脑子有病的，难怪会被送来。他已经开始在思考此人多久之后会被送出来了。

何应元是月初刚刚被调到这里常驻守卫的弟子。他进见血宗的时间不长，天分也不算突出，只因做事踏实稳重话不多，才被安排来为宗主守门。

这不是个好差事。因为见血宗上下都知道，宗主脾气不好，喜怒无常，在他身边未必能捞到什么好处，小命却很有可能不保，所以何应元这个职务是个高危活计，虽然每个月能领到的俸禄远比其他弟子多，可要是命都没了，再多俸禄又有什么用？

跟在宗主身边的弟子，日久天长，耳濡目染，多半心硬如铁，见死不救。但何应元的良心还没完全被狗吃掉，或者说还剩一半，他看见长明对自己的命运一无所知，忍不住动了恻隐之心。

"宗主闭关失败，你现在进去，恐怕会很惨。"

他委婉暗示的话根本不起作用，因为对方听见之后非但不害怕，反而更加跃跃欲试。

"说不定宗主见到我，就不发脾气了。"

何应元觉得自己在对牛弹琴，说了也白说。别人一来这里就哭爹喊娘，这个人不仅脑子有病，还不怕死。何应元不再啰唆，他紧紧闭上嘴巴，伸手轻轻将门推开一些，示意对方往里面走。

　　长明还真就欣然抬步，走进了那扇门。在何应元看来，对方就像步入地狱而不自知。他忍不住竖起耳朵，弓起腰撅起屁股，只差没将脑袋贴在门上，仔细聆听里面的动静，心里默默数数，猜测多久之后会传来长明的惨叫声。

　　幸而大家都知道宗主的脾气，除了日常值守弟子，外面没有什么不知趣的人过来溜达，自然也就没人看见何应元的不雅姿态。何应元一面忐忑不安一面又带着点期待，还有点"让你不听我劝"的愤懑，他也不知道怎么描述的情绪在心里搅来搅去，就等着那一声惨叫响起，好让悬在半空的心安然落地，验证自己所言非虚。可，等来等去，他怎么也等不到惨叫。别说惨叫了，连呻吟、痛苦、求饶、哀号都没有。

　　何应元等得腿酸，忍不住动了动，又换一条腿支撑身体的大半重量，继续撅着屁股偷听。未知过了多久，他那条腿也开始发酸了。他暗暗叹了口气，与身体的疲惫相反，好奇心已经满溢，他恨不能推开门再往里探一点点，窥见里头到底发生了什么。

　　就在此时！

　　"轰！"

　　两扇门被往外击飞出去，何应元被迎面砸下的门连带着一起往外飞起。

　　那是他人生中最难忘的一段飞行经历。别人都是御剑、摇铃，用传送阵法。唯独他，御门。人与门重重落地，人在门下，何应元只觉鼻子一酸，眼泪还没流出来，鼻血就先出来了。

　　时间回到半个时辰以前。

　　长明刚刚进入那间屋子，身后的人就像怕他反悔似的，随即把门关上。

　　屋子很大，更像一个议事厅。四周空旷，没有椅子，只有挂在柱子之间的落地轻纱无风自动。地上散落着几个蒲团，有些上面还沾了血迹，血迹已经发黑，长明的视线从上面滑过，落在正中的圆台上。

　　一人盘坐，背对着他，披头散发，手放在膝上，抓着个酒瓯。瓯里的酒水正一滴滴顺着瓶口滴落，对方却恍若未觉，像是睡着了。

　　在长明走出第五十一步时，声音终于自前方响起。

　　"本座让许静仙去找人丹，她就找了个没有修为的废物过来？"

　　声音阴恻恻，冷冰冰，没有半分感情，仿佛除他之外，众生皆是蝼蚁。

　　所谓人丹，与炉鼎有异曲同工之意味，只是命运比炉鼎更惨，以人为丹，自然是在被吸尽气血修为之后就完全失去价值，最终只能成为一具的干瘪尸体。

　　周可以是长明的第三个徒弟。当初长明求世间诸道而不得，先出道门，又入佛门，弃佛转而修魔之后，就收了周可以这个徒弟。他还记得，那个时候的周可以唯唯诺诺，

自卑内向，虽然天分比一般人高，但跟另外两个徒弟相较，简直是天差地别，唯一可堪造就的，就是专注执着的精神力，认定一条道便会坚定不移地走下去，绝不回头。自然，这也造成周可以后来乃至现在的偏执性子。

还未等长明对这个徒弟的人生之路研究出个子丑寅卯，背对着他的男人已经动了。袍袖无风而扬，形影瞬间模糊，再到长明跟前，不及眨眼之间。他的脖颈上多了一只冰冷的手，仿佛肌肤与冰块相贴。

换作旁人，这个动作足以令他们瑟瑟发抖，跪地求饶。但周可以看见被自己掐住的人非但没颤抖、恐惧、大喊大叫，反而冲他露出一个自认为和蔼可亲的笑容。

"徒儿，多年不见，还好吗？"

很多人听见见血宗宗主周可以的名头，还未等看到真人，就会远远避开，生怕这位杀人魔头一个不高兴就把自己给灭了，这世上只怕没有几个人，想跟周可以如此近距离互动。这样做过的人，十个里有九个不是死了就是残了，剩下的这一个——

如果许静仙和门外的何应元在这里，他们一定会对自己的眼睛产生怀疑。人见人怕的见血宗周宗主，非但没有将长明的脖子捏碎，居然还破天荒抽手后撤，表情甚至露出几许裂纹，眼看就要全面破碎崩溃。

他死死盯住长明，表情变幻，先是疑惑后震惊最后是难以置信。

周可以怀疑他在做梦，他那个早就死了几十年的死鬼师父，怎么会突然出现在他面前？是走火入魔的幻觉，还是敌人送来的诱饵？

本来他急需人丹来缓解血液中沸腾的燥热，却在看见长明那一刻，生生冷静了下来，神志似乎也没先前那么狂躁急乱了。

"你是谁？"周可以冷冷看过来，大有下一刻就将手捅入长明身体取出其心脾的架势。

"皮囊不错，虽然没有修为，但可以把骨头打碎，将皮囊完整取出来，挂在门口，供来往的人欣赏……"他一边说着，一边慢慢笑起来，英俊却阴沉，殊无半分暖意。

这个表情对长明而言却似凉风拂面，他慢悠悠开口。

"你拜入师门那年八岁，胆子很小，不仅自卑还怕打雷。有一年夏天，晚上一直打雷，我原想去看你有没有按时就寝，发现你睡在地上，还以为是你睡觉不老实滚下床的，一摸竹席才发现你是尿床了……"

"住口！"人见人怕的周宗主，表情正一寸寸龟裂。

越发狰狞了，虽然小时候也不见得多可爱，但还是那会儿好看点。长明如是想道。

"放松些。"长明拍拍他的胳膊，示意他松手。

周可以还真就松开了手，后退几步，随即意识到不对，他已经叛出师门这么多

年了，何必对死鬼师父言听计从。想及此，周可以不由得冷笑一声。

"方才我探得你修为尽失，丹田破碎，现在应该是个废人了吧？老贼，你也有今天，还敢跑到我面前来，是觉得我不敢弑师吗？"说罢他手掌上翻微微抬起，掌心红光氤氲，阴气澎湃，只需朝长明一推，顷刻就能令其骨头尽碎，痛苦而死。

"你就不想知道我这些年在哪里，为什么没死，又经历了什么？"

长明四处看了看，想找个干净的蒲团坐，奈何周围的蒲团都沾了血，他只好挑了个稍微干净点的，拖过来盘腿坐下。

周可以居高临下，只能看见死鬼师父茂密一如从前、不见谢顶的头发。

他也想知道这死鬼怎么没死。全天下的人都以为长明死了，这么多年过去，他居然没死，又活生生出现在自己面前，唤自己徒儿，这对周可以来说简直像个梦。

只不过，是噩梦。

"我不想知道。"周可以冷冷道。

"你总这样，嘴上说不想，心里想的却完全相反。如果我当真修为全失，怎么会只身上来找你？其实这些年，我一直在黄泉。"

周可以心头一动，狐疑道："那个号称有进无出的黄泉之地？"

长明颔首："我在那里有了奇遇，重新淬炼修为，你现在看我的确修为全失，但你又知不知道，修为到了一定程度，突破境界之后，会有返璞归真的效果。也就是说，你看我像个废人，实际上，我已经到了你无法窥探的境界。"

周可以："你想说你已经突破成为地仙了？"

长明："我不知道是不是地仙，但的确比先前更进一层了。"

他神色悠然，没有半分作伪。虽说修行人不易老，但如果突破地仙境界，哪怕活上几百上千岁，终究也会有衰老死亡的一天，但长明——

周可以仔细端详，只觉长明头发乌黑发亮，眉目宛然如初，跟当年他拜入师门的时候一模一样，仅仅是没有那么严厉了，整个人平和不少，还真看不出半点衰老之态。他素来多疑，不会因为几句话就消除疑虑，动了念头想试探试探。

念头刚起，一道白光倏然从长明袖中飞出，迎面扑向周可以！后者面色微变，侧身堪堪避开，白光擦脸而过，脸颊瞬间有种冰寒刺骨之感，周可以伸手一摸，摸到了满手的冰霜。他回身望去，只见白光落地化为白色猛虎，毛发蓬松神态狰狞，冲着他低声咆哮，大有随时扑过来的架势。周可以想也不想出手拍去，红光与白虎半空相遇，光芒骤然大盛，发出巨响地面震动，一团星辉点点落地，炸成一座冰山。

动静传到外面，脚步声纷至沓来，但因为周可以平日里的积威，愣是无人敢硬闯进来。

"都出去。"

周可以的一句话传到外面，杂乱的脚步声瞬间消失得干干净净。他重新将视线转回长明身上。

　　"没想到多年不见，您竟已能化虚为实，御物变幻到如此地步了！"

　　长明笑而不语，一脸高深莫测。周可以的半信半疑变成六分相信，果然不敢轻举妄动了。

　　"我以为您老人家重回人世，头一个去找的，应该是大师兄。"他也寻了个蒲团坐下，半真半假试探道。

　　长明："为什么不能先来看你？你对自己就这么没有信心吗？"

　　周可以心想：这怎么跟信心扯上关系了？我巴不得你死在黄泉，压根别再出现了！他皮笑肉不笑："早知道您来看我，我定然敲锣打鼓张灯结彩，让人在十里之外恭迎您老人家！"

　　长明："那倒不用，怪劳民伤财的。咱俩多年未见，我看你如今也功成名就，算是出人头地了，不负你自己的刻苦努力。"

　　周可以嘲讽道："我还以为您是听闻我残忍嗜杀之名，特意上山来惩恶除奸的，怎么，您去了黄泉一趟，连性子都变得宽和了？"

　　长明点头："的确，见多了生死奇遇之后，我发现世间万事万物没有不可解开的死结，只看方法得当与否，物如此，人亦如此。"

　　周可以："那好啊，看来您与大师兄的怨隙也可趁此解开，早几十年您有这等胸怀，徒弟们又怎么会一个个叛出门墙？本座就先给您和大师兄道一声喜了，恭祝二位久旱逢甘霖，老树逢春。不如我先派人给他飞信传书，免得他不知道您还活着。"

　　他这话阴阳怪气的，充满幸灾乐祸和看好戏的意味，虽然口口声声都是敬语，但任谁一听，都知道他们师徒之间不和，就差大打出手了。

　　长明淡淡道："老树逢春和久旱逢甘霖用得不对，你少时就没怎么读书，现在既然开宗立派了，闲暇应该多读几本书，增加些涵养才是。"

　　周可以嘴角抽动，险些控制不住杀心。

　　"该反省的是你吧！当初随随便便就给我起了这么个名字，你知道你后来把我逐出师门，那些人是怎么嘲笑我的吗？他们说我是你随便捡来的徒弟，根本就不上心，自然连名字也是随口取的，若不是你，我用得着受那些侮辱吗？"

　　周可以语调低沉，一字一顿，越说越慢，眼中的怨愤杀意却浓得几乎要流出来。

　　长明不以为意："大道至简，越是简单的名字才越能体现深刻内涵，如果有人嘲笑你的名字，那说明他们脑袋空空，无知可怜，你更该奋起向上，让他们明白自己的可笑。"

　　周可以阴恻恻道："他们不用明白，胆敢嘲笑我的人，现在不是已经投胎，就

是在去投胎的路上了。"

长明："既然你觉得名字不好，为什么不改？"

周可以冷笑："因为我要让全天下的人都习惯我的名字，而不是我去迁就他们！"

长明鼓掌："好，霸气，不愧是我九方长明的徒弟！"

周可以刚高兴了一会，随即反应过来。他在高兴什么？有什么可高兴的？这老贼当他三岁小童，张口又在忽悠了，还真觉得他是从前那个打不还手骂不还口的受气包窝囊废吗？

"你到底来干什么？来跟我重拾旧日师徒情谊的吗？"

长明道："我来要回我的四非剑。"

周可以挑眉："你想要我就得给？如果我不给呢？"

长明："道不同不相为谋，那把剑非你之道，你驾驭不了。"

"又来了！"周可以忽然暴躁地打断他。

"你总是这副语气，处处瞧不起我，可现在呢？我坐拥一方宗门，万人跪拜，门外那些人，还有许许多多大小门派，全都要仰仗我过日子。而你呢？你现在身败名裂，只要走出见血宗地头，人人都会攻击你，说你是十恶不赦、害人间变成妖魔世界的罪魁祸首，他们痛恨你，比痛恨我多百倍！九方长明，哈哈哈，你以为你还是当初那个无人敢掠其锋芒的天下第一人吗？"

长明微微歪头表示不解："我为何会身败名裂？我不是本来就人见人怕吗？只要实力够强，旁人是敬是怕，与我有何相干？徒儿，你又入迷障了。"

周可以被噎得说不出话来，盯住长明的眼神几乎能将他当场杀死。

"九方，我早已不是你可以揉圆捏扁的徒弟了。"

长明从善如流："抱歉，周宗主。"

周可以：……

他感觉九方长明重新出现时，整个人都变了，无论他说什么，都像一拳打在棉花上。他从未有过如此无力的感觉。从前的九方长明不苟言笑，对弟子尤其严格，周可以当年便是被调教得死去活来，心生怨恨，未尝没有过有朝一日要加倍报复的心思，可就在他离开师门不久，还远未到能挑战九方长明时，就传来对方身殒的消息。

周可以不知道自己内心深处始终潜藏着怎样一份不甘心，直到他再度看见这个死鬼师父。

长明像是看出他的想法："你想杀我，又不想杀我，你想打败我，又不想在这种情况下打败我。"

周可以面沉似水："你是不是觉得，还能像从前那样控制我的想法？"

长明："我从未想过控制你，是你自己不甘心。你的修为大有长进，与从前相

比已是天壤之别，想杀我，现在正是时候，再过一阵，就未必有这个绝佳机会了。"他安之若素，云淡风轻，在周可以看来，就像一栋毫不设防的屋子，任由他进出，畅通无阻。

但长明越是如此，周可以就越是觉得没有这么简单。以长明的老谋深算、老奸巨猾，必然还留了后手，身怀巨大阴谋，设下陷阱，就等着他主动送上门。

周可以狐疑地打量九方长明，长明冲他从容一笑，他越发肯定了自己的猜测，蓦地将蓄势待发的手收回袖中，想到一个绝妙的主意，不由得笑了起来。

"我不杀你，自然有人杀你，那人恨不得将你千刀万剐，除之而后快。你不是想要四非剑吗？剑不在我这里，但很可能在云未思那里，本座这就送你一程，让你去见见我那位大师兄吧！"

说这番话时，周可以不忘仔细观察长明的表情变化。长明果然神色一动，表情变得复杂。

周可以知道自己猜对了，但心中难免又浮起陈年旧怨，想着在老贼心里，其他人终究是比不上云未思的。想起他当年战战兢兢、日夜苦练，唯恐师父不悦，可九方长明非但没对他高看一眼，反而处处苛求，最后还因为他偷练魔功，将他痛骂一顿逐出师门，周可以就忍不住又起杀心。

多好的机会，这老贼近在咫尺，他抬掌可灭，一了百了。从此心魔消除，说不定修为还能更进一步。

长明只消看一眼，就知道对方又动了杀念。练魔功者，必然被魔障影响心智，轻者容易动怒，重则性情大变。像周可以这样性格原本就偏激的人，修为越高，越难控制住自己，以至于到了必须吸食人丹来增进功力、压制癫狂的地步。

"你现在这样下去，迟早会爆体而亡，就算有源源不尽的人丹供给，你也无法完全吸收，因为那毕竟不是你自己修炼出来的。"

看在两人以往的渊源上，长明劝他回头是岸："现在能救你的唯一办法，就是散尽修为，从头开始，即使困难重重，也比你现在一条道走到黑好。"

"住口！当初若不是你偏心，我何至于要去练魔功！"

周可以双目尽赤，鲜红欲滴，这是即将走火入魔的表现。他再也控制不住，一把将长明摁在柱上，狠狠捏住他的下巴，几乎要将骨头捏碎。

两人面对面，鼻子几乎相贴，近得能让长明感受到他的气息。

腥，这是唯一的感觉。

血腥气，铺天盖地，瞬时灌满鼻腔。这是经年累月那些人丹被周可以吞噬之后的精血残余，更是这些冤魂萦绕不去的怨念。他现在固然修为大增，但随着反噬发作一次比一次厉害，最终就会落得长明所说的那个结局。

长明看见他狂乱嗜血的眼神，也看见他隐藏在深处的灵魂，那个曾经胆怯内向，后来却偏执激烈的灵魂。

"你当时……"下巴剧痛，喉咙也被掐住，有些呼吸不畅，但长明仍开口道，"觉得我对你太严厉，但我对所有徒弟一视同仁，云未思和孙不苦在我门下时，我也从未对他们有丝毫宽待，你资质不比他们突出，更应刻苦。按照我为你铺好的路走下去，你本可以成为一流高手……"

"我要的不是一流！"

周可以打断他，手上又用力了一些。长明禁不住吃痛蹙眉。

"我要的是做人上之人，独一无二，超凡出众。云未思能做到的，我也能做到！九方长明，你跟我装什么正道名门？那时你叛出佛道，不就是为了入魔，你自己修了魔功，修为大进，却敝帚自珍，不肯传授于我！我对你……"

恨之入骨，又无法打败，被迫遥遥仰望了多少年。就在他以为有生之年终能打败九方长明，证明是对方错了的时候，九方长明却根本没有给他这个机会。而现在——

柔软脆弱的脖颈近在眼前，跳动的脉搏通过指尖传递过来。只需要用力掐下去，他多年夙愿即可达成！

他心魔交战，神思矛盾，手欲动而未动之际，忽然一道白光自长明袖中亮起，刺眼夺目，周可以禁不住眯起眼为之一滞。可就在这半瞬的迟疑间，白光化为巨龙陡然升腾呼啸而出，张开血盆大口扑向他！

周可以蓦地一惊，下意识急速后退。巨龙虽非实质，却居然能撼动整间屋子，昂首立起时竟连屋顶横梁的瓦片也被顶碎，周围轰然作响，地砖片片碎裂，先前在外面留守的何应元早就爬起来躲得不知去向，此情此景，更是无人敢靠近此地。

反手虚空一抓，一把黑色长剑出现在周可以手中，他挥剑斩向蓄势扑来的巨龙，黑色剑光与巨龙相遇，黑白两道光芒缠绕在一起，却并非和谐如混沌太极，而是此消彼长的互相对冲！

"轰！"巨龙咆哮，地动山摇，震颤了整座山峰。

光芒逐渐消退，周可以缓缓落地，长剑抵地，嘴角带血，而巨龙化为冰晶雾气炸开星星点点，在半空散尽。隔着朦胧烟雾，昔日师徒四目相对，多少恩怨尽在不言中。

长明同样嘴角淌血，但尚可站直，周可以竟一时探不清其深浅。难道这老贼果真如其所说，已经到了炼神返虚、化虚为实的地步了？

思及长明过往种种传奇之处，周可以哪怕嘴上不承认，潜意识里也早就对这位师父生出近乎刻骨铭心的仰望。他曾以为随着自己实力的增进，早已可以平视甚至俯视对方，但此刻赫然发现，仰望与敬畏依旧存在，只不过藏得更深，连他自己都差点被骗过去。

周可以喘着气，发现不知何时自己的神志竟然无比清醒，他已经很久没有这样冷静深入地思考过一个问题了。每次走火入魔的那段时间内，只能浑浑噩噩醉生梦死，此刻这么快就恢复过来，恐怕也与刚刚那场交手有关。

"你做了什么？"他哑声问。

长明负手，面色淡淡的："冰龙里是最简单的清心咒，仅此而已。我很久以前就跟你说过，天道平衡，非己之物，终得其咎。我入魔门，乃是为取其精华去其糟粕，吸食人丹在我看来，就是魔功糟粕，你却为了速成非要走这条不该走的捷径。

"你误入歧途，现在回头，亡羊补牢犹未晚矣。你我虽已无师徒名分，但我仍希望你能有所建树。"

周可以死死盯住他半响，忽然放声大笑。

"我从未想过，堂堂九方长明，竟然会对徒弟说出这样的话！"

他清楚地记得，当年长明说的是，你误入歧途，又不肯悔改，从此亦不必称我为师，你我师徒终究陌路，你好自为之吧。当年的周可以本就满腔怨愤，闻言想也不想，直接转身就走，头亦未回。

往事历历在目，老贼的疾言厉色与眉间那抹深刻褶痕，他至今都难以忘记。

长明神色坦荡，嘴角微翘。

"我是人非神，也会有过于激烈严厉的时候，难不成在你眼里，我是完美无缺从不犯错的？可以，你果然对为师痴心不改，这么多年过去，居然还把为师当成神来仰慕。"

周可以被他这恬不知耻的话气得差点又要走火入魔。

"宗主！"见这边好长时间没有动静，终于有人敢靠近。

许静仙磨磨蹭蹭走在几位峰主之后，根本不想在前面顶雷。谁都知道宗主性情反复，喜怒无常，她可不愿意当那个倒霉鬼。方才他们是听见动静后才匆匆赶来，只看见偌大屋子破损严重，满地瓦砾，一片狼藉。但让她惊讶的是，原本以为十死无生的七弦门人丹，这会儿居然好端端站在宗主对面，除了嘴角淌血，没有其他伤处。可那人明明毫无修为根基，连一只鸡都未必捉得住，怎么可能跟宗主一决高下？

别说高下了，恐怕宗主一根手指就能将他摁趴下。难不成宗主方才已经走火入魔发作过一回了？那就更说不通了，换作以往旁人，如今早已是一具尸体，怎还能完好无缺站在此处？

所有旁人，在周可以心中形同虚设，他的眼里唯有不远处的长明。一者目光冰冷，宛若塑像；一者神色悠远，八风不动。

周可以不发令，没有人敢上前去抓长明，局面一时僵住了。

第三章 故人相见

　　周可以忽然想起一件往事，当年他根基尚浅，在雪地里练功，不堪严寒，三天三夜之后终于昏倒，醒来是在长明的卧榻上，长明刚刚为他行功驱散了寒气。

　　原本刚刚感受到一丝暖意的他，还来不及表示感激，就被当头泼了一桶冷水，九方长明告诉他，他的耐力不行，比起前面两位师兄差之甚远，很可能再练三个月也没有结果，除非多练一年、两年，才有可能达到两位师兄练习一个月的成就。

　　那时候的周可以如孤立无援的雏鸟看着自己眼前的雄鹰，可雄鹰非但没有给他鼓励安慰，反倒一把将他推向悬崖。

　　"如果你再练一年还是如此进境，也就不必再跟随我了。"

　　此人为何如此严厉到近乎泯灭人性的地步？他对云未思和孙不苦也是如此无情吗？若是当初他再耐心些，循循善诱，他是否还会选择修炼魔功这条不归路？

　　周可以曾经一次次想过这些问题，未果。过去的事情从来没有答案，所有一切早已如江流东去，绝不会回转倒流。

　　"许静仙。"

　　再开口时，周可以的声音听起来竟出奇冷静，冰冷得不带一丝烟火气。

　　许静仙暗叫倒霉，心说怎么她都躲到人群后头了还被点名。她不得不硬着头皮走出来，露出娇媚如秋月的笑脸。

　　"宗主有何吩咐？"

　　"你带他，去九重渊。"

　　周围的人微微色变，许静仙则直接倒抽一口凉气。

　　"这……宗主，静仙恐怕难当此任！"

第四章 九重渊

九重渊是什么地方？

传说那里是一座深渊，也是一道门，一堵墙。墙的这边是人间烟火，那边是妖魔世界。

数十年前一场变故之后，九重渊变成一个通道，那里妖魔鬼怪、魑魅魍魉混居。几乎所有人都有一个共识，那里是最危险的地方。自然，如果你足够强，或者你觉得自己足够强，也可以在那里找到许多惊喜——灵石，神器，甚至是奇遇。

周可以微微侧首，带血色的眸子瞬时盯住她。

许静仙背脊发凉，勉强笑道："宗主，不是属下推诿，实在是那地方、那地方单凭属下，恐怕待上片刻就会有性命之危，那属下就……就无法再见到宗主，服侍您了！"

她露出楚楚可怜之色，任何一个男人都难以忽略这样的柔弱，即使其他峰主知道她不是善茬，也还是禁不住心神一荡。有人暗骂一声妖孽，撇开眼不去看她。

周可以一直注视着她，视线未曾移开分毫。反倒是许静仙先承受不住，低下头。

周可以哼笑："你无法立足，他却可以。少废话，照我说的做，事成回来之后，我这里有件东海鲛绡给你。"

不单许静仙，所有人都眼睛一亮。鲛绡不只能做兵器，还能裁衣。东海鲛绡材质特殊，传闻是鲛人之皮所制，极其难得，皇室将其列为上珍之品私藏大内。对修士而言是极好的防身之物，甚至能在关键时刻救命。但去一趟九重渊，小命都未必还在，这个诺言也等于空中楼阁，华而不实了。

第四章 九重渊

　　许静仙权衡利弊，犹豫半晌，还想拒绝，眼尖瞥见周可以掌心黑光一闪而逝，大有一言不合就将她杀鸡儆猴的架势，她心头微凛，话锋当即一转。

　　"宗主有命，属下但无不从！"

　　周可以掌心恢复原状，面色也略有好转，但当他将目光放在长明身上时，面色又瞬间黑了。

　　许静仙见势不妙，赶紧上前将长明拽走："我们这就启程，不劳宗主相送，属下告辞！"

　　身后，周可以没有再叫住她。

　　许静仙暗暗松了口气。她摇动金铃带着长明回到凌波峰，半步不停，待看见熟悉的风景和下属时，才觉得腿软，方才若是周可以勃然大怒大开杀戒，后果当真不堪设想，她可不想死得这么不明不白。

　　"我很好奇，以宗主的修为功力，你是如何在他面前活下来的？"

　　长明握拳抵唇，咳嗽起来。

　　许静仙不满："喂，你可不能对我藏私！方才要不是我及时把你拉走，宗主就要出手了，就算你有什么出奇制胜的法子，恐怕也会伤得不轻吧？"

　　"我已经……"没说两个字，长明直接咳了一口血。红色的血争先恐后从指缝里冒出来，他弯下腰，血溅到许静仙身上，新换的浅紫衣裙立时就沾了污渍。

　　许静仙倒抽一口气，想发火又忍住了，周可以让她带人去九重渊，可没让她杀人，再说此人身上秘密众多，她还没挖出一星半点，也舍不得动手。

　　"你没事吧？"

　　长明吐了好几口血，整只手都被染红了，这才缓过来，然后摇摇头。他方才与周可以斗法，看似不落下风，实际上用的不是灵力，而是神识。

　　他的灵力荡然无存，别说从头练起，就是现在凭空增加三成修为，也不会是周可以的对手。但御物化神之术是例外，它是完全凭借神识衍生出来的一门术法，化虚为实，虚实交错，端看御术者的神识有多强大。

　　长明这些年在黄泉游走，见惯了命悬一线的各种危险，神识之深厚也非常人能比，所以方才凭借御物化神，出其不意，跟周可以拼了个看上去不算吃亏的局面。这里头一部分原因还得归结为周可以对昔日师尊根深蒂固的畏惧。即便他现在变得强大了，片刻之间也不会去怀疑长明说的那些话。只要长明人站在那里，无形中对他就是一种震慑。

　　当然，这个办法撑不了多久，周可以也不是傻子，迟早看得出长明的外强中干，到时候他的下场绝对不会好到哪儿去，所以他顺水推舟随着许静仙回来了。

　　许静仙摸不清他的底细，还真当他有什么让周可以忌惮的法子，见他吐血也不

敢偷袭，还拿了贴身的帕子给他擦拭，半真半假地娇嗔。

"你还骗我不会御物之术，七弦门后山那两只纸片傀儡果然就是你的！"

长明带血的手掌在那光洁如月的帕子上印出团团梅花，将帕子弄脏了。

许静仙没有半分不快，不假人手，亲自扶他去客房歇息。有峰主搀扶，长明得到的自然是凌波峰除了峰主住处之外最好的院子，环山绕水，烟云缥缈，清凉微风不时拂面而来，可谓小洞天福地了。

凌波峰众人看着峰主忙里忙外，亲自伺候这来历不明的男人，一个个目瞪口呆，做事都慢了半拍。

"你们都出去吧！"

许静仙不耐烦她们杵在旁边当木头人，把人通通赶走，她对长明的兴趣是越来越大了："你与宗主究竟是何关系，他为何让我带你去九重渊呀？"

"好哥哥，好郎君，你快告诉我吧。九重渊那地方我可不敢去，你想让我去，总得让我长长胆子！"

长明受伤不轻，不愿搭理她，她就软下身段，前前后后亲自照顾，直到长明不再吐血，有力气与她谈话。

"九重渊很可怕？"

"相当可怕。"许静仙眼珠一转，给他递了杯茶，开始侃侃而谈，"当年天下顶尖宗师齐聚万神山，布下六合烛天阵，想封住魔界缺口，阻止妖魔现世，这事儿你知道吧？"

长明："略有耳闻，所知不多。后来呢？"

许静仙："后来守阵时，有人与妖魔私下勾结，导致阵法功败垂成，当时在场的守阵护阵之人十有八九都牺牲了。阵法缺口大开，妖魔一时蜂拥而出，为祸人间。后来万神山附近逐渐形成大小九座城池，虽然无法完全堵住缺口，但妖魔也不能再肆意进出人间，算是一道缓冲屏障。"

长明："谁跟妖魔勾结？"

许静仙："听说与妖魔勾结的，正是当年威名赫赫的天下第一人，九方真人。"

长明："……"

许静仙一直在仔细观察他的神色变化，长明一蹙眉，她立时就发现了。

"你也认识九方真人？"

长明不答反问："为何会说他与妖魔勾结？"

许静仙："当年我资历尚浅，并未亲眼所见，但幸存回来的人都这么说。"

长明："你刚才不是说在场者十有八九都殒命了吗？"

许静仙笑了笑："那也还是有侥幸逃生的，如独孤家的家主、万剑仙宗的宗主、

神霄仙府的府主等，这些人现在要么隐居不出，要么是叱咤一方的大拿，自然不会诓人。"

长明想起方才周可以说他身败名裂，看来对方没有夸张。离开黄泉重回人世之后，他逐渐想起前事，但对于变故当天到底发生了什么事情，记忆一直模模糊糊的，如今结合周可以跟许静仙二人的说法，倒是可以拼凑出一些。

他当时已是天下第一人，除非有超乎寻常的天大利益，否则说他与妖魔勾结是无法成立的。那么这份天大的利益，到底是什么？

另外，小云突然出现又消失，必然与云未思有关系。就算是个陷阱，这趟九重渊他也非去不可。如果另有隐情，那么解开这个谜团，就变得更有趣了。

没让他思索太久，许静仙撒娇似的依偎过来。

"明郎，你还未与我说，你与宗主到底是什么关系？还有啊，你一开始就想见宗主吧，特意让我带你过来，你把我骗得好苦，若是今日宗主追究下来，我肯定要被你连累了！"

"这不是还没有被连累吗？"

长明没有推开她，也没有趁机占便宜，就这么静静地看着她表演。

在他的注视下，许静仙很快就演不下去了，连嘴角的笑容都变得勉强。她觉得自己就像个傻子，在对方眼里无所遁形。

"那去九重渊的目的总可以与我说吧？便是有宗主发话，我也不想去那地方送死。"

许静仙勉强支肘，坐得稍微端正一些，可在旁人看来，还是那个柔弱无骨的妖孽。但下一秒，她镇定自若的脸色就变了，因为长明说了一句话。

"你幼年时，是不是曾经想过入道门，却被告知媚骨天生，不适宜修炼道法，最终才拜入魔门，修炼魔功？"

许静仙："你怎么知道？"

长明："你的表情已经说明答案了，我的猜测是对的。看来你不仅想入道门，而且这已经成了你的执念。"

许静仙沉默片刻，道："我小时候，曾经见过道士在天上御剑飞行，很是神往，就闹着让我爹带我去本郡最大的道观拜师。我还记得那日恰好是三清讲道日，人山人海，有不少像我这样的小孩子都在高人面前排队，想让高人探一探根骨，瞧瞧自己有没有修炼的资质，我爹便让家仆赶紧带我过去。"

这对她来说，已经是许久之前的事，但许静仙回忆起来，依然记忆犹新，历历在目。

"好不容易轮到我，我满怀期待上前，等着那道人说我可堪造就，把我收列门墙。

谁知道他摸着我的手腕和额头半晌不说话，面色凝重，对我爹说，'此女媚骨天成，日后若嫁入皇亲贵胄，定为祸国妖姬，若是走修炼之路，恐怕也会误入歧途'。

"当时我一听就哭闹起来，大骂给我看相的牛鼻子不安好心，可我爹不让我骂，还拉着我给那臭道士赔罪。后来我才知道，那臭道士叫谢春溪，乃是金阙道宫掌教。"

长明点头："谢春溪当年大败佛门首尊妙度，是有几分本事的。"

许静仙冷笑："那年我方才七岁，便能看出我是祸国妖女了？可正因为他有名声有本事，说出来的话才更为致命。我爹后来又带着我去给其他道士看，那些人无一敢推翻谢春溪的结论。不管我想拜入哪个道派，最后都被拒之门外。既然不让我修道，那我就修魔好了，既然说我是祸国妖姬，那我不混出个样子来，怎么对得起谢春溪那老匹夫对我的评价！"

她一口气说完，略加平复了一下情绪，转眼又换上笑脸，娇嗔道："都怪你，干吗挑起人家对旧事的回忆，害人家差点动怒，小心肝到现在还扑通扑通跳呢！"

"你的确媚骨天成，谢春溪没有说错。"

长明这句话说完，便看见对方眼中骤然腾起的杀气。杀气随即藏在盈盈笑容下，许静仙娇滴滴道："明郎怎么这样说我！人家长得漂亮，就是媚骨天成没有慧根吗？那怎么不说是男人自己把持不住才会被我蛊惑呢？"

长明根本不受影响，依旧话音徐徐。

"媚骨天成未必就得修魔功，心正神清也并非就一定得道，更何况你灵台一点明灯未灭，便是身在魔门也不肯懈怠，看似委身周可以魔下，却每日都坚持修炼以求突破，不肯走魔门中人常见的捷径。我观你面相，有媚骨而无媚气，可见连采阳补阴这等捷径都很少采用。当年如果入道入佛，今日也未尝没有成为高手的可能。"

许静仙笑道："你现在说这些还有什么用？为了讨好我，套近乎吗？"

长明："还有机会。"

许静仙蹙眉，强忍不耐。

长明没有卖关子："九重渊里有一种养真草，生在人力不可及之处，若能拿到，进可令你修为更上一层，退可伐经洗髓而不伤及根本。周可以不是许诺等你归来就给你东海鲛绡吗？在我看来，借助外物不如自身强大，既然周可以让你带我往九重渊一趟，机缘巧合的话，一株养真草就够你受用一世了。"

许静仙："我从未听过什么养真草，焉知不是你随口胡扯？"

长明："你可以去问问周可以，便知我所说是真是假。"

许静仙心说，我活腻了？刚从宗主那里逃出来，怎么可能又回去送死。

不可否认，对方这番话让她的心思活泛起来。她原本的打算是将长明送到九重渊附近，任由他自己找路，自己则回来复命。谁都知道进去那地方就是九死一生，

就算长明死在里头，也是合理的。

但宗主这人喜怒无常，一会儿一个主意，谁也说不准他到底想不想让长明活着回来。万一她把人丢在九重渊，宗主不乐意了，找她算账，那她上哪儿再变个大活人出来？能被当成人丹送去给宗主还能安然无恙的人从未有过，长明是例外之中的例外，从方才的情形来看，二人必定是有些渊源，指不定就是这人让宗主因"爱"生恨，才会愤而剑走偏锋，以人丹练功……

不知不觉，许静仙已经脑补了一段相爱相杀的恩怨情仇。

"我不太明白，明郎既与宗主如此相熟，方才为何又打了个你死我活？"许静仙半真半假试探道。

"有时牵绊越深的人，见面才越是不得安宁。"长明也半真半假地回答。

许静仙："这么说，你们果然是旧识故交。"

长明："他在河边长大，少时家境贫寒，经常去河里抓鱼吃，到后来家境改善，却彻底厌了鱼肉，甚至闻见鱼腥味就想吐，想必到如今也没有改变。"

他若说别的，许静仙或许不知道，但她为了讨好周可以曾特意打听过对方的喜好，周可以讨厌吃鱼这一点，并非什么秘密，可谁也不晓得是为什么。

许静仙终于确信此人与宗主是旧识，并且怀疑两人有纠葛。

"既然宗主有令，静仙自然要遵从，不过天色不早了，我先让人带郎君去歇息，明日再启程前往九重渊，如何？"

长明自无异议："那就有劳仙子了。"

这一觉，长明睡得无比安稳，比在七弦门后山还要安稳。不是因为见到久别重逢的三徒弟，而是他知道周可以和许静仙一定会辗转难眠。

周可以是因为乍然见到他，还未从震惊中回过神来。以周可以多疑的性子，白天与他交手之后，夜里必定在琢磨自己的死鬼师父到底是真的修为猛增，还是虚张声势；琢磨死鬼师父又在哪里得了奇遇，是不是已臻地仙水准。

越是虚虚实实，周可以就越不敢轻举妄动。

而许静仙则必定会对他口中的养真草动心，四处询问其是否存在，弄不好一整夜都不休息了，就忙着在各种典籍真经中寻找真相。

既然别人都睡得不好，那长明就睡得更好了。长达五个时辰的睡眠让他隔日起床时神清气爽，与之相反，许静仙满脸倦容，精神萎靡。修士不可能因为一夜无眠就疲惫成这样，许静仙如此精神不济，必定是连夜用她那个金铃四处去找与养真草有关的佐证，以至于她看见长明神采奕奕，脸色就更黑了一点。

"明郎好似很开心，是昨夜做了什么好梦吗？"

"许仙子何出此言？"

"我见你红光满面，印堂祥云围绕，应该是遇到了什么高兴的事情，能不能说出来与我分享一二？"许静仙一字一顿，从牙缝里挤出这句话。

"我开心是因为仙子看起来如释重负，一定找到了某个问题的答案，所以我为你高兴。"长明真诚道。

许静仙气极反笑，恨不得从他身上咬下一口肉来。自她当上一峰之主，外人见了她都是又恨又怕，当面称仙子，背地叫妖女，只有她让别人吃瘪的份，从未有人能牵着她团团转。这个长明真是能人所不能。

"我的确在一本古籍上找到了养真草的传说。"

长明挑眉："恭喜仙子。"

许静仙又想咬人了："对养真草，你还知道什么？"

长明："此物不沾土石不沾露水，不在枝蔓之上，不在岩壁之中，见者称其不沾因果不入轮回。即使在九重渊也难觅踪迹，唯有月圆之夜现身片刻。这些事情，你找到的那本古籍上一定没有写。"

许静仙狐疑："那你怎会如此清楚？你去过九重渊？"

长明："我脑子受过伤，也许去过，但记不得路了。养真草应该是亲眼所见，否则也不会留下如此深刻的印象。如今你的修为已至瓶颈，没有机缘再难寸进，养真草就是你最大的机会。"

许静仙娇哼："我不会为了一个虚无缥缈的机会去送命，宗主既然让我送你到九重渊，我便送你到入口，亲眼看着你进去，就可回来复命了，你休要蛊惑我！"

长明笑了一下："那我们何时启程？"

许静仙："现在！"

雨霖铃虽然是难得的法宝，可以代替传送法阵并随身携带，但与法阵一样都有个缺陷，那便是只能将人传送到曾去过的地方。许静仙从未踏足万神山地界，更不必提九重渊了，雨霖铃至远将他们送到离万神山不远处的石林，余下的路就得靠两人自己走。

自数十年前那场大战之后，原本就罕有人烟的地方更是人兽绝迹，别说城镇村庄了，便是飞鸟也看不见一只。地上满是大小不一的石砾，长明拄着竹杖走路尚且硌脚，许静仙干脆用纱绫缠住周围的枯树、巨石，飞一段，停一段，或坐在石上歇息，等长明追上去。饶是如此，她也抱怨连连，叫苦不迭。

"这地儿怎么这么热？地下是不是有火，踩一步都觉得脚底快烧起来了！"

"这路全是石头，让我怎么走，鞋都快磨烂了，早知道真该叫上一顶轿子！"

第四章 九重渊

"你能不能走快点儿呀，我这额头冒汗呢，你怎么还慢吞吞的！"

"渴死了，附近可有水源？"

长明被絮叨得耳朵起茧，无奈抬头："姑奶奶，你是修士，不是普通大户人家的闺女，那些石子磨不坏你的鞋子，口渴也只是你的幻觉，你这修为三天三夜不喝水也不会死的。"

许静仙噘嘴："那怎么办嘛？我讨厌这鬼地方，还有多久才到，我想回去了！"

长明停步眺望："大概还有几十里吧，太阳落山前能走到就不错了。"

"太阳落山？！"许静仙瞬间提高声调，"你看看这太阳又毒又辣，还在中天挂着呢，何时才能落山！我不管，你都能跟宗主打成平手了，怎么连御物飞行都不会，你走快点，不然我要揍你了！"

长明气定神闲："我昨日与你们周宗主斗法受伤，你也瞧见了，如今还能走已经不错了，你若将我打伤正好，我也不必走了，我们就地休息几日吧。"

许静仙拿他没法子，咬咬牙，飞身落地将人提起，纱绫从腰间飞出，落在一块稍显圆滑平整的巨石上，找到下一处落脚点，再带人飞过去。

长明指点江山："现在为何不直接御物而飞，以你如今的修为，一口气直接飞到石林边缘不是难事。"

许静仙："你再说，我就将你丢下去了！"

长明果然闭嘴了。

许静仙自然可以一口气飞过去，但她想要节省力气，也怕这地方诡谲难测会突然间冒出什么意外。两人如此飞飞停停，终于来到石林边缘，迎面而来的却是一股清冷雾气弥天漫地，令人摸不清前路。生怕这雾气有毒，许静仙顾不上鞋会不会磨坏了，带着长明落地行走，又落后长明半步，意思很明显，让对方走在前面探路。

长明不以为意，抬脚先行，两人一前一后走了半炷香的时间，几乎同时停下脚步。

雾气虽然浓郁，但一步左右的路还是能看见的。而距离他们脚尖半步左右的地方，硌脚的石块沙砾没有了，取而代之的是陡峭的悬崖，雾气遮掩了视线，也让人忽略恐惧，仿佛这一脚下去就能腾云驾雾，羽化登仙。

"怎么走？"

许静仙没来过这里，她最靠近九重渊的一次就是到了雨霖铃送他们抵达的石林，当时她便觉得此处灼热难耐，一刻都待不下去，如今雾气蒙蒙加上地表滚烫，令她额头冒汗，更加重了心中的焦灼感。

"跳下去，应该就是九重渊了。"

"应该？"许静仙狐疑，"你到底有没有来过？"

长明:"我跟你说过,我记不大清楚了,但除了跳下去,你也没别的路走了。"

　　许静仙不敢贸然跳下去。谁也不知道浓雾之后是什么,是毒液遍布的荆棘,还是隐藏在暗处的妖魔,又或者是饥寒交加正等着他们自投罗网的血盆大口。九重渊的一切过于神秘,许静仙心里没底。

　　可就在她犹豫不决之际,身旁的长明说了声"我先走一步",居然就真的纵身一跃,瞬间消失在茫茫雾中。

　　许静仙傻眼了,那她跟,还是不跟?

　　养真草毕竟只是一个虚无缥缈的传说,凌波峰峰主可是有实打实的好处的。她努力了许久才爬上这个位置,这一跳很可能就什么都没了。

　　谁都知道九重渊是个九死一生、有去无回的地方,她回去之后随便给宗主编个故事,想必宗主也不可能追究责任,毕竟是他让她把人送过来的。

　　长明没有掉进万丈深渊摔得粉身碎骨,在跃入浓雾的那一刻,他的身体就像被棉花托住,减缓了下落的冲势,整个人也变得轻飘飘的,如同在云端漫步,踩入天地初开的未知混沌。

　　伸手五指摸不到石壁,宇宙洪荒仿佛只剩下他一人,漫无目的地游走飘浮,长明甚至感觉眼皮沉重倦意袭来,浓雾带着香甜气息弥漫五感,令人昏昏欲睡。

　　但他知道不能睡,这一睡才真是有来无回。

　　长明摸出一根细针,刺入手背穴道,刺痛让他身体一激灵,直接清醒过来。与此同时,一只白鹤从袖中飞出,将他载于背上,俯身急速往前冲掠而去。

　　浓雾会迷惑神志,没有心智的纸片傀儡就不受影响。长明闭上眼,任由白鹤载着飞出雾海,等他再睁眼时,已经身处蔚蓝海岸,远处晚霞布满天际,带起绚丽色泽,如画如诗。

　　没来过这里的人,恐怕怎么都想不到,他们眼中危机四伏的九重渊看起来竟是这样美好宁静。

　　他回身望去,迷雾依旧浓郁,一头半腐的巨鲸搁浅在海滩上,那些白雾竟是从它鼻孔中喷出,氤氲成一个幻象世界。鲸鱼周身各处枯骨零散,其中不乏法宝兵器,可见许多人冒险进来还未来得及见识到真正的九重渊,就出师未捷,殒命于此了。

　　长明在白鹤脑袋上轻轻弹了一下:"许仙子口是心非,想必有些舍不得我,去接她吧。"

　　白鹤展翅飞出,很快没入浓雾之中。

　　长明盘膝坐下,闭目养神。很快,白鹤载着许静仙回来了。

　　许静仙也发觉那些浓雾有问题,一直屏住呼吸,却因迷失方向只能在里面兜兜

转转，如果没有长明的这只白鹤，她的下场也会跟那些白骨一样。

"许仙子，又见面了，别来无恙？"长明调侃道。

许静仙发觉她的心思已经被对方摸得透透的，长明必然料到她一定会跟在后面跳下来，才能及时派出白鹤，但她脸皮很厚，闻言脸都没红一下。

"大恩不言谢，不如我以身相许好啦？"

"好啊，那不如就趁现在？"

被长明反将一军，许静仙被噎得说不出话来，若无其事转移话题："明郎，你看，那边有城镇！"

海岸不远处，村庄连着城镇在视线可及范围之内蠹起颇为壮观的一片，而且因城墙是黑石所筑，高且坚固，给人的感觉比人间的大城还要震撼些。

长明："你也说过，九重渊是九道门槛，九座城池，这里出现城镇有何奇怪的？"

许静仙："我只是没想到，这里也会有人烟和建筑，本以为就算是城池，也该荒芜残破，谁知却如此……如此……"

长明："巍峨。"

许静仙点头，只有巍峨能形容她目光所及的感受。

长明："在人魔混杂、妖邪横行的地方，人若能生存下来，说不定比妖魔还要可怕。我建议今夜不必急着进城，先在这里过一夜，商量对策。我对九重渊知之甚少，需要你的帮助。"

许静仙："我知道的也不多，都是道听途说。"

长明笑了一下："那就请仙子把这些道听途说，都讲给我听。"

有了方才白鹤救命的一出，许静仙对长明立时高看许多，闻言也不反对了。二人寻了个离雾气有些距离的地方落脚，许静仙生了一堆火，见长明坐在火堆前安静烤火，不由得抱怨。

"你一个大男人什么都不做，还要我这小女子动手！"

"我身体不好，捡柴火会消耗精神，没力气调遣傀儡，仙子能者多劳吧。"

"我从未见过有人似你这样，丝毫不要脸面，天天将示弱的话语挂在嘴边。"

许静仙哂笑，也坐下来。

霞光逐渐消隐在夜色之后，海面也彻底变成漆黑一片。黑夜容易藏起危险，许静仙忽然意识到长明不进城镇村庄的决定是正确的。比起进城之后人生地不熟容易中埋伏，这里四周空旷，即使有什么突发状况，也很容易发现。

"见血宗的枯叶峰主是活着从九重渊回来的少数几人之一，他告诉我们，九重渊的第一重占主名为博野，乃人魔混血，形容不似寻常，力大无穷。据说第一重渊城

中河流交错拐弯，一共七道湾，所以也叫七星河……"

许静仙小声说起自己所知道的九重渊，但她很快发现长明心不在焉，根本没怎么听，反倒望着前方，一动不动。她停住话头，顺着他的视线望去。

沉沉黑夜，茫茫白雾。不知何时，一人从彼方走来，衣袂飘扬，若隐若现，仿佛神仙。许静仙却无法为此惊艳半分，她腾的一下站了起来，捏住腰间纱绫。

在这种时候、这种地方突然冒出个人，能是什么普通角色？

对方越是出尘脱俗，就越是危险莫测。

长明却没有动，他依旧保持坐在火堆边的姿势，望着那人。对方每走近一步，就更唤起他记忆里的熟悉感。

云未思。

这个名字于脑海中浮起，又在喉间滚动，最终在舌尖咀嚼，含而未出，化为无声叹息。

昨夜星辰昨夜风，千里红尘百丈冰，茫茫洪荒，生死相隔，终究还是见面了。

正如一个轮回。

那人徐徐走来，停步在足够安全又能让他们看清自己模样的距离。

"二位好，相逢即是有缘，不知能否借火取暖，我亦想在此处过夜，等到白日再入城。"

记忆中的样子，记忆中的声音，分毫不错。

只是这笑容，这神态，不该是他会有的。长明不动声色，没有作答。

许静仙先开口了："自然可以，郎君请坐便是，不过还请告知姓名、来历。"

长明不由得看向她，方才还满心戒备，现在就这么热情了？许静仙扯过袖子，悄声跟他咬耳朵。

"我看他生得这样好看，不太像是妖魔吧。"

长明心想……你好歹也是一方成名的修士了，能别说这种令人发笑的话吗？

长明："我也生得好看，怎么不见你对我言听计从？"

许静仙："不一样，你像人，他像仙。"

长明：你还像狗呢。

对方对他们当面的嘀嘀咕咕视而不见，点头拱手。

"鄙人姓云，单名海，是云游散修，听说九重渊近日有奇宝出世，慕名前来看看，二位也是如此吗？"

他说得轻巧，但能通过第一道浓雾的修士本来就有几分本事，许静仙虽然对他心生好感，但也丝毫不敢小觑。

"什么奇宝？"

"上旬某日，万神山上空紫光冲天，经月不散，有人说是这里出了神兵利器，上天有所感应，也有人说是九重渊里头妖魔肆虐，起了内讧。不少人趁机来到九重渊，瞧瞧是否能撞上什么机缘。"

云海说完，察觉长明一直在看自己，便朝对方轻轻颔首："还未请教二位道友高姓大名？"

许静仙笑："我姓许，闺名静静，郎君唤我静儿便好。这位是与我同行的道友，叫长明，不过我们不是很熟。"

长明：……

云海："我看长明道友倒有几分面善，我们是不是在哪儿见过？"

长明意味深长："也许是在梦里。"

云海哈哈一笑："梦回千百遍，说不定还真是在梦里相遇过。"

许静仙：这两人怎么刚见面，对话就如此古怪？！

为了避免成为格格不入的人，她强行插入转移话题："我们是误闯此处，现在想出也出不去，只能继续往前走，不知云道友对此处可有什么了解？"

云海："我只知道，九重渊虽说神秘莫测，可里头也不是寸草不生，而是有城镇人烟的，与人间无异，只不过少了些普通人，基本都是在外面走投无路，或者本事高强的修士。总而言之，在此处看见什么，听到什么，都不必大惊小怪。"

他泛泛而谈，许静仙听得无聊，勉强忍住才没打断。

"云道友侃侃而谈，想必胸有成竹，我们俩可都是刚出师门没多久的新手，不知明日能否与你同行，彼此也好有个照应？"

云海："自然可以。"

许静仙欣喜道："云道友真是好人呢，等我们出去了，我定要邀请你到我家去做客！"

云海："许道友家住何处？"

许静仙眨眨眼："我家在东边山上，能看见日出彩霞，海天相接，比这里漂亮多了，还有啊……"

她张口就来，脸不红心不跳，说得长明都快信了。

但云海显然对长明比对她更感兴趣："长明道友呢？你们住在一个地方吗？"

"我四海为家，居无定所。"长明道。

"道友果真从未来过这九重渊吗？"云海问。

"的确从未踏足，云道友为何作此问？"

"我看二位道友气定神闲，不像是初次涉足，还想着能否沾你们的光，少些危

险。"云海谈笑自若，令人不由得注目，"听说前几日，徐凤林也进来了。"

许静仙微微凝神："东海派徐凤林？那个天才剑修？"

云海："正是，听说徐凤林身边也跟着一名年轻女子，方才我还以为二位就是。"

许静仙"啊"了一声："我们初出茅庐，学艺不精，如何能跟徐凤林比？不过世人都说他很厉害，堪比宗师，我虽未见过，却是有些不服气的。这世间能人辈出，宗师却不是说当就当的，他再有能耐，也不可能比那些已经成名于世的大宗师更厉害吧？"

云海："这我就不大清楚了，不过徐凤林能在千林会上与神霄仙府府主斗法超过三百回合不分胜负，还能得几大宗师夸奖，想必是很有些本事的。"

许静仙："徐凤林都有拂云剑那么厉害的神兵了，为何还要来九重渊？"

云海笑了笑："神兵利器，法宝修为，没有人会嫌多吧。二位来此，不也是想得遇机缘？"

许静仙借机与云海攀谈起来，一半是垂涎对方美貌，一半则想借机打探对方的来历底细，但两人聊了半天，云海滴水不漏，反倒是许静仙魔修的身份暴露了。

若论对云海此人的了解，长明自称第二，恐怕无人敢称第一。因为在看见对方的第一眼，长明就知道，这人压根不叫什么云海。

他的真名，是云未思。

那个曾经追随他上天入地，后来又反目成仇，誓要杀他的大弟子云未思。

火光映照下，云海眉目鲜明，一颦一笑，是那个人，又不像那个人。

云未思是很少笑的，他一旦投入做一件事，就会浑然忘我、废寝忘食，直到那件事情圆满结束。长明当年对弟子可谓严格，但再严格的要求到了云未思身上，他都能完美完成——即使后来云未思把这种执着放在了追杀长明身上。而正是因为珠玉在前，后面虽然陆续收了三名弟子，长明总觉得他们比起云未思还差那么少许。

但，除非云未思被鬼上身，否则眼前这个谈笑风生、进退自若的云海，绝不会是他。

是有人刻意为之的幻术，还是云未思遭遇变故性情大变了？

从七弦门后山的少年小云，再到此刻这个云海，长明总感觉自己的一举一动似乎被人尽数掌握。这让他感觉自己就像是被粘在蛛网上的虫子，稍一动弹就会引来捕猎者的目光。

"长明道友，你一直看着我，是想起你梦中的故人了吗？"

云海的声音传来，打断他的凝思。

"的确有那么一个故人，不过，他与你很像，又完全不像。"

海风吹乱长明的鬓角，也让他的声音飘忽悠远。九重渊相当于另一个世界，这

里的海与人间的海似乎也没太大区别。长明没想到，有朝一日他还能跟一个与云未思长得一模一样的人，心平气和地围火夜话。

云海："既然很像，又怎会完全不像？"

长明："像，是皮相；不像，是心性。"

云海："这话我听着就更糊涂了，我们萍水相逢，道友便能一眼看出我的心性了？"

长明："你方才踏雾而来，手在滴水，说明刚洗过手，里衣露出的一截沾了红，应该是血水交融后晕开而成。你刚杀过人，又不想弄脏了衣服，手时不时去拨弄脏了的袖子，别别扭扭，跟我那故人完全不同。"

云海听他说自己杀了人，也不反驳，依旧笑呵呵的。

"你那故人从不杀人吗？"

长明："也杀。"

云海："哦？"

长明："但杀便杀了，他不会费心去在意这些细节。"

云海笑吟吟的："成大事者不拘小节，听起来，你那故人是个做大事的人物。"

长明："他少时颠沛流离，看遍富贵又历尽艰辛，对身外之物不是很在意，朋友敌人他也并不在乎。许多人都以为他无心无情，其实他只是知道许多东西太容易失去，而人的精力有限，只能抓住对自己而言最重要的东西。"

云海感叹："这是一个天生的修士，最适合追求长生大道，这么说他现在成仙了吗？"

长明："没有，但我想，如果他能坚持本心修炼下去，这一天迟早能到来。"

云海："那长明道友呢，你的故人都已经有了飞升的实力，你却为何还是如此落魄？"

长明反问："我很落魄吗？"

云海点头："落魄到我都——"

话音未落，远处竟传来轰的一声巨响！

第五章 七星河之争

三人立时循声抬头，第一重渊的方向，火焰冲天而起，瞬间照亮半面天空。火光之中，隐隐有紫焰与神兵剑气交错的响动，可见那边动静之大。

云海的话自然没有继续下去。包括他在内，三人都被惊天动地的巨响吸引了注意力。

火越烧越大，不时还有几处爆炸声遥遥传到这边来，他们尚且能听得见，那城中动静只会更大。

许静仙："到底怎么回事？"

这个问题自然没有人能回答她，许静仙也知道得不到答案，她只是忍不住想过去瞧瞧。

危机也意味着机缘，世间修行，哪怕天赋异禀，也绝不可能有一帆风顺平步青云的进阶，必是火中取栗九死一生，才能得到丰厚的回报。许静仙虽身居凌波峰，见血宗却从来不是一个安逸养老的地方，当年她也是从最底层杀出一条血路的人。只是前方情况未明，贸然入场跟知己知彼后再出手，还是有区别的。

她等不到二人的回答，忍不住腹诽几句，却听长明忽然道："看来我们不得不去七星河了。"

许静仙疑惑转头，却忍不住后退半步。

只见浓雾深处，一团团灰色模糊的气团缓缓行来，就像灰雾里裹着个活人，又像影子变为有形。这些东西没有五官，四肢也仅有其形而无其质，步履看着缓慢，却距离他们不远，不多时就已经到了两三丈开外。

许静仙弯腰捡起一根着火的木柴，朝灰色气团扔过去，火光划出一道弧线，精准地落在中间那灰色人形身上。

唰的一下，灰雾被火冲散，正当许静仙以为火能消灭这些古怪东西的时候，那些灰团就像飞散四处的虫子又重新聚集起来，凝为人形，继续朝他们走来，而且速度比之前更快。

"这是什么！"

许静仙寻思自己也算见多识广，却从没见过这样离奇的怪物。人不像人，鬼不像鬼，更不是通常意义上的妖魔鬼怪。

"这是萤火尸虫。据说是横死之人的魂魄附身于虫子，也有人说是不甘身殒的修士的怨念凝结而成，不惧水火，能吞噬一切，在九重渊里也很罕见。"

云海的声音响起，听上去似乎有些凝重。

许静仙："罕见怎么也让我们给碰上了！"

三人且说且退，长明脚步虚浮，略慢一些，跟不上二人飞掠的步伐，眼看就要跟灰雾撞上，许静仙甩出纱绫缠上他的腰，将人一起往后带离。

她这可不是突然善心大发，九重渊里人生地不熟，只有长明还算知根知底，对方虽然孱弱，但对这里总算有几分了解，她自然不可能眼睁睁看着他死在这里，留下她一个。

"你怎的这样没用！"虽是救了人，嘴上还要抱怨。

照这样下去，三人的确非得被逼进入七星河不可。

前有古怪尸虫，后有战火混乱，许静仙偏不信这个邪，偏不想做自己不想做的事，她一手拽住长明往后丢，一手抬起，长绫顺势飞出，掠向其中一团灰雾！

纱绫原本轻飘飘的毫无重量，此刻却笔直如剑，划破空气时甚至有赫赫之声，紫光氤氲，这一击恐怕连中阶高手都很难抵挡。

"住手！"

长明想要阻拦已经来不及。紫光与灰雾相撞的瞬间，后者像方才一样轰然四散，却又很快凝聚起来，直接将纱绫"吞没"！

许静仙大吃一惊，抽手就想把纱绫撤回来，却发现那截被"吞没"的纱绫居然消失了，而且还有更多的灰雾顺着她那半截纱绫飞过来。

说时迟那时快，云海出手了。他没有去抓许静仙，而是直接抬手在距离许静仙指尖半寸的地方将纱绫截断，然后断喝一声。

"撤！"

话音刚落，许静仙顾不上哀悼自己心爱的纱绫了，抓起长明直接就往七星河方向奔去。长明只觉手腕被死死攥住，他倒也不必怎么费劲，身体就不由自主跟着往前

飞掠，周身景物急速后退，可见许静仙速度之快，可能已经用上她压箱底的逃命功夫了。

许静仙有些惊慌，她的纱绫虽然比不上东海鲛绡，但也是珍稀材料所制，如果连灵力包裹的纱绫都能轻易被灰雾"吃掉"，那她觉得她的肉体恐怕也不会比纱绫坚固多少。

这时候她才意识到云海刚才说的吞噬一切，不是夸大其词。

九重渊里到底藏了多少这种鬼东西！

火光越来越近，明亮的火光之下，高大的城墙一览无余。

城门紧闭，这难不倒许静仙，她直接带着长明飞入城中，落在东南角落一处民居房顶，回身遥看那灰雾没有追上来，这才松了一口气。

"你还是不是个男人啦！这么没用，早知道就该任由你自生自灭！"

长明抽了抽嘴角，之前"明郎明郎"地叫，跟前跟后刨根问底，现在就问他是不是个男人了。

他清楚自己的身体，前几日与周可以一番斗法，虽然骗过了那多疑的三徒弟，但到底还是受了不轻的内伤，能不伤神就尽量不伤神为好。再说了，被说几句又不会掉块肉。

他不以为意，任由许静仙念叨，等她说完，才问："云海道友呢？"

许静仙左右看看，还真没看见云海，正想着对方是不是没来得及逃命或者跑慢了，就听见有人说话。

"我在这里。"云海不知道从哪里冒了出来，随之出现在他们面前。

"云郎好高深的修为法术，我竟看不出深浅，实在是有眼不识泰山！"

许静仙暗暗吃惊之余，半是吹捧半是试探。云海完全不接茬，只笑了笑。

这人比长明还滑不溜手，完全无从下口。许静仙暗道。

她忽然"咦"了一声："那些鬼东西没有追进来了！"

云海："可能是因为七星河。"

许静仙："怎么讲？"

云海："七星河是九重渊里的第一重渊，进了七星河，其实就相当于进入了一层结界，这层结界想必是有些厉害之处让尸虫忌惮的，否则城里早就尸虫肆虐了。"

他们俩说话之际，长明已经开始四下观察。在屋顶居高临下，更有利于俯瞰城中情况。这城中房屋虽然是灰墙黑瓦，但总体形制与人间相差不大，眼下处处起火，杀伐之声此起彼伏，修士斗法的身影也随处可见。

七星河，果然已经到了肉眼可见的混乱程度。

虽然早已有了心理准备，许静仙还是看愣了。不远处正在斗法的两名修士，身形飘移闪现，出手间竟已是近乎准宗师的水准了，虽说敢进九重渊的人本来就不简单，

但这些人的实力还是让许静仙暗暗心惊。

如果第一重渊的修士都如此厉害，那第二重渊乃至再往后的人，又会如何厉害？

"我们还是找个安全点的角落吧，这里……"

太危险了，站得高也容易成为靶子。她后半句话还没说完，远处两道身影忽然飞上半空交手，伴随灵力震动，乌云密布，电闪雷鸣，霎时成为整座城中所有人视线的焦点！

一人持杖，杖身细长，顶端八瓣莲花嵌琉璃金珠，耀眼夺目，几与日月争辉。

一人持鞭，鞭短且粗，上面鳞片分明，暗红浮光点点，如血色星辰隐含不祥。

双方飞身于半空，一触即发。

当第一道闪电炸开之际，二人动了。

短鞭不似旁人想象的那么吃亏，持鞭者身形竟比持杖者还要快上些许，眨眼之间，红光伴随鞭体落在持杖者头顶，后者那颗光头被映得微微反光，不细看还以为是头顶在发光。

许静仙"咦"了一声："那个光头好生眼熟，好似在哪儿见过。"

"他叫悲树。"云海道。

许静仙："那个庆云禅院的弃徒？"

云海："不错。当年他竞争院首败北，据说直接就与禅院翻脸，众目睽睽之下离开庆云禅院。许多人都等着看他被庆云禅院追杀，谁知此人一消失就是好几年，没想到在这里出现了。"

长明："如今庆云禅院的院首是谁？"

云海："不苦禅师，俗名孙不苦。"

长明："……"

云海："长明道友认识？"

长明："久仰大名。"

云海笑笑，继续说道："这位不苦院首甫一上任，就下了追杀令，追杀悲树。不过悲树既然能在这里出现，想必是得了什么机缘。庆云禅院想要杀他，只怕不易。"

许静仙："那另外一个人呢？"

云海："另外一人，耳朵比常人略长一些，应该是有妖魔血统。"

两人身形极快，但许静仙凭借目力仔细观察，果然发现持鞭者的耳朵与常人有些不同，耳廓略尖，对方似乎也有意遮掩，头发未束髻，凌乱散落在肩膀，只有在头发拂动时才能窥见端倪。

许静仙曾听说过妖魔血统的修士，可没有亲眼见过，闻言不由得盯着那短鞭修

士看了很久。对方出手凌厉，气势与悲树不相上下，除了五官立体，发色略浅之外，与寻常修士并无差别，若不是云海指出此人耳朵与常人不同，她甚至都不会去留意这种细节。

短鞭修士不只灵力充沛，而且力量极大，悲树倾尽全力一杖抡下，被他双手抓住用短鞭去挡，身形居然没有挪动分毫，最终反将悲树逼得后跃数十身长。

二人在七星河中心的尖塔上打得惊天动地，澎湃灵力形成气旋，以他们为中心散布开去，将卷进来的物事全部化为齑粉。

雷鸣不时响彻七星河，闪电混着火光一遍遍将天色由墨黑染成紫红。

悲树和短鞭修士的斗法吸引了七星河几乎所有人的注意力，却不是所有人都停了手。弱肉强食的九重渊毫无律法道德约束，许多人早就趁着天地变色日月无光，七星河大乱之际趁火打劫，杀人夺宝。离长明他们不远处的两名修士的厮杀也终于有了结果，一人被开膛剖肚当场身死，另一人则将他身上的法宝灵器搜刮干净，意犹未尽地抬起头，又盯上了长明他们。

长明他们毕竟有三人，而对方只是一人，是以对方遥遥看了他们几眼，便消失在黑夜中。许静仙不以为意，在她眼里，对方单枪匹马，不足为虑。但没过多久，他们居然被偷袭了！

当先发起偷袭的是刚刚那名高阶修士，一把修长锋利的三尺长刀悄无声息地劈向长明。

他一眼就看出来了，长明是三人之中最弱、最没有威胁的，而且这三人衣物整洁讲究，又眼生得很，明显就是刚从外面进来的雏鸟，这种人肥得流油又毫无防备，不下手那才是天理不容。

与他同时出手的另外两人，则一左一右攻向许静仙和云海。

许静仙冷笑一声，刚才被尸虫吃掉的半截纱绫瞬间出袖，狠狠抽向对方！

一剑刺向云海的人则发现自己刺了个空。明明云海就在他面前动也不动，却转眼就凭空消失。

他刚反应过来，迅速扭身，却已慢了半拍，随即感到肩膀一阵剧痛，衣裳连带皮肉不知被何物削去一片，霎时血流如注！

而前一刻消失的云海，正好端端站在他身后，冲着他笑，好似在说：就凭你们，也敢不自量力？

卢苇本来将一切都计算得恰到好处。他在看见长明三人的时候眼睛一亮，随即意识到除了长明之外，另外两人都不是好惹的，将三个人同时拿下的可能性几乎为零。唯一而且最好的办法，就是让同伴虚张声势引开其他两人的注意，他趁机对长明下手，

得手之后立马收手，再跟盟友一起迅速撤离。凭借他们对地形的熟悉，可以保证另外一男一女绝对追不上他们。

长久在七星河摸爬滚打的他早已摸索出一条生存之道，那就是欺善怕恶、欺软怕硬。他的修为实力在七星河中不算弱，但肯定也不是最强的，唯有见缝插针，将更多好处让出去，寻求结盟，自己再顺手捡点便宜，才能生存得长久。他的确也是靠着这份眼力和应变能力在七星河厮混了好几个月，修为从中阶迅速提升，趁手的法宝也拿了好几件。

今夜是个烧杀抢掠的绝佳机会。但他万万没想到，他失算了半步，居然导致后面的计划全盘落空，这半步，就发生在他一开始没放在眼里的长明身上。

在卢苇看来，此人脚步虚浮，呼吸沉重，羸弱无力，就算是修士，修为也可以忽略不计，极有可能擅长用毒。再看身旁两人，与他关系并不亲密，可见三人既非同门，也不是朋友，一旦发生危险，其他两人就会轻易抛开长明不顾。

但卢苇在他那一刀斩下去时，并未料及眨眼之后的走向。

一道白光从对方袖中掠出，迎面扑向他，他下意识侧首闪避，发现那不过是一条白蛇，不由得有股被耍弄了的怒意，转头又是一刀劈过去！

谁知此时背后阴寒彻骨，他只觉整个后背像被冰块冻住，不由得扭头望去，却见小白蛇居然化为庞然巨物，蛇首俯瞰，蛇信吐出，朝他咬了下来。

卢苇大吃一惊，伸手就要去抓长明来抵挡！

对方却手脚麻利，躲到许静仙背后去了。

许静仙："……"

她对付的修士实力比她略逊一些，可那并不代表她能轻松应付，尤其是她的纱绫现在还断了一截。不远处悲树和短鞭修士斗法致使周围灵力震荡，对在场之人有影响，这时候再多一个长明要护着，许静仙分神之下，手臂差点就被对手的兵器绞住，气得她直接祭出金铃，铃声令对手心神震荡，纱绫直接绞住对手脖颈。

惨叫声中，许静仙将纱绫抽回，对方身首分离，血光四溅。

她恨恨地回头骂长明，此时已毫无打探消息时的浓情蜜意。

"你还能更出息一点吗？"

"仙子真厉害！"长明真心实意夸奖道。出息能保命吗？显然是不能的。

许静仙从鼻腔喷出一口气，只觉自己刚开始看长明俊秀顺眼差点将其收入闺帏那完全是被色相蒙蔽了双眼。

那头云海也解决了另一名修士。

卢苇见势不妙，根本不想与白蛇缠斗下去了，随手一刀斩在蛇身的鳞片上，见白蛇纹丝不动，他果断撤身准备溜之大吉，谁知刚刚跃起，脚踝就被纱绫缠住。软绵

绵的绫缎与肌肤接触却如化为了钢刃，卢苇只觉剧痛无比，不由得惨叫出声，整个身体直接从屋顶栽倒下去。许静仙犹觉不解恨，飞身下去棒打落水狗，把人折磨得痛哭流涕，求生不得求死不能。

众人看着卢苇在那儿哀号求饶，毫不动容，此人不过是杀人夺宝不成，自食恶果罢了。

只有长明因为刚刚强行御物，神念损耗过度，头晕目眩，只能伸手去抓许静仙的袖子来稳住身形。许静仙却没察觉他的异样，直接跳下屋顶去暴打卢苇，长明差点站立不住，身体下意识往旁边一歪。

一只手伸过来，正好扶住他。

"方才明明是我离你近一些，怎么长明道友反倒躲去许道友那里了？"

云海的气息近在咫尺，长明闭了闭眼，更觉天旋地转了。他想把手抽回来，没抽动。

对方看似体贴相扶，实则将手牢牢贴在他的腰上，封住长明所有退路。许静仙还在下面暴揍那名修士，远处悲树二人也难分胜负。云海却像非要得到一个答案，否则就不肯放手。

温柔话语让长明感觉到的不是什么安慰、温暖、回忆、悲伤，而是冰冷的杀气。被皮相所掩盖的杀气，已绷到极致，假如他的回答不如对方所愿，也许扶在他腰上的那只手，就会瞬间化为取他性命的杀人利器。

"长明道友就这么不相信我吗？"

云海的情绪甚至还微微有些低落，反倒像是长明不信任他有多么罪大恶极。

而当年，他那大徒弟绝不会用这种语气说出这样的话。云未思只会困惑而认真地问："师父，你不相信我吗？"

这个云海——与云未思长得一模一样，又比云未思危险许多，如果说三徒弟周可以的喜怒无常是形于色的，那么云海的须臾反复就是不形于色，令人捉摸不透。

长明自忖阅遍人心，可与这个云海萍水相逢，也不可能在短时间内就将对方的行为心思都摸透。但他还是心软了一瞬。

仅仅是一瞬。

"云道友何出此言？你我萍水相逢，我对你的实力并不了解，自然不能将危险推给你。"

"嗯？"云海发出沉沉鼻音，扶在长明腰上的手灼热了些。

"因为你想杀我。"

长明叹了口气，真是虎落平阳被犬欺。他当年纵横天下、随心所欲的时候，连出入庆云禅院、神霄仙府这等地方都如无人之境，几时轮到这个云海来威胁自己？

"方才在那人一刀斩来的时候，我有三个选择，一是自卫，二是到你那里寻求

庇护，三是到许道友那里。在我跟你眼神接触时，我便发现，你手掌微抬，眼神落在我身上，只要我过去，你就会毫不犹豫下杀手。"

云海笑道："长明道友的观察很细致入微。"

长明："当时我想去许仙子那里已经来不及了，只能先选择自卫。"

云海："没想到长明道友还会御物之术。"

长明："我身体不大好，能不动就不动，勉强御物只会反噬更重，现在就是报应了。"

云海："没有能力的人在九重渊寸步难行，与其之后你会死得很惨，不如我先帮道友解决烦恼，一了百了。但你既然会御物之术，勉强能防身，倒是给了我不少惊喜，我想看看你能在九重渊里活多久，就不多此一举了。"

长明："那真是多谢云道友手下留情了。"

云海："不必客气，我就是这般善解人意。"

"你认识小云吗？"长明冷不丁问。

云海挑眉："这是长明道友为我起的昵称吗？那我喊你小长？还是小明？"

长明：……当我没问。他又咳嗽起来，喉间腥味渐浓，长明不想将那口血吐出，忍了忍又咽下去，反倒弄得更难受了。

云海甚至还给他抚背轻拍，一边拍一边爱怜道："长明道友须得多休息才行。"

语气之亲昵，不知道的还当两人有何不可告人之关系。

许静仙彻底泄愤之后终于想起长明，她跃上屋顶便瞧见两人看似亲密的样子，心里还有点奇怪，寻思他们何时变得这么亲密了，冷不防触及云海瞥过来的视线，心头不由得微微一震，下意识移开视线。

下一刻，似乎是为了印证自己的感觉，她禁不住又去看云海。她终于发现哪里古怪了，与温柔可亲的举动相比，对方眼神波澜不惊，死水一般无半点起伏，在那双眼里，许静仙看见的是沉沉暗色，如果非要探究到最深处，那么将会是永无穷尽的恶鬼修罗、尸山血海，若不慎沉沦其间，则将万劫不复。

这是一个比周宗主还要可怕的人物。

云海见许静仙一直盯着自己看，也冲她笑了笑，似乎对她起了兴趣。

忍不住后退两步，再看长明，只见他的背因咳嗽而微微弓起，表情在夜色中瞧不明晰，但许静仙没看出长明有任何被威压的柔弱委屈，反倒是云海神色莫名，似乎因为无法让对方害怕而有些意难平。

与此同时，悲树与短鞭修士的斗法已臻白热化。悲树跃至对方头顶，长杖被高

高抡起，周身光轮耀目，宛若佛子降世，气势磅礴却毫无慈悲怜悯之意，倒更像张目怒吼的金刚罗汉。长杖既起，排山倒海，诸河倒流，星辰逆转，混着电闪雷鸣一道涌向短鞭修士。

而对方竟然扛住了！他的短鞭在此时爆出夺目光芒，几乎将他整个人都裹在光里，短鞭不顾抢来的长杖，直接划向悲树的心口。

毫厘之差，无论谁哪怕只快半息，都将改变整场战斗的胜负。

此时七星河内大半的目光都落在两人身上。无论输赢，这场准宗师级别的斗法注定精彩绝伦，给众人留下深刻印象。但输的那一个，却有可能付出性命的代价。

"悲树要输了！"许静仙忍不住道。她看出二人表面旗鼓相当，但悲树终究棋差一着，恐怕要在这场斗法中落败，成为短鞭修士的手下败将。

"未必。"不知何时，长明站在她身旁道。

云海也踱步过来："长明道友说得不错，高下还未决出。"

许静仙看得入神，忍不住反驳："悲树看似勇猛，实则后继乏力，那个半魔却韧性十足，论耐力爆发，已经可以勉强跻身宗师了。"

她虽然走的是采阳补阴起家的魔修路子，内心却很不愿意照着这条路子修炼下去，反而对武修之路兴致勃勃，否则也不会为了一株不一定存在的养真草进来冒险。

"你的话没错，但忽略了人心。"

许静仙还未琢磨透长明这句话是何意时，远处变故陡生。

一道白光射向短鞭修士的后背！

白光去势不算快，攻势也不算凌厉，但短鞭修士也需要拂手将其化解。可正是他分神出去的瞬间，悲树已经抓住机会反攻，直接用力攻破对方的防御，短鞭修士的灵力被打乱，形同防御被攻破，哪怕只有半息，长杖也已经落在其头顶。

"刚才有个人一直站在那处屋檐下盯着他们俩，如果不是要杀悲树，就是要对另一个人动手。"

云海的声音徐徐响起，他所指的方向原本是漆黑一片难以观察的死角，此时正好电闪雷鸣，将那一片映得通透："但那个半魔修士已经占了上风，如果是帮半魔修士，那人完全没必要多此一举，所以他动手只有一个可能，帮悲树。"

说话间，持短鞭的半魔修士从半空落下，身躯软绵绵的，想必已是凶多吉少。大部分人都没想到这一场斗法会以这样一种方式结束，一时都怔怔的，望着悲树持杖落在七星河最高的塔尖上。

"博野已死，七星河无主，他手下最得力的大将太罗已被我斩杀，从今日起，我便是七星河之主！若有不服者，尽可上前，我给你这个挑战的机会，过了今夜，再有挑衅者，杀无赦！"

悲树的声音遥遥传出，清晰落入七星河每一个人耳中。

四周静悄悄的，没有人动。也许有人想动，但他们都在等别人先动。

许静仙终于明白长明刚才那句话的意思。

外来修士徐凤林杀死七星河占主博野之后，没在此逗留，直接去了第二重渊。七星河群龙无首人心惶惶，悲树和太罗应该是其中最有实力问鼎七星河之主的两人，太罗也许在修为上更胜一筹，却没料到悲树的同盟居然会在这种情况下暗算自己。

他自负于实力，最终也死于自己的自负。

悲树等了片刻，见无人出声反对，嘴角扬起。

"一个时辰后，本座将于七星台设宴恭候诸位，在场者，无需请柬皆可赴宴。"

这就是昭告他七星河之主的身份了，前去赴宴就相当于承认了悲树的地位。

许静仙还未见过一方势力如此快速突兀地易主，人间世界虽然也残酷，但还未到如此赤裸裸的地步。那些所谓名门正道终究还是讲些道德廉耻的，就连他们这些魔修，虽不择手段了些，但轻易也不会如此赤裸裸地杀人夺权。比如周可以，尽管他喜怒无常很难伺候，但其见血宗宗主的地位从未被人挑战过。

长明抬起头。天上雷电稍敛，乌云仍在，阴沉沉的明暗相叠，仿佛也与地面的复杂变幻相互映衬。

"长明道友悟到了什么天机吗？"云海问。

"我在想，九重渊里的黑夜一直是这么长吗？"长明道。

"你更喜欢白天吗？"

"我喜欢看得更清楚，有利于我看清真相。"

长明意味深长地看他一眼，一语双关。

对方笑了下，没接长明的话："长明道友，许道友，同去赴宴如何？"

连许静仙也觉得这里的黑夜长得出奇。但这就是九重渊的特色，人魔交界，混沌未明，一切都有可能发生。

虽然不知道七星台在哪儿，但陆续有修士朝同一个方向赶去，他们跟在后面就是了。三人抵达时，这里已经颇为热闹。高台共有七处，被簇拥在中间的圆台位置最高，象征七星台之首，也是悲树宴设之处。

许静仙原本以为悲树孤家寡人，突然上位，就算有盟友也不会太多，结果到了七星台，才发现他手下竟有不少修士，错落分布在七星台各处，盯着他们这些外来者，虎视眈眈，守卫森严。

陆续到来的修士不少是冲着稳坐高台上的悲树而去，言语客气，完全不像她想象中来砸场子的，甚至还有婀娜女子在水上石台跳起莲衣舞，千灯亮起，百树结花。

前一刻还混战不休的七星河，此刻倒更像纸醉金迷的繁华都市。

许静仙有些奇怪："悲树如此轻易宣告自己成为七星河之主，难道就没有人再向他发起挑战吗？"

刚刚还忙于杀人夺宝、弱肉强食的众人一下子变得温顺，纷纷默认悲树的地位，这在她看来实在太快了些，连见血宗内斗都没这么平稳快速结束的。

"悲树在七星河数载，手下早已聚拢起一批人，就算没有徐凤林突然闯入七星河将博野杀死，他与博野也早晚要起冲突的。"

陌生声音响起，许静仙扭头，一人朝他们走来，解答了她的疑惑。

对方见许静仙三人都望过来，一边拱手行礼，一边继续说。

"博野一死，七星河大乱，悲树想要上位，就得当众杀掉博野的得力大将太罗来立威。太罗是七星河有名的高手，他死了，旁人自然不敢再轻易当出头鸟，那些觊觎七星河主位的人也得先掂量掂量自己有没有太罗的实力。再说了，大家都想从悲树那里探出七星河的秘密。

"在下陈亭，万剑仙宗弟子，幸会，不知几位如何称呼？"

万剑仙宗是名门大派，但越是名门大派，就越瞧不上见血宗这种剑走偏锋的魔门，就跟底蕴深厚的世家瞧不上一夜暴富的寒门草根一个道理。

可许静仙偏要娇滴滴地自报家门。

"奴家是见血宗弟子许静静，放眼整个见血宗，都少见陈道友这样英俊的呢！"

陈亭听到见血宗三字，嘴角抽了一下，似乎有点后悔过来搭讪了，最终还是勉强露出个笑容，把话说下去。

"多谢许道友夸奖，久闻见血宗大名，许道友也风采非凡。"

他又看向长明和云海，略有迟疑："二位道友也是见血宗的？"

长明："长明，散修。"

云海笑吟吟："我也是。"

长明：……你也是什么，你也叫长明？

但陈亭没有追问下去，他下意识地把三人都归类到见血宗阵营，换作在外面，道不同不相为谋，双方没有兵戎相见就不错了，但在九重渊，见血宗起码还是纯正的人类，与那些半魔或妖魔不同。非我族类，其心必异，这个想法让陈亭连带看许静仙三人都顺眼不少。

许静仙："陈道友方才说，七星河有秘密？"

陈亭虽然瞧不起妖女，但人性爱美，还是不自觉多看了她一眼，随即反应过来，轻咳道："不错。据传七星台下面藏有神兵，与前阵子万神山上空紫光冲天有关。地库入口钥匙本来在博野手中，博野一死，钥匙就被太罗掌管，悲树杀了太罗，很可能

也拿到了钥匙，大家都在观望。"

许静仙："悲树被庆云禅院逐出门墙，来到此地，竟还能收拢手下，凝聚一方势力，跟太罗分庭抗礼，真是不简单！"

陈亭："我曾与此人有过几面之缘，观其行听其言，的确是个乱世枭雄。不过九重渊强者为尊，今日是七星河之主，明日还指不定如何。博野坐了七八年七星河之主的位置，还不是说死就死，悲树今日将众人请来，未必没有探明我们虚实的用意。"

许静仙故作惊讶："那我们岂非自投罗网？吓死我啦，待会儿宴会上的酒水菜肴我可不能动！"

陈亭笑了下，忽然觉得这妖女竟有点可爱。

"这你可以放心，悲树初登宝座，肯定要笼络人心，不会用这么低级的手段的。我估计他会分掉博野和太罗之前留下的法宝财物，如果你能得他青眼，说不定还能分到一件高阶法宝。"

许静仙知道他讨厌魔修，越发矫揉造作："那他若是看上我的美貌，想用高阶法宝来换，人家是换还是不换呢？哎呀，真苦恼！"

陈亭："……"

任凭许、陈二人在那儿东拉西扯，云海没有理会，他的目光落在长明身上。

长明正在看向悲树的方向。此时的悲树意气风发，俯瞰七星台下众生百态，即便知道前来赴宴的修士大多心怀叵测，也不妨碍他觉得一切尽在掌握中。

他已足够瞩目，但长明看的不是他。

"悲树旁边那个人，是谁？"云海问的正是长明在看的人。

长明道："我曾经见过他，还有过一段渊源。后来我以为他死了，因为进入那个地方的人很少能活着出来，以他的身手，断无生还之理。但现在，他不止重新出现了，还毫发无损，修为更上一层，你觉得这是为什么？"

云海沉吟道："可能性有两个。你看见的是幻觉，但这不可能，因为我也看见了。还有一个可能，他在你说的地方得获机缘，修为突飞猛进。你也说了，你原本觉得他不可能活着出来，想必在他身上曾经发生过什么。"

长明"嗯"了一声。

当时张暮虽然将他推出去当替死鬼，但实际上除了他和贺惜云之外，张暮连同其他人都被继续困在黄泉里，那些恶鬼游魂必将他们吞噬殆尽，连渣都不剩。

但他居然在这里见到张暮了。刚才此人在角落里出手，用长枪帮悲树偷袭对手时，长明就觉得他的手法很眼熟，这时候再看见跟在悲树身边颇受重用的张暮，佐证了长明的想法。

张暮没有死。非但没死,还从黄泉里出来,又入了九重渊,还得到悲树的器重。所有碎片联系起来,情况变得诡异玄乎,古怪莫测。

黄泉里的张暮,眼前的张暮。七弦门的小云,身旁的云海。

冥冥之中似乎有条看不见的线,拉扯他往前走。长明不喜欢被控制,但他想循着这条线,找到扯线的人。

"还有一种可能——"

云海缓缓道,他话未说完,长明就朝悲树走了过去。云海微怔,随即跟上。

从他们所站之处到悲树的位置,中间是一条长长的阶梯。阶梯将阶层分开,但不妨碍络绎不绝的修士上前向悲树道贺。

长明和云海走在人群中,不算突兀。张暮正好低声跟悲树说完话,后者点点头,张暮领命转身匆匆下了阶梯,与长明打了个照面。

"张暮道兄,没想到能在这里遇见你!"长明一脸惊喜。

张暮停步扭头,望着他:"你是——"

长明:"当初在云海楼外,你路见不平出手相助,让我在同门师兄弟面前保住了颜面,我一直万分感激,没想到今日能在这里遇见你!"

云海:……

张暮敷衍地点头:"不必多礼,我还有事先行一步,日后再说。"

"那就不叨扰道兄了,改日一定好好感谢你!"长明拱手目送,感激之情溢于言表,随即却陷入沉思。他这番话只为试探,根本就没什么云海楼,也没什么师兄弟。

张暮,要么失忆了,要么,这个人根本就不是张暮。

宴会过半,果如陈亭所说,悲树根本就没有招待什么菜肴美酒,而是让人捧出一盘盘的法宝灵器,供在场修士挑选。

这些法宝都是多年来历代七星河之主从战败者身上搜刮的,称不上罕有,但其中不乏上等灵器。虽然知道悲树想收买人心,但看着这么多不拿白不拿的法宝,在场众人不免心动了,纷纷上前挑选,有的人还因为看上同一件法宝,差点大打出手。拿到的人固然欢天喜地,算是承下这份人情,纷纷恭贺悲树得偿所愿,成为七星河的新主人。

一时间天上烟火,地上繁华,令人不由得错生此处是人间皇宫而非异界的感觉。

长明和云海没有去挑选法宝,而是远远站在人群外冷眼旁观。

"你觉得,悲树这七星河新主的位置能坐多久?"云海问道。

"放眼全场,除了云海道友你,没有一人能挑战悲树。他这位置起码能坐稳三天吧,除非徐凤林又杀回来。但他既然去了第二重渊,应该也不会对第一重渊的占主

之位感兴趣。"

云海笑道:"那我们来打个赌,就赌悲树能活多久。我不出手,但我赌他活不过三天。"

长明:"你想杀他?"

云海:"我与他素不相识,也绝不出手。"

长明:"赌注是什么?"

云海:"你赢了,我送你一件兵器法宝。"

长明:"这世间少有我能看上眼的。"他神色微倦,语气淡淡,说出来的话却带着一股舍我其谁的狂傲。

云海没有露出惊奇、嘲讽的表情,反而笃定道:"这件东西,你一定能看上眼。"

长明心头一动,看向他。

果不其然,云海笑了下:"四非剑。"

长明心说,你拿我自己的东西来送我?

云海:"此剑乃昔日天下第一人九方长明所用,说来也巧,他与长明道兄正好同名,正所谓宝剑赠英雄,既然你们有如此缘分,说不定你能驾驭这把剑。"

长明在思考一件事,若说周可以变成如今这模样还有迹可循,那他这古板严谨的大徒弟又是遇到什么变故,才会变成这副模样?

瞧瞧,不说话的时候也就罢了,一说话眉飞色舞,恨不能连头发都飞起来跟着手舞足蹈,言语轻佻,对谁都能撩拨两句,还动不动就阴阳怪气,威胁师尊。

他既然已经不记得自己,为何又要主动前来搭话?

云海忽然伸手,将他眼睛虚虚遮住。

"道友莫要如此看我,即使你对我心生仰慕,也请藏在心里就好,以免你一念之差,酿成大错。"

长明:"……"

"如果我赌输了呢?"他没有拨开对方的手。

云海笑道:"如果你输了,就要为我做一件事。"

第六章 妖魔现身

许静仙两手空空溜达回来了。云海将手放下来，许静仙瞧见了，眨眨眼。长明若无其事，打趣她："仙子没看上什么称手的法宝吗？"

许静仙幽幽道："除却巫山不是云，有了宗主许诺的东海鲛绡，我还看得上别的东西吗？"其实她也看中了一两件不错的法宝，有些心动，但都被别人抢先拿了，想要就得动手，许静仙不欲闹出太大动静，她此次来的目的不是为了占便宜，没必要因小失大。

长明笑道："焉知你们周宗主不是在给你画饼呢。"

"你还不让人家有点希望了？"许静仙白他一眼，"方才侍从让我们报人数，说要安排客房，让我们晚上在此歇息，我便报了我们三人，喏——"

她掌心一翻，上面却只有两块牌子。

"三个人两间房，哪位郎君想与我共度春宵呀？"

云海拿起一块牌子："看来许道友只能独守空闺了。"

长明摸摸鼻子："我也可以与许仙子凑合一晚的。"

许静仙叹了口气："我本将心向明月，奈何明月照沟渠。罢了。"说罢，她收拢掌心，拿着自己那块牌子转身走了，头也不回。

云海笑道："长明道友，请？"

长明："……"

许静仙不肯表明身份，特意隐藏了身上的法宝，只说他们三人是散修，七星台的侍从不免有些怠慢，只给了两间房，还都是普通客房，位置偏僻，潮湿阴冷。

长明在房间里打坐片刻,睁开眼,云海就已经不见踪影。

房间里空荡荡的,外头雾浓月隐,夜云发红透亮,却又照不穿迷雾。夜深人静,他得了片刻空闲,思考云海身上的诸多秘密,但思索良久,却都未能得出一个满意答案。他与这个不肖徒弟太久没见了,久到他的记忆早已模糊。模糊之中,又有些许片段闪现。

云未思初入师门时,是在一个雨夜。他身负重伤,却在外面青石板上跪了整整一夜。

长明原本是不准备收他的。他心目中最理想的入室弟子,应该是心无旁骛一心学道,天资与努力兼备,这样的人以后才有希望得窥天人之境。但云未思身负血海深仇,他想拜师只是因为想报仇。被仇恨左右的人,注定走不远。

玉皇观大门紧闭,没有接纳云未思的意思。

天刚蒙蒙亮,云家的仇人追杀至此,想在玉皇观门前将人当场击毙。他们以为玉皇观的人不会管。玉皇观前闹哄哄的,云未思拼死也不肯屈服。湿漉漉的青石板上,到处都是血。分不清是他的,还是仇人的。

长明最后管了,还是亲自出手。

解决掉云家的仇人,甩不掉的麻烦也被带进了玉皇观。云未思很努力,也的确很有悟性,他对道法的理解超乎常人,还经常另辟蹊径,举一反三。他不负长明的期望,短短几年时间,就将本门心法修炼到了最高一层。许多道法,长明讲给玉皇观其他弟子听,旁人大多懵懵懂懂,唯独云未思不仅听懂了,还能化为己用。

曾经长明以为自己就算离开玉皇观,云未思也能循着这条路继续走,直到成为道门第一个白日飞升的大宗师。

但现在,他竟然在九重渊。

长明蓦地睁开眼!

一双眼睛近在咫尺,静静注视着他。

云海见他回过神来,直起腰笑道:"我喊了几声你也没应,我以为你魂魄出窍了呢!"

长明:"云道友好兴致,大半夜不睡觉,想与我促膝长谈?"

云海:"好啊!"

长明:"……"

云海:"我一见你,就觉得亲切。先前我问你我们是不是在哪儿见过,你说梦里,可我从未做过梦,那就是前世了?"

长明不知道他是真疯还是假傻,隐瞒身份就算了,说话还疯疯癫癫的,打从在

海边见面起就显得不大正常。他忍不住戳穿："你认识云未思吗？"

对方讶异，而后笑了："怎么又来一个姓云的？先是小云，然后是云未思，这世上姓云的真有那么多吗？还是说，长明道友对我心生仰慕，不敢表露，特意寻了借口来搭讪？"

长明淡淡道："云未思，你还想装到什么时候？"

云海笑容不变："长明道友恐怕真是认错人了，我叫云海，不叫云未思。"

长明道："你脖子靠近左肩的地方有一块伤疤，被衣领遮住了，那是当年初入玉皇观练功时受的伤，后来你说要让自己长个教训，也从来不去消除，至今应该还在。"

云海动了动手指，看着长明。

红月从窗棂缝隙照进来，又映在长明侧面。唇角苍白，嘴唇微抿，正是身有顽疾强忍病痛的表现。但不知怎的，云海居然看出一种坚若磐石无法撼动的感觉。

多么可笑，明明只是一个随时可能被杀死的弱者，也敢踏入九重渊，与各色妖魔鬼怪打交道。他一只手，不，一根手指就能杀死的人，还在故作镇定，谈笑风生。那么，他又是为了什么没有下手呢？

云海翻遍记忆，居然找不到答案，他不由得生起一丝烦躁。

"你与其关心我肩膀上有没有伤疤，不如关心一下我的身份。"云海慢慢道，他翘起嘴角，挽起右手袖子。

长明的视线自然而然跟着下移，又忽然停住，连腰都微微绷直了。

一条红线从云海的右手臂弯起，蜿蜒而下，细长曲折，两寸有余。

寻常人看来，这条红线像是用朱砂随便画上去的，毫无规律，只要伸手就可以抹掉。但长明知道，它非但抹不掉，还会自行生长。而且随着时间推移，红线会越来越长，最终缠绕手腕，布满掌心，然后——

成魔。

"你那位故人，也有妖魔血统吗？"

云海笑眼睇他，笑容里竟有几分诱惑。

不可能。长明心头微微一震，脑海里浮现出三个字。但他知道，世间没有什么事情是不可能的。

长明抬眼，望着云海。

"怎么回事？"

云海："看来长明道友的故人，是没有妖魔血统的了。"

长明："你怎么会变成这样？"

云海挑眉："怎么，你还是不肯承认，我不是你那位故人吗？"

长明："你就是云未思，云未思就是你。"

云海哂笑："长明道友真是固执！不如这样，我带你去看一场好戏，或许能帮你将七星台所有修士都召集过来，让你找到那位故人。"

说罢，他也不等长明回话，直接拽起人就往外走，长明不由自主跟着虚空蹑步。七星台各处都有人巡守，云海带着他轻而易举避开耳目，来到一处富丽堂皇的宅邸后院，穿过密林，二人站在窗棂半支起的屋外。

长明没吱声，想吱声也吱不了，他被云海下了禁言术。对方捏着他的手，在他掌心写下一个字——等。

等什么？

长明看了云海一眼，对方冲他笑了下，不愿多说。二人气息应该也被云海设法屏蔽了，里头的人竟未察觉他们在屋外。

长明很快就认出屋里两人是谁，刚刚打败太罗成为七星河新主的悲树，以及张暮。

"主上今夜好生威风，属下是真心为您欢喜。七星河乃九重渊第一重渊，没有后面那般危险，灵气资源也更为充沛。主上掌管七星河，相当于手里捏着个不逊于万剑仙宗的门派任由您调派差遣，只怕万剑仙宗的宗主还不及您的一半呢！"

长明从未听过张暮如此说话，婉转多情，真挚热忱。

在黄泉里，张暮是少有的会与他说话的人。这个出身小门派的年轻人习惯了循规蹈矩的生活，前赴黄泉历练应该是他一生最大胆的决定，但天资所限，他始终无法突破自身，哪怕枪法有所进步，瓶颈也摆在那里。长明原本还想找个机会点拨他一下，但当时厉鬼恶魂袭来，张暮无法摆脱人性弱点，生死关头将他推出去为自己争取逃生机会。

那一刻起，张暮就已经被长明放弃了。只是没想到，这人居然会出现于此。

透过窗棂缝隙，长明听见悲树的笑声，也看见惊悚的一幕。

悲树盘膝坐在榻上，张暮屈膝半跪在榻下，一手扶着悲树的腿，仰起头，悲树也正好低下头。二人气息交缠，烛光旖旎。琉璃金珠杖斜斜靠在旁边墙上，光华流转，明明如月。

两人姿势暧昧，不足以令长明眉毛颤动半分。但接下来——张暮将手搭在悲树后颈，慢慢摩挲，悲树似觉舒适，微合上眼，就在此时，张暮口中舌头突然伸长，蹿入悲树口中！

悲树蓦地睁大眼睛，身体下意识地想挣扎，手掌拍向张暮肩膀，但他这一掌拍出去，却如石沉大海，毫无动静，反倒失去最后一点逃生的机会，身体剧颤，口中呜呜作响，无法从张暮口中挣脱。

此时的张暮，嘴巴张开到近乎不可能的弧度，将悲树半边脸颊都吞进去，就像急于向爱人表达爱意的小伙子，心急火燎，画面又是如此荒诞离奇，古怪恐怖。

悲树的身体在经历挣扎和剧烈颤抖之后终于逐渐安静下来。张暮松开手，任由他软软地倒在榻上，还意犹未尽地舔舔嘴唇，像在回味刚才的美好。

至于悲树——

长明的目光落在他身上，悲树动也不动，就像睡着了，但长明知道，他浑身上下不会找到任何伤痕，但如果仔细检查，就会发现悲树的魂魄已经离体。

抽魂摄魂而不伤躯壳。这个死法，跟刘细雨一模一样。

长明皱眉，张暮是杀刘细雨的凶手？

不对，张暮能得到悲树如此器重，肯定已经在他身边待了一段时日，这就对不上了。

这时身旁的云海捏住他的手，又在他掌心写了几个字。

好看吗？

长明抬眼，无声询问。云海冲他笑了一下，颇具戏弄意味。下一刻，他解除长明的禁言术，朝反方向花木茂密的地方弹指。

砰的一下，周围世界仿佛被打破禁制，弹指的方向炸起一簇焰火，很快燃烧起来。

云海直接抓住长明飞身而起，将他往悲树屋里一扔。

"去吧！"

长明耳边云海的轻笑声还未停下，他就看见张暮倏地抬头盯住他，眼神凶狠，如同盯住猎物的猛兽。

几乎没有给他任何思考的工夫，对方身形就已经动了，疾风般掠向长明！

说时迟那时快，长明随手抄起身旁的东西，急速后退，抬袖挡在身前。轻飘飘的袖子加上几乎可以忽略修为的身躯，简直是螳臂当车！

张暮冷笑，灵力伴随气劲澎湃而去，挟着猛烈的灼热气息，隐隐有星火翻腾。他几乎可以预见长明的袖子将被烧为灰烬，紧跟着面容被毁，痛苦哀号。

可惜了，之前他看此人皮相不错，原本还想着拿来当个新壳子的——

谁知对方的袖子忽然翩然翻飞，一只黑色蝴蝶朝他飞来。蝴蝶扇动巨大的斑斓的翅膀轻盈起舞，虽然体型庞大但看上去毫无威慑性。

张暮皱皱眉头挥手欲将其拂开，谁知手刚碰上翅膀，眼前的蝴蝶却一只化为十只，十只又化为百十只，团团将他围住，越打反而越多。

但长明想趁机逃跑也来不及了，七星台的侍卫听见动静纷纷赶来，截住他的退路。

能来七星台的修士，没有一个是在这种情况下还能安然入眠故作不知的。

第六章 妖魔现身

许多人闻声陆续到场，却只是在外面观望，没有轻率地插手。

云海早就不知去向。长明孤身一人，面对身份未知、来历不明的张暮，和众多事不关己绝不出手的修士，怎么看，都是一个四面楚歌、十面埋伏、胜算为零的局面。

这么多年来，他还是头一回让徒弟给坑了。果然夜路走多了，也是会遇到鬼的。

张暮那边轰的一声爆出青焰，将所有蝴蝶烧成灰烬。他怒气冲冲想要将长明杀了，但这么多修士在场，他不好直接动手，还需要一个光明正大的借口。

"此人擅闯七星台，还杀了我主悲树，今日我定要你以命相偿！"

众人大吃一惊，万万没想到悲树才风光了一夜，竟然就死了！再看长明这副样子，怎么也不像是能击杀一名宗师级高手的人。但对方手里抓着悲树的琉璃金珠杖，似乎一切都有了说服力。

"慢着！"长明咽下喉间血腥，把不肖徒弟出卖自己的事情先放一边。

"此人名为张暮，表面是悲树的谋士，实则是妖魔所化，所谋甚大，诸位道友切勿信了他的血口喷人！"

张暮冷笑："你说我是妖魔？我还说你是妖魔呢！你无缘无故擅闯七星台，杀人夺宝，琉璃金珠杖在你手里正可说明一切！来人，将他拿下！"

他负手站在台阶上，压根就没有把长明放在眼里。方才两人交手，虽然他被傀儡蝴蝶迷惑一时，但也试出了长明的深浅。此人既然已看出悲树的死因，那就绝对不能留！

掌心的琉璃金珠杖传来冰凉感，令长明神志稍稍清醒。如果他没有猜错，这根长杖应该来自庆云禅院，估计是悲树叛出禅院时带出来的。

也许还是镇院之宝一类的灵器，虽然比不上他的四非剑，也可堪一用了。

悲树的手下领命从四面飞奔而来，为首有四人，后面有八人。这些人修为不高，不可独当一面，只能依靠七星台资源过活，算是悲树的门客打手。虽然如此，但这些人合起来的力量不容小觑，更何况是以众敌寡，对付长明一个。

他们根本就没把长明放在眼里，此人脸色惨白，一看便是有伤在身，修为又不怎么样，别说为首四人同时上了，就是单人上场怕是也能将他拿下。

众目睽睽之下，七星台主殿台阶之下，手持琉璃金珠杖的年轻人面带病容，命不久矣，被四人围攻，毫无反抗之力。

对围观看热闹的众多修士们而言，他们更想知道，悲树到底是为谁所杀。

为首一人抢着立功，一马当先，手中长剑脱手而出，直接掠向长明后颈。如无意外，长剑将贯穿对方身体，血光四溅。

但这个意外偏偏发生了，长明竟然在他面前消失了！

此人睁大眼睛，连长剑都忘了收回，就这么任由其飞刺出去。他以为是自己的眼睛出问题了，但稳住身形看周围的人也都是一脸讶然。

片刻之后，长明又出现在他面前。

其他几人不再犹豫，挥剑斩去。长明被斩为几段，飘然落地。可几人定睛细看，哪里是人被斩断，斩的分明是个纸片人儿！

"许仙子，我若死了，你恐怕就白来一趟，永远找不到你想要的东西了！"

众人循声抬头，长明立于屋顶，朗声道。

混在人群中看戏的许静仙冷不防被点名，心情有点复杂。她还真想看长明如何处理眼前的局面。这怎么看，都横竖是个死。

长明死了便死了，与她也没太大关系，但关于养真草，他肯定还藏了些话没说，万一自己真就找不到了呢？九重渊中形势复杂，危机重重，人也罢，魔也好，无不各怀鬼胎，她一人纵使心计百出，恐怕也是双拳难敌四掌，多个长明在，终究不一样。可要与七星台为敌……

眨眼之间，许静仙权衡利弊，最终还是哀叹一声，飘然而上，落在长明身边。

长明抬眼，诙谐道："仙子仗义，这下咱们可是患难之交了！"

谁愿意跟你是患难之交！许静仙满心嫌弃，俯瞰四周。他们已经被团团围住，插翅难飞。那些前来赴宴的修士与二人非亲非故，根本不可能出手相助，单凭他们两人想要渡过眼前危机——

她开始后悔了。

"张道友，我乃见血宗凌波峰峰主许静仙，此人是我朋友，他有伤在身，绝不可能杀害悲树大师，还请阁下看在我的面子上，且慢动手，等查清真相后再行论断！"

许静仙不刻意捏着嗓子说话时，还是有那么点一峰之主的气势的。

只不过，见血宗的名头在此处根本不管用。张暮脸色没有半点变化，他阴沉沉地盯住二人，视线落在长明身上，半句话也未说，仅是缓缓抬手。

许静仙暗叫不妙。

果不其然，对方手腕半抬又忽然挥下！

这是进攻的指令。得令者蜂拥而上，扑向屋顶二人！

"这下要被你害死了！"许静仙气道。便是她有准宗师的修为，在这么多人围攻下，恐怕也要挂彩，更不可能把长明救出去。

在这种地方负伤等于就是一头毫无反抗能力的肥羊，随时会丢掉性命。正因为见血宗那些杀人夺舍的勾当没少干，许静仙对人性了解很深。

"我对付张暮，你应付他们！"长明蓦地长身而起，却不是挡在前面帮她应付

围上来的修士，而是越过那些人直取张暮。

这不是自寻死路是什么？！许静仙来不及喝止他，就已经挥出纱绫与那些人缠斗起来，帮长明断后，让他分身去截杀张暮。

她根本就不认为长明能截杀张暮。御物化神之术说白了还是旁门左道，取胜之道无非虚虚实实、出其不意。若是面对真正修为深厚根基稳固的高手，这套东西还得配合自身灵力修为来使用，长明现在灵力虚浮身体羸弱，根本无法长时间维持御物之术。

张暮手中长枪旋转，枪尖红缨宛若烈火，挟着赤焰翻腾刺向长明。什么御物幻象，在他面前形同虚设，如果长明想用刚才那招来骗他，完全是班门弄斧！

枪尖火焰瞬间点到长明眉心！

没有想象中的鲜血喷涌，对方也没有消失，就这么静静立在半空，含笑看他。

张暮立马察觉不对，他掉转身形，长枪挥向四周，气劲之大，炸开裂响，烈焰冲天！

三个！

三个长明，不远不近，以不同的起手，不同的应敌方式，挡住他的攻势，并将张暮的烈焰又拍了回来，同时回卷。

张暮不得不提气跃起，闪身避开。到底哪个才是真正的长明？！

对方明明修为低微，怎么会有这等术法，连他一时之间都看不透？！

是了，琉璃金珠杖！

张暮脑中灵光一闪。悲树那把琉璃金珠杖又称三才金珠杖，曾经是庆云禅院的镇院之宝，被悲树偷出来之后就再也没有归还过。悲树能在短时间内立足七星河，并打败诸多对手，也与这把禅杖有关。

可那毕竟是佛门灵物，不是常人想领悟就能领悟想操纵就操纵的。此人不仅用起来得心应手，竟还能用它发挥如斯作用。

张暮眯起眼。三才者，天地人。三珠合一，一珠分三。天珠地珠互补短长，唯有人珠略有不足，须用者弥补。光芒最弱、闪烁不定的那颗……

就是你了！张暮露出嗜血笑容，长枪出手！

相传，琉璃金珠杖是庆云禅院初代院首采三山之灵石淬炼而成，其中还封镇了一只大妖的魂魄，时日久了，魂魄与金珠相融，又为这把镇院之宝增加了不少威力。

但法宝再好，也得用的人能够驾驭。德不配位，必遭其祸。

在张暮看来，这把禅杖在悲树手里尚且无法完全发挥威力，在长明手上就更不可能了。他一枪刺过去，金珠应声而碎，当啷作响，碎片四溅，散开点点荧光。星星之火越来越亮，竟又一变二，二变四，化为更多的琉璃金珠。

枪尖伴随烈焰，所到之处很快跟着燃烧起来，长明费心幻化出来的琉璃金珠很

快淹没在火海之中，不复得见。

"雕虫小技，也敢来九重渊混，怕是不知道死字怎么写的？"

张暮枪尖一挑一压，只使出五成灵力，很快就将琉璃金珠杖压到方寸之地。

无法逃离，无法反击，只能乖乖受死。

早在长明抛下她独自掠向张暮之际，许静仙就开始骂他了。骂他坑了她，把她带到九重渊来；骂他不靠谱，动不动就给她惹事；骂他不像个男人，关键时候丢下她就跑。

杀一个骂一句，骂一句杀一个，她将蜂拥而上的侍卫都当成长明来打了。

今夜晚宴时，张暮在悲树身边并不起眼，但许多人看他出手就知道此人起码是个高阶修士的水准，想杀长明那是绰绰有余。许静仙也觉得长明这一去，她怕是要"人财两空"，今日能不能从七星台全身而退都不好说。后悔化为悲愤，众人只见纱绫飞舞紫光纵横，美貌少女轻盈婀娜，跳着这世间最动人的一支舞。唯有身在其中的七星台门客方可感觉到，许静仙看似柔韧的纱绫落在他们身上，那就是杀人利刃，一下一刀，刀刀入肉，不见血誓不罢休。

许静仙正将这些人都当作长明来泄愤，忽而看见张暮那边骤然光芒大盛，亮如白日，几乎刺得人睁不开眼，她心里咯噔一下，心想坏了，长明这家伙一定是连渣都不剩了。谁知却听得张暮一声怒吼，光芒之中，他的身体像被什么力量狠狠推出，飞向半空，落去另一处高台。

"那是什么！"

不知是谁突然喊了一声。观战者抬头看去，却见半空飞出的张暮的身体忽然发出爆裂声响，寸寸裂开。许多人见状，心里都有种莫名的联想，就像看见一只烤乳猪在火架上被烤出油，噼啪作响。

但张暮不是烤乳猪，寻常人也不可能身体裂开。寸寸裂开的肌肤呈鲜红色，碎皮从半空掉落，张暮发出沉闷嘶吼，重重落在石台上。此时的他已经不是张暮的模样，碎皮褪去后，他身体发生了翻天覆地的变化。

鲜红皮肤，凹凸不平，额头生角，双目血红。

这哪里还是人，分明是妖魔！

"现在诸位知道我没有骗人了吧？妖魔化人，杀害悲树，所图为何，是为七星台之主，还是为七星台的神兵宝物？"

金光缓缓消退，长明从其中现身。手里的琉璃金珠杖完好无损，他神色平淡如常，没有受伤，没有缺胳膊断腿，一身衣裳干净整洁，除了发髻有些凌乱，有几缕发丝垂落鬓边。

"今日他能杀害悲树大师，明日就能对其他人下手，妖魔不死，人则永无宁日。"

长明避开张暮一击，借力跃至屋顶，碰巧就落在许静仙身旁。琉璃金珠杖挥扫，助许静仙将人逼退，拉着她退至另一处高台。

许静仙"咦"了一声："你的身手好似比先前强了些！"说罢她又有些不高兴，"之前你该不会是藏拙故意看我笑话吧？"

长明："仙子怎会作如此想，我对你一片真诚，只是刚刚与张暮交手之时，托琉璃金珠杖的福，境界突破了。"

确切地说，是他练的执玉念月突破到了第五重。这门心法虽然可以令修为在短时间内突飞猛进，可也没有快到几日之内就连升几重的程度，之所以会这么快，主要还是刚才凭借琉璃金珠杖之助力，加上张暮的步步紧逼，绝地求生，柳暗花明。

许静仙疑惑："你不是散修吗？琉璃金珠杖是佛门之物，你怎会修炼之法？"

长明无意多言："一通百通，殊途同归。先撤！"

许静仙很快明白他的"先撤"是什么意思了。张暮露出妖魔本相之后，根本就不需要长明拼死抵挡，他也没机会再追杀长明。

大部分修士已经纷纷出手，想将他合围当场绞杀。七星台上，一时法宝齐出，光彩耀目。刀枪剑戟，绫盘刃铃，在这些法宝的合围下，张暮几无生路。

多少心怀鬼胎的人，暂时有了共同的目标。非我族类，其心必异，这不仅仅是挂在口头的一句话。五十年前，六合烛天阵失败，妖魔流窜人间，因此造成不少屠村屠城的惨事，便连修士也无法幸免。后来各方修士联合起来对抗过一回，又有了九重渊，昔日惨败景象成为过往，记忆逐渐模糊，甚至还有少数妖魔混迹人间，诞育后代。但在面对强大丑陋、原形毕露的妖魔时，众人依旧会下意识站到其对立面去。

在所有人的围攻下，张暮居然不见颓势，反倒越战越强。褪去皮囊的他仿佛也撕开了身上的禁制，力量暴涨，在许多法宝的威压之下，依旧强势爆发。一把飞剑当头贯下，却生生悬停在张暮头顶半寸处，无论御剑的修士如何使力，也无法让剑再往下半分。

许静仙一脱身，立马拽着长明逃得远远的，躲在角落里观战，绝不肯再上前掺和半分。见此情景，她也跟着紧张得倒吸一口气："你说这么多人，该不会制服不了他吧？"

等了一会儿，没见长明回答，她下意识扭头，却见对方靠着柱子，眼睛半睁半闭，眼看就要歪倒，忙"哎呀"出声，伸手扶住他。

"不是说刚突破了境界，怎么反倒更弱了？"

"你方才看见云海了吗？"长明不答反问。他气息虚弱，刚才耗损心神过甚，突破境界也不能为他带来多少益处，反倒透支了体力。

许静仙奇怪："没有，他不是与你一起吗？"

长明一听这话就知道，云海消失得很彻底，正如他来时无迹可寻，去时也同样缥缈无踪。

"他到底是谁？跟你有何关系？"

许静仙逼问，她觉得长明一定比她知道得更多。

长明叹了口气："如果我说他是我徒弟，你信吗？"

许静仙心想，我一个字都不信。

长明反问："那你觉得我跟他是什么关系？"

许静仙想起两人状若亲密的情形，迟疑道："反目成仇的友人。"

长明："……"

对话进行不下去了，不知道是被气到了还是旧伤复发，他又吐出一口血。

许静仙气急："少给我来这套！你到底为何会与张暮交手，是不是也跟云海有关？你就不能放低身段，跟他和好，从他口中套点消息，助我们脱身吗？"

长明头一回觉得跟这个女人完全无法沟通。

"能不能扶我去更安全些的地方，待我疗伤休养后再说？"

许静仙正要开口，却见张暮那边变故突生！

在众人围攻下，张暮步步退却，似已穷途末路。他浑身上下鲜红淌血，却很难让人辨出到底是鲜血还是他原本的肤色。形容可怖，举止异于人类，已经足够构成他今日必须毙命于此的理由。至于杀害悲树也好，追杀长明也罢，不过是罪加一等。

张暮面容狰狞，怨恨地扫视眼前围杀他的修士。与他目光相接者，不由得心头一突，移开视线。从未有人见过如此滔天的怨恨与邪恶，就像浓浓的血腥味带着不消灭一切决不罢休的气势铺天盖地而来。

这个妖魔必须死！

所有人的心中，几乎同时浮现出这句话。

但张暮还是没有死。

他逃了。就在无数双眼睛的注视下、各路人马的围剿下，忽然有一名修士捂住双眼发出惨叫，连连后退，手中的法宝倒戈相向，直接割向自己的脖子，血溅三尺！

众多法宝临时组起的阵法出现一丝空缺，哪怕只有一丝，张暮也立时抓住机会冲出缝隙。临走前还横扫长枪，又伤了两条人命。

"不好，快走！"长明忽然抓住她的胳膊，不让许静仙继续看戏了。

"去哪儿？"许静仙觉得莫名其妙。

"七星台其实是一处阵法，张暮要毁了这里！"

话音方落，脚下剧烈震动，一时天旋地转，砖石裂痕很快扩大，蔓延至整片石台。

　　许静仙看见不远处宫殿的屋顶开始倒塌。这些宫殿都是七星河历代占据者一代代建造起来的，所用均为万神山的石料，坚固性是外面寻常石头所不能比拟的。她甚至能感觉到周身灵气以肉眼可见的速度开始流失。

　　遥遥地，一团团灰雾穿过云层高山飘忽而来。她这才发现，不知何时，七星台竟已是黎明。

　　天蒙蒙亮，橘黄朝霞明媚流彩。漫长黑夜终于过去，但迎接所有人的不是安然祥和的白天，而是更加可怕的敌人。

　　"那些尸虫！萤火尸虫！"她失声道。

　　七星台结界已被张暮冲破，他遁逃而去，而随着结界消失，那些吞噬一切的萤火尸虫势必会进来寻找新的食物。这么多的修士，正是它们美味无比的菜肴。

　　许静仙那消失半截的纱绫至今还缠在腰间，她是切身体会过这些尸虫有多么可怖的。

　　"怎么办？"

　　七星台再大，这些尸虫也能畅通无阻，无论他们躲到哪里，只是先死后死的区别而已。

　　有些修士不知尸虫的厉害，看见灰雾撞过来，出手去打，结果转眼就被灰雾吞没，直接连皮带骨消失得一干二净。

　　许静仙反手攥住长明的手腕。这么多年来，她面对过无数敌人，却从未像此刻这样惶然。因为敌人再强，拼死总有胜算，但这些尸虫无知无感，只要有灵之物，都逃不过它们的魔掌。

　　凌波峰许峰主，宁可面对一百个庆云禅院的秃驴，也不想跟一只尸虫打交道。

　　"去第二重渊！"

　　她听见长明如此说道。

第七章 镜湖之秘

第二重渊？

许静仙："在哪儿？"

长明实话实说："我不知道。"

许静仙："……"

换作在外面，她有一百种方法整治长明，但现在她还真不能这么做。

"那你说了跟没说有何区别！"她咬牙切齿，危机近在眼前，这家伙怎么还有心思开玩笑？

长明道："回到海边，去我们最开始来的地方。"

许静仙："你想回去？"

长明："照我说的做就是了。"

许静仙也没空多问了，云海一走了之。七星台崩塌在即，那些尸虫如入无人之境，已经有好几个不信邪的修士直接被吞了，其他人知道厉害，也都四散逃命。其中还有些人趁乱劫掠屠戮，恃强凌弱，杀人夺宝。

七星河彻底陷入混乱。混乱是九重渊的常态，但结界被打破的混乱却是头一回，尸虫肆虐七星河，让混乱之中又多了一丝穷途末路的恐慌。

人人都想找到出路，要么离开九重渊，要么去第二重渊。

传闻第二重渊彩虹桥是个风景如画、四季如春的地方，那里有着外面没有的奇花异草，也不像第一重渊七星河这样混乱。彩虹桥占主名为欣荣姑姑，据说早年曾是默默无闻的散修，来到九重渊之后才闯出名气的。

以上这些，都是上回夜宴时万剑仙宗弟子陈亭告诉她的。

但彩虹桥再好，现在也跟他们没有关系。许静仙搂着长明往海边飞奔，偶有剑气灵力朝他们飞来，不知是误伤还是有意为之的偷袭，也都被她躲开了。

许静仙记得自己上次如此狼狈，还是刚入见血宗时。见血宗有一男修修为颇高，垂涎她的美色，三番五次想将她弄到手，其中一回更是下毒暗算，几乎得逞。许静仙虽然行事放荡无所顾忌，但那也是建立在心甘情愿的基础上的，而非受人所迫委曲求全。回想起来，当时的危险比起现在简直不值一提。那男修再该死，见血宗内再弱肉强食，毕竟也是人间世界。

海边有什么？死鲸，迷雾，尸虫。

那些记忆并不美好，但许静仙没有选择："你确定去海边能让我们脱险？"

她没等到回答，抽空低头看一眼，长明已经陷入半昏迷了，嘴角淌血，面如黄纸。

许静仙："……"

养真草是不指望了，她还能在有生之年离开九重渊吗？她狠狠掐了长明一把，飞身疾奔向海边。

近在咫尺了，海风带着海水特有的腥气扑来，大海很快出现在眼前。

长明被她掐得闷哼一声，还真清醒了点。

"进雾海。"

"真要回去？"

许静仙有点不甘心，进来一趟什么机缘都没遇到，两手空空，还附带一个累赘。累赘这会儿又开始"装死"不说话了，许静仙心里恨极，又别无办法，只好照他说的，奔向迷雾。

长明没有彻底昏迷过去。他是在闭目养神，也在快速思索。之前他们来九重渊，是通过这片迷雾才进入的，乍看这像是个入口，但再一细想，他那不肖大徒弟也是从迷雾里走出来的，而根据周可以和贺惜云的说法，云未思在第九重渊虚无彼岸。既然如此，是否意味着这片雾海并非单向通道，而是既能通往外界，也可以去九重渊的其他地方？

这只是长明的猜测，他没有力气与许静仙分析，只能任由她先带自己进入雾海。

"二位道友留步！"身后传来陈亭的声音。

许静仙装作没听见，脚步不停。然而陈亭速度更快，转眼追上，与她并肩。

他语速飞快："道友这是要离开？这迷雾古怪得很，我有个同门师弟跟我一块来的，正是在迷雾里失踪的，至今也不见人影。他们说第二重渊的入口在悲树住的宫

殿下面,现在阵法已破,不如过去试试?"

许静仙:"那你怎么不去试?"

陈亭:"我看道友头也不回,不像其他人那样犹豫不决,好像把握更大些。"

许静仙:"……"

她这哪里是把握更大,而是急于逃命!

说话间,陈亭祭出自己的青岚剑:"二位道友上来吧!"

他已经看出许静仙修为虽高,却没有飞行法宝,只能用纱绫借力于外物。

许静仙还未说话,一只纸鹤从长明袖中飞出,将他与许静仙载于背上,飞入雾海。

陈亭犹豫一下,又回身看了看七星台上的乱象,还是决定紧随其后。

进了迷雾就等于半瞎,眼前白茫茫一片,任凭修为再高也一筹莫展。

长明却道:"借仙子雨霖铃一用。"

许静仙警惕起来:"你要作甚?"

长明:"你再磨蹭片刻,等我这纸鹤力气耗尽,我们就要坠落雾海深渊了。"

许静仙:"……"

她很不高兴,自打遇上长明之后,她就处处受到辖制,每次都落后半步,被对方牵着走,哪怕是陷阱,她居然还心甘情愿往下跳。

但再不高兴,许静仙还是交出了雨霖铃:"你仔细些……"

"些"字还未出口,长明已经把雨霖铃扔了出去!许静仙"啊"的一声,差点失手将人给杀了。

"我的法宝!"

"嘘。"长明手腕一转,琉璃金珠杖上的金珠居然也缓缓离开禅杖,飞入前方,仿佛追随金铃而去。

许静仙不知他葫芦里卖的什么药。纸鹤缓缓前行,白雾萦绕周身,清甜的气息令人昏昏欲睡,她虽然屏息也吸入了一些,由此产生了幻觉,误以为此地还是凌波峰,差点就要从纸鹤上下来。

手背传来一阵剧痛,她蓦地清醒。没有凌波峰,也没有软玉温香的侍女伺候,他们依旧是在九重渊里。再低头一看,她的手背差点没被长明掐出血来。这肯定是报复,报复她刚才把他的手背掐青了。

许静仙:"……你最好祈祷我们能离开这里。"

长明:"不然呢?"

许静仙:"不然我恐怕会在死前先把你弄死!"

长明咳嗽两声,对她的话左耳进右耳出。他吸入的古怪气息比许静仙更多,若不是靠一口气撑着,恐怕早就倒下了。

丁零，丁零。铃声传来，忽远忽近。

许静仙："好像是我的金铃？"

长明手指微动，纸鹤转了个方向，像是被无形之物牵引，俯冲向迷雾更深处。

铃声大小不定，却没有停过。许静仙看见一团光亮悬浮在前方，并由远而近，飞向他们。

长明抬手，金珠回到他的掌心，宛若乖巧听话的稚童，散发着温暖光芒。

"佛门有晨钟暮鼓、开窍醒神之说，庆云禅院第二任院首定空便以此创出佛音引路术，意在破除迷障，回归本真。雾海欺骗我们的双目，就换双耳去感知，你那金铃加上这把禅杖，正好派上用场。"

长明有金珠在手，感觉灵力缓缓回流，这才有力气跟她多说两句。

许静仙得到一个答案的同时，心里又生出更多古怪之感。为何此人好像样样都懂，博闻强识，修为却又如此低微？他不仅精通佛门术法，对道、魔也各有涉猎，若说懂些皮毛也就罢了，偏偏连人家庆云禅院的镇院之宝都能随手就用。

他到底是谁？许静仙心头隐隐有些猜测，却又一闪而逝，难以下定论。

纸鹤的速度越来越快，已经快到不容许静仙走神的地步，她不得不弯腰，上半身贴在纸鹤身上，以免不小心滑进迷雾深渊。

"快让它停下！"

长明没有回答她。风声呼啸，连头发都被狂风吹乱，白雾扑面而来，须臾化开，迷蒙混沌，昼夜不分。而他们只能在这种未知里将命运交付出去。

许静仙强忍着头晕目眩的剧烈不适。在这种境况下，修为似乎可有可无，毫无用武之地，她既不能召唤纱绫飞身冲出雾海，也无法勒令纸鹤停下。所谓凌驾于凡人之上的修士，也不过就是能力稍高的凡人，而天地之间无法抗衡的力量太多了，穷其一生也不过如此。

许静仙是头一回感觉到自己的渺小，从前她总相信人定胜天，只要她足够强大，就没有战胜不了的敌人。但这片雾海和雾海之外的尸虫，却给了她无力反抗的挫败感，就像不管怎么努力，茫茫大海上的小船永远也到不了彼岸。

许静仙正胡思乱想，忽然感觉后背一沉，她的心也跟着一沉。

"长明？长明？！你醒醒！"

身后毫无回应。

许静仙："……"她到底是造了什么孽，才会被这人给忽悠进来的？便是从前为了修为不择手段，干过不少黑心事，上天也不至于弄这么个人来惩罚她吧？真是前世不修，遇上此人。

纸鹤还在往前俯冲，金铃依旧断断续续地响起，仿佛在前方引路。许静仙便是

在这种情况下，神志渐失，也跟着晕死过去了。

长明睁开眼。

他这一生去过许多地方，长河落日，海上明月，雪山霞光，密林千溪，人间的风景，黄泉里的幻象，他早已见识过许多。但眼前的绮丽多彩，依旧令他失神片刻。

虹练横空，虹下流水，非是画匠所能描绘出来的景色，也非人间最险绝处所能比拟的惊艳。水珠飞溅，落至虹上，又化为颗颗晶莹玉珠，映出瑰丽万象。

而他们正在这条硕大无比的虹练之上，不知天是水，无处似人间。

"哟，您老可算醒了，睡得可好呀？"

长明回过神来，听见许静仙阴阳怪气的风凉话，竟然感觉有点亲切。

许静仙见他还笑得出来，牙更痒了，凑近他耳朵。

"我的雨霖铃不见了，就等着你醒来，要你求生不得，求死不能！"

长明连眉毛都没动一下："旧的不去，新的不来，仙子节哀。"

长明知道她只是故意诓骗自己。如果金铃真丢了，许静仙就不会像现在这么平静了。再者，他那一手引路术也不可能出错。这女人总是千方百计想捞点好处占点便宜，可惜遇到了他。

许静仙讹诈不成，抬手就想一掌拍上去，长明却先一步咳嗽起来，扭头吐出一小口黑血，幸而她眼明手快往旁边一躲。

"你别以为故技重施，我就不敢动你！"

长明叹气："咱们都同生共死过了，你怎么就不能对我温柔一点？要是真把我打死了，你还上哪儿找个像我这么可靠的同伴？"

将血吐出来之后，他反倒感觉胸口闷气消去不少，手肘撑地微微坐起。

虹桥上不止他们两个。不远处也坐着一对男女，两人小声说着话，面带愁容。还有几名修士从远处走来，眉头紧锁，看样子遇到了一些挫折。

"二位道友，我可算找到你们了！"

一人从桥下快步走过来，微微气喘，面露惊喜，是之前遇到的万剑仙宗弟子陈亭。他跟着两人进了雾海之后就与他们失散了，许静仙没想到他居然也能离开那里，不由得刮目相看，心道毕竟是名门大派的弟子，也不知道有没有机会诓来做炉鼎。

她虽然不喜欢用见血宗惯用的路子修炼，但这么多年养成的思维习惯却很难改掉。

陈亭走近："长明道友脸色不大好，这是受伤了？"

长明拭去唇边血迹："无妨，没想到这么快就与陈道友重逢了。"

陈亭有些不好意思："那片雾海古怪得很，我差点走不出来，后来还是听见铃声，跟在后头，这才逃脱险境的。"

那还不是沾了自己的光？许静仙眼珠一转，娇媚地笑道："看来你是听见我的金铃响动，这么说我对陈道兄还有救命之恩了！"

　　陈亭拱手："多谢许道友相助。"

　　许静仙："欠了我的人情，可就沾了因果，陈道兄沾上魔门因果，不会被师门责骂惩罚吧？"

　　陈亭："我如今便是想回师门也没辙，还是等我们都安然离开九重渊，再说也不迟。"

　　轻轻巧巧，就把她讨要报偿的话揭过去了。天下男人果然没有一个好东西，许静仙微哂。

　　"我们对此地一无所知，不知陈道兄琢磨出什么门道了？"

　　陈亭："若我没有猜错，此地应该正是九重渊中的第二重渊——彩虹桥。"

　　许静仙心说，我不猜也知道这里是彩虹桥，但她觉得陈亭还有价值，便忍住了。

　　"那彩虹桥的占主去哪儿了，难不成也被徐凤林杀了？"

　　陈亭："我没见着此处占主，不过方才摸索一阵，倒是将这彩虹桥的玄机给摸了个大概。"

　　他指着桥下："桥下是镜湖，但它倒映的却不是湖面上该有的景象。"

　　许静仙也注意到了，方才湖面还有溪水四溅、水花成珠的景象，差点让她误以为桥下是溪水，但现在湖面平静下来却映出万丈深渊，深不可测，莫说常人见了会腿软，就连他们这种修士，也难免生出无法逾越之感。

　　这时桥上一男一女发生争执，吵架声渐大，女的发狠，随手摘下腰间玉佩就往下扔。

　　众目睽睽之下，玉佩非但没有打破湖面的平静，反而径直掉入深渊之中，悄无声息，听不见一声响。

　　"我怀疑，这湖面实则是个入口，也许通往第三重渊，也许——"

　　他话未说完，跟女修吵架的男修当即从桥上一跃而下，跳向湖中。没有扑通溅起的水花和涟漪，所有人看着他直接跃入深渊，消失在视线之内。

　　"魏一冲！"女修惊叫起来。

　　"也许并非入口，而是死路。二位道友也看见了，此处古怪难言，我等既然目标一致，都想寻得机缘从这里离开，还是不要太过分散的好。"陈亭这才将后半句说完。

　　许静仙："魏一冲这名字好生耳熟，是不是天目派掌门最喜爱的弟子？"

　　陈亭："正是，那女修是他的师妹兼道侣关霞裳。还有三人，其中一人是神霄仙府的何青墨道友，另外二人我亦不认识，不过应该都是与我们一样刚来到彩虹桥不

久的。"

许静仙："没想到陈道兄交游广阔，竟也有说不出名字的人。"

陈亭笑道："我修为不高，刚出师门没多久，认识的人自然不多。"

他能穿越雾海来到第二重渊，修为不可谓不高，许静仙自然不信他的谦辞。

桥下镜湖的风景每隔一段时间就会发生变化。许静仙有心想要计算变化的频率，却发现根本毫无规律可言。

天黑下来之后，镜湖却依旧明亮，甚至反射出白天的彩虹桥，一时昼夜并存，蔚为奇观。但再美的风景，如果永远被困在其中寸步难行，也会令人焦虑。

何青墨与另外二人商量一番之后，决定先将这道彩虹桥摸索明白，他们过来邀请陈亭，陈亭见许静仙不想动，长明又受了伤，就跟着他们起身走了。

长明从袖中摸出一颗绿珠。

"这是何物？"许静仙凑过来看，忽然"咦"了一声，"这东西我见过。"

长明："你仔细想想。"

珠子绿意生动，内有水滴流转。手掌晃动，水滴也跟着在星光下折射出动人的光彩。

许静仙不用想很久，因为这样的东西注定不是凡物，她只要见过一眼，肯定就会留下印象："我在七弦门见过。"

长明："嗯？"

"我去七弦门那天，正好萧家送来陪嫁，张琴邀我去看，一件件一箱箱都摆出来，生怕别人不知道萧家对女儿的看重，想拿萧家来压我，"许静仙哂笑一声，"其中就有这颗绿珠！"

长明："你可知晓这颗珠子的来历？"

"怎么不知道？它叫——"许静仙眼波流转，停住话头，"你该不会是在套我的话吧？"

长明："它叫沧海月明，是罕有的绿色明珠，之所以叫这个名字，是因为许多年前，有巧匠将其做成可打开的两半，里面可放药放香。你看现在，不正好应了'沧海月明珠有泪'之意？"

许静仙："你知道的还挺多……不对！这珠子既然是萧家陪嫁，为何会在你的手上？难不成刘细雨真是你杀的？"

长明："我之前跟张暮交手的时候，顺手丢了只傀儡出去，这珠子是它从悲树身上搜到的。"

当时悲树已死，所有人的注意力都被张暮和长明吸引过去，后来张暮露出妖魔

本相，所有人群起而攻之。七星台崩塌，尸虫来袭，大家又忙着四散逃命，没有人会去留意悲树真正的死因和身边的动静。

长明遥控傀儡搜索悲树的尸身，却搜出一颗沧海月明。

许静仙："你的意思是，刘细雨的死可能也与张暮有关？"

长明将悲树死时的情况简略说了一下："他的死状与刘细雨是一样的。悲树是张暮所杀，我亲眼看见，但刘细雨未必是张暮所杀，因为时间对不上。张暮不可能潜伏在悲树身边的同时，又跑到千里之外的七弦门后山杀人。只能说，张暮跟杀死刘细雨的凶手存在某种联系，也许同样都是妖魔。"

他闭了闭眼，忍住语速太快带来的眩晕。

"这是我原本的猜测，但现在加上这颗沧海月明，情况就更复杂了一点。"

许静仙原本漫不经心，闻言认真倾听起来。她听见长明道："沧海月明里的水滴不是普通的水，而是一种叫无求的药，它的香气独一无二，出自天目派最擅长调配药物的长老沈瀛之手。正好这里有天目派的人，等会儿若有机会，问问他们便知道了。"

许静仙："无求？有何用处？"

长明："专治癫狂症，可以令躁动不安的人很快安静下来。据说用了这种药的人眼前会出现世间最美好的东西，或者他心心念念求之不得的珍贵之物，他们会沉浸在虚幻梦境之中，别无所求，连修士也不能幸免。无求原本是沈瀛用来给妻子治病的，但后来不知怎的流落在外。数十年前，兴洪王朝有一代皇帝吸食无求上瘾，年纪轻轻就死了，死前脸上还带着微笑。"

许静仙略一思索："当时我还以为刘细雨在后山养了小情人，趁着成婚前再去快活一把呢！"

长明："仙子这是以己度人，就算他是为了男女私情，肯定也会选一个熟悉的地方，怎么会选在自己从未踏足过的外门后山？"

许静仙皮笑肉不笑："你方才说什么？"

长明："我是说，他会选一个自己更熟悉的地方。"

许静仙："前面一句。"

长明："仙子冰雪聪明，美若天仙。"

许静仙："……"

她发现自己越来越看不透长明了，说他油嘴滑舌吧，偏也没有越界，总在触及她的底线之前就收回手。说他聪明吧，却总会招惹一些没必要的麻烦，比如差点死在张暮手里，也差点害她死在张暮手里，又比如——

一人从桥下缓步而来。陌上无花，桥下有云。他衣袂飘飘，从容不迫，此处明

明有两人，他眼里却似只有一人，专注而深情。

云海笑吟吟道："为何这么看着我，二位不欢迎我吗？"

他又望向长明："长明道友目不转睛，想必是想我了？"

又比如，招惹上云海这个来历不明阴魂不散的大麻烦。许静仙在心里把未说完的话补全。

云海以为长明会发火，至少会冷嘲热讽，不予搭理。毕竟他把人丢到张暮面前，等于让长明去白白送命。

如果长明稍有差池，现在他看见的恐怕就是一具尸体了，也许连尸体都见不到，因为七星河已经因为结界破碎而彻底毁了。九重渊失去了第一重渊。

虽然没想到他还能活下来，不过云海发现自己心情还不错。最起码，在他还没彻底将此人琢磨透，失去兴趣之前，长明最好别死。

云海有些开心，脚步也跟着轻快不少，笑容越发灿烂了。

"长明道友不必害羞，若是看见我心生欢喜，不妨说出来。"

连许静仙这种生冷不忌的魔修都觉得云海可能不大正常。对普通的疯子，看不惯可以暴打一顿，可以杀了他，眼不见为净；对深不可测的疯子，最好的办法就是远离，离得越远越好。

她垂涎云海的美貌，却有没法应付这种疯子的自知之明，渐渐地也就歇了心思。但对方主动找上门，她总不能赶人吧？

"的确欢喜，朝思暮想，辗转难眠。"长明还真就回答了，神情倦怠，姿态慵懒，他不自觉伸手摸向心口，想必是有些疼的，唇色又白了一点，可脸上仍是云淡风轻。

不是刻意装出来的平淡，是忍耐成了一种习惯，也是没有将这些苦痛放在心上的淡然。一个人心志坚定到了无视自身痛苦的程度，那必然是经历过许多更为痛苦的事，相比之下，眼前的苦堪称安逸。

而这样一个人，本该站在世间之巅，而非流落天涯海角。

云海看在眼里，对他的兴趣又增添一分："长明道友瘦了。"

"那想必是被云道友陷害之后，忙于死里逃生所致。"长明道。

云海哈哈一笑，在他身边盘腿坐下："云某这不就来赔罪了！"

长明："只怕云道友又心血来潮，想到什么坑我的主意，你一句'赔罪'，我就得半死不活。"

视线落在他膝盖上的琉璃金珠杖上，云海微微一笑。

"长明道友也不能说完全没有收获吧？而且我也是一片好心，那么多人齐聚七星台，你找到你想见的故人了吗？"

长明："一开始就见到了，只是不知何故，他不记得我了。"

云海："世间容貌相似者芸芸，你应该是认错人了。"

长明："我相信我的眼睛。"

云海摊手："看来长明道友很固执。"

长明："你是如何知道张暮有问题的？"

云海神秘地一笑："你相信一个说法吗？同类总会对同类的气息更为敏锐。"

许静仙对两人之间形同打机锋的对话似懂非懂，及至听见最后一句，联想起张暮的真面目，不由得悚然变色。

长明面色如常，云海也淡定自若，好像说出这句话的人不是他。

"云道友不像是跟我们一样从外边进来的，倒像是一直都待在这里。"

"我也是从外面进来的，只不过比你们早一些罢了。"

云海抬头看天，星辰满目，星星点点。对于从外面进来的修士而言，九重渊的一切都很新鲜，诡丽奇异，层出不穷。但于他而言，即便是彩虹桥这样的奇景，他也已经习以为常。

许静仙心头一动："云道友可曾听说过养真草？"

云海摇摇头，反问："那是什么？一种草药？"

许静仙扭头盯住长明，一字一顿："你，骗，我？"

长明神色自若："他不知道，未必代表我不知道。我这般博学多才之人，天下几人能及？"

云海居然点头赞同："长明道友的确学富五车。"

许静仙："……"她暗自咬牙，觉得长明就是吃定她不能在九重渊里杀了他。

"不过，"云海话锋一转，"第八重渊天垂瀑是九重渊中唯一一处长满奇花异草的地方，许多花草连我都叫不出名字，也都各有神奇之处，说不定就有你们想找的养真草。"

许静仙挑眉："云道友竟连第八重渊都去过了？"

云海微笑："道听途说的。"

许静仙无语，长明却忽然道："那第九重渊呢？"

云海摇头："未曾踏足，一无所知。"他的回答不算缜密，细想就有许多漏洞，但人家不肯说，长明还真拿他没办法。

现在他们连第二重渊都还没摸索明白，第八重渊更是遥不可及的存在，许静仙一时间竟生出几分绝望。等她真从九重渊出去，不会"山中方一日，世上已千年"了吧，她那千辛万苦才得来的凌波峰峰主之位，不会被人抢了吧？她心绪烦乱，便连说话的欲望也没了。

陈亭等人正好回来，几人面色沉重，眉头紧锁。其他人知道许静仙来自见血宗，都不肯主动搭话，只有陈亭走了过来。

"云道友，你也来了？"他有些惊奇，方才明明不见云海的。

云海含笑不语。除了长明和许静仙，他面对旁人时是有些傲气的，或者说，他只对长明有些许兴趣，对其他人都觉得乏味。

陈亭的注意力也没放在云海身上，他只说："几位道友，情况有些不妙。"

陈亭跟何青墨等人原本是想将此处地形摸透的，没想到却在桥下找到了魏一冲的尸体。

魏一冲明明是从桥上跳入镜湖的，但他的尸体却倚在桥边的一棵树下，手脚俱折，肢体扭曲，面容狰狞，死不瞑目。就像在临死前看见了生平未见的恐怖景象，连嘴巴都还微微张着，随身的剑也不见了。

一名剑修，剑在人在，连兵器都丢了，还是以这样的方式惨死，陈亭等人都觉得不可思议，忙四下寻找，却没找到任何线索。他的道侣关霞裳更是哭成泪人，谁能想到一场争吵却造成了天人永隔。

桥下草木错落，花树扶疏，怎么看都让人察觉不出危险。然而，不管陈亭他们走出多远，往哪里走，最终都会回到彩虹桥边，仿佛被困在一个看不见摸不着的瓶子里，永远走不出去。

"我们没找到其他人，也没看见徐凤林，他很可能已经到第三重渊了，那么这里应该有出口才是。"陈亭道。

魏一冲已经用性命为他们排除了一个选项，出去的方法绝对不可能是从桥上跳下去。

许静仙："陈道友有何打算？"

陈亭看了何青墨一眼："还是由何道友来说吧。"

何青墨不太愿意和魔修妖女打交道，不过他们现在算上陈亭一共就五个人，想要实施计划，就得加上许静仙三人。

"我准备布一个八卦阵，如果顺利的话，所有人都可以离开这里。目前八个卦位，尚有震、巽、离无人镇守，需要三位助我一臂之力。"

长明等人都盘腿坐着，唯独何青墨站着，无形中有些居高临下的意味。但他见几人都抬头望着自己说话，也不愿屈膝坐下。

许静仙甜甜一笑："何道友，这八卦阵是做何用的，你总得与我们说道一二吧？"

何青墨微微皱眉："说了你们也未必明白，只要知道我不会害你们就行了。"

许静仙脸上还带着笑容，眼里却没了笑意："你不说怎么知道我们不懂？"

陈亭打圆场："诸位少安毋躁，方才何道友与我说过几句，我来解释一下吧。他觉得既然七星河本身是一个阵法，那么彩虹桥应该也是。既然是阵法，就会有阵眼和破阵之法。变化万千，不离其宗，不如按照最简单的八卦阵来破。八个人守八个方位，只要有一人找到阵眼，通知其他人，就可以合力上前攻而破之。何道友说他自己守死门的坤位，我们其余七个人则各守一位。不知三位以为如何？"

许静仙美目微挑："那我们凭什么相信他不会故意将危险的地方留给我们，然后再踩着我们离开这里？"

何青墨还未说话，他身边的道人先开口了。

"你这妖女别不识好歹，何师兄是神霄仙府最擅长布阵破阵之人，上回千绣楼重金请他去布阵他都没去，要不是现在这里只有八个人，也用不着找上你们！"

许静仙嘻嘻一笑："我是妖女，跟妖女合作的你们又是什么，妖男吗？"

陈亭想笑又忍住了，旁边的云海却很不给面子，直接就笑出了声。

"你！"

那道人撸起袖子就想干架，却被何青墨按住了："我方才看过了，桥与镜湖本该倒映出来的桥影，正好合成一圆，如果不将圆破开，所有人都会永远被困在此处，对你们同样没有好处，你们好好考虑一下，不要意气用事！"

何青墨嘴里讲道理，神色却还是一派高傲，丝毫不肯放下身段。

许静仙就喜欢这些名门大派一个个瞧不起妖女却还要找上门来求合作的样子。

"若我们意气用事又如何？"

何青墨那师弟抢先道："那我们只好将你丢下去了！"他生怕其他人阻拦，刚说完就立刻出手，抽剑出鞘，刺向许静仙，有心要给这妖女一个教训。

长剑挟着剑气去势极快，眨眼就到了许静仙的鼻尖，谁知一道白光硬生生拦在剑与人之间，那神霄仙府的弟子定睛一看，居然是一片树叶。

他飞快后撤数步，树叶依旧紧追不舍，擦着剑身直取他面门。耳边响起许静仙的嘻嘻笑声。

果然是个妖女！那弟子咬牙切齿，反手将剑光弹出，打在树叶上，然而树叶一分为五化为五道寒冰，破开他的剑气直扑面门而来。他大惊失色，终于知道厉害了。这时何青墨看不下去，直接出手，用袖一拂将五道寒冰都打了下来。

"适可而止！"

许静仙笑道："我不出手则已，一出手必是要见血的。我们家明郎仁慈，不想我要了你师弟的狗命，方才出手帮我教训他，你们还不知恩吗？"

长明咳嗽两声："仙子好生善变，之前还说我不像个男人，现在又开始叫明郎了。"

许静仙扭头："你闭嘴！"

教训人不成反被教训的名门弟子面上红一阵白一阵，好不精彩。

陈亭赶紧横拦在几人中间，生怕他们又起冲突。在他看来，神霄仙府这几人眼高于顶，的确很难相处，要不是何青墨还有些本事，他也懒得当这个和事佬，但眼下想要出去还得合作。

长明道："何道友的计划听上去似乎没有问题，不过你如何保证我们八人在相距甚远时依旧能随时驰援？一旦有人找到阵眼或出口，又如何通知其他人？"

何青墨负手淡淡道："我会给你们点上我师门特制的朱砂，一旦有人遇到致命危险，或者找到阵眼，就立刻抹去朱砂，其他人便会生出感应，直到在牵引下找到你。"

云海含笑："果然是很高明的办法，我没意见。"

长明看了他一眼，总觉得对方的话有弦外之音。

"若是何道友有把握，我们自然愿意配合。"他也道。

这下许静仙就成了孤家寡人，她暗骂长明一句，面上却笑靥如花："既然我的同伴都同意了，我自然也与他们共同进退。不过既然这彩虹桥上下左右方向都分不清，何道友又如何确定我等八人的方位？"

何青墨从袖中摸出一支通体雪白的笔，笔尖鲜红，如沾染朱砂。他凌空虚画，众人眼前就出现了一个圆。

"不用去管到底何处才是阵眼，因为我们本来就一无所知，所以彩虹桥桥上正中的位置就是其中一个方位，假设它是乾位，那么它所对应的桥下那一点，就是死门坤位。"

许静仙："你的意思是要有人跳下去守死门？别忘了方才那人是怎么死的。"

何青墨冷冷道："魏一冲刚才根本就没有从桥正中跳下，既然是阵法就要讲究方位，稍有差错都会谬之千里。你用不着担心，坤位我去守，等会儿我第一个从桥上跳下去，桥下另外两个方位由我的师弟们来守，你们只要守好其他方位便罢了。"

长明抬头看与何青墨同行的二人的表情，心道你的师弟们恐怕也不是那么愿意用性命去尝试你的方法。

何青墨给众人指点好所有方位，又用笔在他们小臂各点上一颗朱砂。轮到云海时，他没动。何青墨看他，他才露出手背。

何青墨："将袖子再撸高一些，要点在少海穴，效果才最好。"

云海："我生性害羞，不喜欢在不认识的人面前袒露身躯。"

何青墨："……"

他的师弟还想出口嘲讽，触及云海的视线，不自觉缩了回去。最终何青墨没有办法，只得在云海手背点了一点，聊胜于无。

关霞裳怯生生出声："陈道兄，我能否与你交换，守在生门？"

何青墨冷冷道："我方才说过了，生门未必就是真正的生门，只是我为了布阵先行假定的方位，它也有可能是唯一的死路，你可想好了？"

关霞裳双目含泪，没有说话。眼下困在这里，谁也没有怜香惜玉的心情，更何况修士抵抗诱惑的心志本就强于一般人。

何青墨见她这个样子又想起魏一冲的死，只觉得烦人，看都懒得再看一眼，又从袖中摸出八支玲珑剔透的袖箭。

"我会将这八支箭投在八个方位，方便你们行事。"

他取下自己背上的弓并召来飞剑，悬空停在彩虹桥正上方，将其中七支箭分别射向七个方位，又将最后一支箭射在彩虹桥正中，立于虚空。

"我先行一步，希望各位不要出差错。"

他看了众人一眼，毅然决然，当先从桥上正中位置跳下去。

他两个师弟却犹豫了。

许静仙故意道："你们该不会是要反悔，让你们师兄白白去送死吧？"

其中一个，也就是刚才动手的那人狠狠瞪了她一眼，走到自己的方位，犹豫片刻，也纵身一跃。

另外一人却当真退却了："我们出门前，师父给每个人点了魂灯，每盏魂灯之间用红线绑着，师兄如果有什么消息想传递，我也能察觉到，不妨再等等，说不定师兄很快就找到阵眼了。"

他为自己找了借口和理由，不管许静仙如何激他，他都不肯再往下跳了。

陈亭拿他没法子，只好道："那你与我换换吧，我去。"

"慢着。"

长明忽然道："你们看！"

湖面景致再度发生变化。蓝天白云消失不见了，取而代之的是沸腾烈焰，火海滔天。即使知道这是幻象，但眼前宛若炼狱的情景，依旧有种扑面而来的灼热感。

关霞裳更是不自觉后退两步，面露怯意。这下子，何青墨那个师弟说什么都不肯再往下跳了。

云海忽而一笑："长明道友可有胆量走一趟？"

长明："云道友是想让我与你一道去？"

"这镜湖里奥妙无穷，我早就想探个究竟了，何道友所思所想正好与我不谋而合，亲自走一趟又如何？"

云海道："别忘了我们的赌约，上次你输了，悲树非但活不过三天还死得那么快。愿赌服输，你欠我一件事没做，现在我要你陪我一道下去。"

说完，他也不等长明和其他人反应，伸手就来抓长明！

"且慢！"许静仙反应极快，也去抓长明，但她动作还是慢了半步。云海已将长明胳膊攥住，拖着他一起跃入桥下火海。

所有人都惊呆了。魏一冲的死犹在眼前，连何青墨的师弟都不敢相信他有必胜的把握，这两人居然就跳下去了？！

此时陈亭后知后觉想起一件事：八人镇守八个方位，现在两个人跳往一处去了，他们上哪儿再找个人来填补多出来的位置？

第八章 一世迷梦

熊熊烈焰，热浪冲天，但真正投身其中时，长明感受到的却是彻骨的冰冷。红莲业火将眼睛灼得发疼，寒冷却将皮肉骨头悉数包裹，甚至还在不停地往里渗透。

古怪矛盾的两重极端却同时出现。长明一开始还能运起心法，以灵力抵挡些许，到后面他发现抵抗得越厉害，反噬也就越厉害。人在无尽虚空里不停下坠，永无止境，手脚已结起冰霜，无法动弹，脑子也逐渐昏昏沉沉的，哪怕一直告诉自己不能睡，最终也抵挡不住眼皮沉重，陷入更为深沉的睡眠之中。

这一觉不知睡了多久。长明觉得越睡越累，四肢绵软不想挪动，大有睡到天荒地老的架势。

但他被人摇醒了。对方动作粗暴猛烈，一下子就将他从混沌梦乡里摇醒过来。

"陛下，陛下，大事不好了！"

长明扶着额头坐起，一面想这个称呼的由来，一面嘴里不自觉蹦出一句——

"小声些，你吵得朕脑壳疼！"

内宦上前，满脸慌张，勉强压低嗓音，却还是禁不住颤抖："那逆贼……那逆贼已经拿下元州，逼近京城了！大臣们都在外头等着您老人家发话呢！"

他什么时候成了皇帝？

长明心头涌上些许滑稽之感，抬头打量，低头端详。头顶是龙帐，身下是龙榻，床边是面白无须的近侍。重重纱帐后面，空旷的寝宫隐隐可见，他甚至能看见守在门口的两名近侍的身影，还有寝宫外头跪着的几个人。

他是这个王朝的第十二位皇帝，王朝位于南方又被称为南朝，与北方的北朝划

江而治。南朝经历过开国时的百废待兴，盛极而衰，再到力挽狂澜的中兴，到他这里，已经是穷途末路了。

真实与幻境交错，长明有种明知身在梦中，却还是不由自主沿着轨道走下去的荒谬感。他是身在局中，还是隔岸观火？

"将他们叫进来吧。"他听见自己如是道。

内宦如获大赦，跌跌撞撞退出。很快一批大臣鱼贯而入，重新跪倒在他床边，如丧考妣，就像皇帝行将驾崩。

其实也差不多了。长明夙兴夜寐，日夜勤政，每天批改的奏折比前任皇帝一年加起来还要多，但仍旧治不了王朝的痼疾，也改变不了江河日下走向衰亡的命运。

他费尽心思，整顿吏治，换来的却是朝廷加速腐败，贪官愈发横行。他减免赋税，到头来税收是减少了，老百姓却没有因此减轻负担，反倒是那些地主官僚中饱私囊，赚了个盆满钵满。这个王朝就像一辆巨大腐朽、正驶向绝路的马车，他用尽全力，反倒让马更加疯狂，更快速地往绝路上奔。

与此相反的是北朝，君臣同心，生机勃勃，整个国家如初升旭日。年初刚刚在一场战争中大胜的他们士气大振，一鼓作气长驱直入，朝南朝京都而来。

在此之前，听闻此讯的长明已经三天三夜没能睡一个好觉了。他很累，累到批改奏折的时候支额睡去，被近侍扶上床榻也毫无知觉，直到刚刚被叫醒。

他自忖不是蠢人，可集思广益，仍旧想不出一个比迁都更好的法子。

要么迁都，要么投降。投降是不可能的，就算迁都顶多也是缓兵之计，对方兵强马壮，己方人马俱疲，军队冗员成灾，粮草不足，将士离心，已毫无斗志可言，也许皇帝前脚离京，那些人后脚就会将他交给敌军将领。

这些都是先帝留下来的烂摊子，却要登基方才两年的长明来承担。

长明看着床边暮气沉沉的臣子们，听凭他们提出各种徒劳无功的办法。有的想为这个王朝尽最后一点忠诚，有的想要在人群里蒙混过关，记下旧朝皇帝在最后日子里的每一句话，好去向新朝皇帝邀功。

形形色色，人性百态。在一阵毫无意义的发言之后，众人终于说累了，他们希望皇帝也开口说句话。宫内自然而然安静下来，所有人的视线都落在长明身上。

长明只说了一句："想走的可以走，朕不走。"

众人相顾失色，他们知道皇帝的话意味着什么。长明挥挥手，看着众人四散离去，未再发一言。

城破之日来得很快。敌方将领兵临城下，城中官员百姓竞相逃难。北朝大将一路没有遇到任何抵抗，直接来到皇宫议政殿。

长明高坐皇位,看着逆光下大步走来的人。那人走近些,再走近些,倏然抬起头,四目相对。

果然是与云未思一模一样的眉眼,但又不像云未思,因为他嘴角带笑,神色轻佻——这是云海。

长明脑子里清清楚楚地出现这个名字。他觉得云海跟云未思是两个不同的人,而且自己本不该出现在这里。但他究竟应该在哪儿,应该在做什么事,他并不能确定。朦朦胧胧的记忆一闪而逝,身体、情绪却不由自主地被代入末代皇帝的处境。

是的,王朝行至末路,树倒猢狲散,他就是那个努力想要挽救却最终竹篮打水一场空的末代皇帝。

来者漫不经心地行礼,带着胜利者特有的傲慢:"末将云海,奉我国国君之命,来请陛下前去当个安乐侯。至于这江山社稷,反正你也治理不好,倒不如直接并入我北朝版图之内,也给南北百姓一个太平。"

长明抬手,掌心露出一个袖珍瓷瓶:"成王败寇,无话可说,恭喜云将军大获全胜,横扫千军。但朕生性不爱寄人篱下,只怕要让云将军失望了。"

云海:"陛下可别死,我们国君说了,你要是敢死,就让我屠城。听闻你勤政爱民,想必不愿看着他们成为刀下亡魂吧?"

长明:"你们国君是要统一天下的人,既然他都不怕在史书上留下恶名遗臭万年,我又害怕什么?"

云海:"就算你不管百姓,你后宫的高堂、儿女也会为你陪葬。"

长明:"我高堂早就死了,这两年也没空生儿育女,连嫔妃都快忘了长什么样。"

云海二话不说冲了过来,企图夺下长明手中的瓷瓶。但长明比他更快一步,黑血直接从嘴角流淌下来。

云海色变,一把捏住他的下巴往下压,却发现他满口都是血,还在不断往外淌。

长明笑了。

云海面目有些狰狞,他没想到长明如此决绝,竟然会在他进来之前就已经吞下毒药。蝼蚁尚有苟且偷生之心,一个亡国之君,在有生的机会时,却选择死亡。长明伸手抓住他的衣领,将人扯近。

吞下毒药的瞬间,长明眼前走马灯似的闪现过许多画面,他预见到自己去了北朝之后,受尽羞辱抑郁而终的下半生,也瞬间想起自己的身份。

他不是南朝的第十二位皇帝,他本应该是九方长明。

彩虹桥上,云海强行拉住他往下跳,在滔天火海中沉浮,却不知这是困住两人的幻境,还是他一人的幻觉?

吃毒药本不该是故事的走向,但他灵台一闪而逝的直觉却促使他这样去做。

他是九方长明，不是这个窝囊的亡国之君，在失去修为之前的几十年里，他一直过得随心所欲，哪怕千辛万苦寻求武道终极、天地奥秘，穷尽四海八荒，辗转道佛魔儒，那也是他自己愿意去做的，而非出于任何人的胁迫。

从前如此，现在亦如此！

那一瞬间，他的神志无比清明，生命力却以数倍的速度在飞快流逝。只有一句话，他只能给云海说最后一句话了。

"明心见性，寻根破障。"

云海面色微微一变。

长明不知道对方是否了悟，他已经无法说更多，血源源不断地从口鼻涌出，痛苦万分，完全不像是身在幻境之中。下一刻，长明的眼前陷入黑暗，所有意识彻底中断。

在很长一段时间里，九方长明一直在思考一个问题。道也好，魔也罢，都是人为区分出来的门派。生而为人，既然起点相同，后天的区分不过是为了更好利用各人的天赋。那是否有一门修炼之法，兼容并蓄，海纳百川，让所有人能修炼？

旁人想，也只是想想，他想到了，便要去做。为此他叛道入佛，又叛佛入魔，世人说他三姓家奴，骂他毫无节操，他一笑置之，只当清风过耳。他遍访名山，入海下江，用各种办法翻阅各门派的修炼心法，讨厌他的人拿他无可奈何，崇拜他的人他也从未在意。

直到有一日，他将目光放在万神山，那个有着无数上古传说的地方。那里地势极高，寸草不生，连绵起伏，纵是宗师也很难在几天之内将其翻遍。他没有用任何飞行法宝，而是像个寻常人一样，用双脚在这座高耸陡峭的山脉上一步步地走。

餐风饮露于修士而言是常事，但万神山的艰苦不止于此，它自成一界，天气多变，有时一日三变甚至四变，顷刻间大雪纷飞，又在下一刻热浪扑面，即使是修士，也很难有人能长年累月忍受这种艰苦。

此地自从很久以前就已灵气尽散，并非修士眼中适宜修炼的洞天福地。除了九方长明，几乎没有人会跑到这不毛之地来，一待就是好几年。

也正是因为如此，他发现了一个秘密。

长明蓦地惊醒！

又是在床上，这次却不是龙床。

他是谁？

"老爷您醒了？正想进来喊您，该上朝了。"侍女掀帘入内，柔声禀告。

"今日有何安排？"长明问道。

"今儿是十五，小朝会之后，您该给陛下上课了。"

长明点点头，在穿戴整齐、洗漱完毕去皇宫的路上，他回顾了自己的半生和这个已经有过数代皇帝的王朝。

皇帝年方十七，圣讳云海，年号文德，登基七年有余。前面那七年，都是他一路扶持着皇帝走过来的。如今他依旧是那个呼风唤雨、乾纲独断的权臣，少年天子却羽翼渐丰，不再乐意当那只被人护着的雏鸟了。

一路胡思乱想，他进了皇宫，六部重臣已经在了。今日皇帝也在，吊儿郎当地半个屁股坐在御座上，还不太老实，一条腿抖个不停。

长明看了那条腿一眼，视线再往上慢慢移，正好与皇帝的视线对上。

皇帝冲他一笑。长明没有跟着笑，他撇开视线。朝会很快开完，其他臣子鱼贯告退，余下君臣二人。

"相父，今日朝事繁多，听得朕脑壳都大了三圈，您就别讲经义典籍了，给朕讲几个故事吧。"

长明屈膝坐下，他作为帝国唯一的宰相在陛下面前有不问而坐的特权。更何况，他不仅是宰相，还是先帝托孤的辅政大臣。

"陛下想听什么故事？"

"不如，就讲讲不到黄泉不相见的故事吧。"

"郑庄公之母姜氏偏爱幼子，不满长子郑庄公逼迫造反的弟弟自刎，一怒之下说出了这句话。后来郑庄公在臣子的劝告下，特地挖了一条地道引泉水涌流而出，将母亲接来相见。这个故事，臣记得在陛下五岁时，就已经为您讲过了。"

"但朕如今重新听了，又有些不同的想法。"

"愿闻其详。"

"朕小时候天天听相父讲孝道，也觉得郑庄公心狠，放任弟弟犯错就是为了有朝一日让母亲懊悔莫及。可现在大了，朕却越发觉得郑庄公也不容易，姜氏教子无方，他弟弟又总想伸手拿不属于自己的东西。"

说到这里，皇帝看着长明："不属于自己的东西，本来就不该拿，你说对吗，相父？"

长明也看着皇帝。这个孩子是他一手带大的，从小就调皮，片刻都不肯坐下来听课，更何况那些上了年纪的老师们讲的大多是枯燥乏味的四书五经。寻常孩子不听话，打骂一顿就是了，可这是皇帝，打不得骂不得，那就只能由长明亲自来教了。

他不爱听之乎者也，长明就给他讲成语故事，讲古往今来帝王将相、市井百姓的故事。小皇帝果然来兴趣了，听得入神，还不时插嘴说点自己的意见。就这样一来一去过了七年，锦衣玉食的胖小孩变成玉树临风的少年天子。

小皇帝长大了，渐渐有了自己的想法，两人之间难免产生摩擦。长明政务繁忙，没有太多时间给一个孩子讲一件事的来龙去脉、前因后果，往往只能强行让小皇帝接受自己的决定，久而久之，裂痕变成鸿沟，再也不是片土寸泥能弥合的。

"陛下此言差矣。"他缓缓道，"姜氏固然教子无方，但郑庄公不能不孝悌友爱。试想君王为天下表率，若不肯以身作则，又如何统治天下万民？"

说白了，郑庄公的弟弟的确被宠得没了分寸，罪有应得，但郑庄公作为国君却不能不跟母亲和解，否则以后他也没法要求臣民孝顺父母。无法用孝顺道德来约束个人行为，那国家就会乱了。

皇帝冷笑："相父总喜欢用这些似是而非的大道理来说服我。"

长明道："这些都是臣的肺腑之言，臣终有一日会老，这个国家的主人是您，臣只能趁着自己还有一些力气的时候，再努力扶陛下走得更远一些。"

"是吗？"

皇帝忽而倾身，两人之间的距离陡然缩小，鼻尖对着鼻尖，近得长明一时失焦。

"那相父，您什么时候老呢？"

皇帝很快离去，这句话却一直停留回荡在长明脑海里。

"您什么时候老呢？"

直到回家，夜深人静，长明还不时失神。

相父，你赶紧老了，朕才好亲政。这是皇帝未曾说出口的潜台词。

他与云海，七年教诲，曾经亲如父子，却终究还是走到这一步了吗？

长明低头去看自己握笔的手。从入朝为官，到被先帝托孤辅政帝王，紧致光洁的肌肤早已松弛，满是斑点、皱纹。

好像，还是有哪里不对劲，他皱起眉头，苦苦思索。

身上的官袍、他现在在的这间屋子就像牢笼和枷锁，将他困在原地。

他可以快速回忆起皇帝从小到大的模样，可以回忆起皇帝交给他的每一份作业，喊过的每一句相父，他也记得每年科举会试的题目和优秀学子的答卷，甚至记得最近几年里朝廷议事的重要内容。

这些构成了他过去几十年的人生，也是他所有骄傲的来源。这个帝国之所以能在过去几年如常运转，很大程度上与他的尽忠职守离不开关系。

但长明还是觉得不对劲。这种微妙的诡异感来自内心深处，仿佛隐隐有个声音让他睁开眼睛醒过来，可现实却如茧丝层层包裹，让他以为自己就是醒着的。

宫里来人，连夜召他入宫。上次这么急还是小皇帝八岁时，夜里小皇帝突发高烧，哭着闹着要相父，太医不敢下药，只得请长明破例入宫。他守在龙榻前一整夜没合眼，后来小皇帝哭累了沉沉睡去，手还不肯松开他。

想起往事，长明不由得翘起嘴角，又随即平静下来。这次这么急，想必也是发生了什么事，该不会皇帝又发了急病吧？

轿子忽然停下。长明皱眉，掀帘子往外看："怎么回事？"

没有人应答。轿子外面，四下无声。空旷的皇宫，远处几盏灯火照不到这里半分。

长明感觉有些不对劲，他从轿子里走出来，举目四顾。然后，他看见了立在宫殿城墙一角的人。

那人将弓箭拉满，遥遥对准他这边。

长明眯起眼，一动不动。

云海在犹豫，他也不知道自己在犹豫什么。今天这一切，早在三年前就已经计划好了。他恨长明，尤其恨对方把持朝政，将他玩弄于股掌之间。皇帝对这位权相而言，不是必须效忠的天子，而是坐镇朝廷的傀儡和吉祥物。

他知道先帝的死有蹊跷。宫里宫外都在传，先帝原本病情已有好转，是长明推荐的太医开的药方子才最终导致先帝病情恶化。

先帝驾崩那天，只有长明一个人在身边，谁也不知道他们之间发生了什么。

云海连先帝最后一面都没能见上。他自幼丧母，后来又丧了父，如今宫里没个长辈，能倚赖的只有长明。但长明根本对不起他的信任，这个男人……

只要长明一死，帝国大权就会重新回到他的手中。白天的试探让云海彻底明白，长明是不会轻易交出权柄的。他手下门生无数，连御林军和边军都是他的鹰犬走狗，自己这个皇帝只不过是他们眼中维护稳定、保持平衡的棋子。

也许长明本来可以有更体面的死法，但云海希望通过这样的方式，来破除自己心中的魔障——破除一直以来对长明的敬畏、害怕和恐惧。

今夜一切都已安排妥当。长明的人全都被调走了，换上天子的亲信。

为了这一日，他准备了许久，万无一失。

白天长明讲那个故事时，他没忍住出口反驳了长明，还以为对方会心生警惕。

幸好没有。

手上的弓拉到最满，箭矢即将离弦，长明正好抬起头，遥遥望向他这边。

不知怎的，云海的心跳漏掉半拍，犹豫了一瞬。这一瞬他想到许多。冰天雪地里，长明背着他从这里走过，那时候他还小，非要玩雪，长明拗不过，又怕内侍照顾不周，只好亲自陪着他玩。

箭，离弦而出！

皇帝的骑射学得不错，而身为帝国宰相，长明却是个彻头彻尾的书生。这一箭，长明根本躲不开，这在皇帝的意料之中。箭矢直接射入长明的胸膛，而且还是个对穿。

在这种情况下，以他的年纪和身体，毫无生还的希望。

皇帝终于能将所有权力都牢牢握在手里了，从今往后，再也没有人能够限制他，阻拦他，当他的绊脚石了。但云海并没有欣喜欲狂，他近乎平静地看着长明倒在砖石上，痛苦抽搐，最终没了动静。

痛，不是从自己紧握的手掌传来的，而是从另外一处。他抬手按住胸口，感觉从那里传来的痛楚，一下，两下，像有把锤子一直重重锤在心上。

没了长明，他就是帝国的真正掌控者。既然一切如此顺利，他为何还会有这种感觉？到底是哪里出了差错？

云海抬起头，望向长夜里遮盖了月光的重重乌云。忽然间，一丝月光破开乌云，照在人间，也在他心里打开一道口子。

明心见性，寻根破障。

这句话蓦地在脑海中响起，将他所有的烦乱都炸得粉碎。云海闭上眼，身边纷至沓来的脚步声和众人慌乱喊"陛下"的声音，悉数如潮水般远离。他像一个在混沌中漂浮已久的人，永远找不到自己的根脚。直到雾海散尽，潮水来去，坐在火边的人映入眼底。

云海本来不叫云海。这个名字还是他在海边遇到长明和许静仙二人时，临时编造出来的。在此之前，他也不知道自己叫什么。他只知道自己应黑夜而生，日出而没，永远是一个见不得光的人。

长明给他的感觉很熟悉，熟悉到名字呼之欲出，但他在自己贫瘠的记忆里，却寻不到此人。相反，脑海深处总有一个声音，叫嚣着让他杀了对方。不知何故，不明缘由。这反而使得他生出兴趣，去接近这个叫长明的男人，探寻他身上的秘密。

彩虹桥下的镜湖实则是连通九重渊各界的通道，万千镜像，十世人生，七情六欲，包括凡人乃至修士的追求、欲望，都可以在镜湖里找到并得到满足。

云海想要找到自己内心疑惑的答案，他也想看着长明沉沦欲望无法自拔，最终在破碎幻境中沉迷至死。他想证明长明不过是萍水相逢的一个俗人，不管对方身上有多少秘密，也逃不过镜湖里的一世迷梦。最终不需要他动手，长明自然会像许多落入镜湖的修士一样，悄无声息地死在这里。

但云海没想到，他把长明拉入镜湖的同时，也给自己挖了个坑。

一间道观，一场倾盆大雨。

云海站在道观外面，看着跪在道观门口的人。那人有张与他一模一样的脸，却不是他。云海刚挣脱权臣与少年天子的迷梦，转眼又来到这里，但这次好像有点不一样。

那个跪着的人看不见他，推门出来的道童也看不见他。

云海静观其变。
"我说云郎君您就别再跪了,您跪多久也无用,我们观主说了,不收就是不收!"道童撑伞站在他面前,声音透过大雨清清楚楚地传递过来。
跪者不言不语,背脊挺直。
道童拿他没法子,站了片刻,叹一口气,说了句"你好自为之吧",便转身入门内。道观大门重新合上,不留一丝缝隙。
云海走到那人面前,半蹲着,看他的表情。为了避开雨水浇面,对方微微低着头,脸上是久跪后的麻木,也是穷途末路的绝望。
何必呢?此地不留爷,自有留爷处。
一个道观而已,就算里面住的是天下第一的大宗师,那又如何?
但他说的话,对方听不见。云海索性就不浪费气力了,在旁边靠着树看戏。
天色渐暗,复又明亮。一夜过去,雨还未停。
跪者没有等来道观里的人接收他,却等到自己的仇家。十几人提着兵器前后脚赶到,其中不乏修为深厚的高手。
这么多人对付一个手无寸铁、连修为都没有的少年,未免小题大做。云海冷眼旁观,只等那少年被千刀万剐,死在道观门口。
那些人没有马上动手,他们似乎想从少年身上得到什么东西,一直在逼问。
兵器在少年身上划出一道道深浅不一的口子,让人难以忍受的是未知命运,而非酷刑本身。但少年就是不开口,他唇角紧抿,一言不发,连呻吟都强忍着。血从他身上流入青石砖的缝隙里,又很快被雨水冲散。
云海心里泛起焦躁。这少年与他长得太相似了,难免让人有种代入感。可他又无法出手,只能眼睁睁看着,否则在场这些人早就死光了。
若是任由人在道观门口就这么死了,那这座道观的主人也太窝囊了!他冷笑着想道。
道观大门还真就缓缓打开了。两位道童开路,但这次不再是他们出来说些不痛不痒的话,而是另一个人迈过门槛,站在台阶上。
云海望着那人,是长明。
早在海边相遇时,他就有种感觉,自己从前见过这人。
"你们弄脏了我的青石砖,要怎么赔?"长明站在台阶上,长袍广袖,飘然出尘。
这个长明与他认识的有很大区别。他在九重渊里见到的长明,经常神色疲倦,像是很久都没睡过一个好觉。他潇洒肆意游戏人间,不将任何事牵挂心头,生死看淡豁达大度,与所有进入九重渊的修士都不一样。
但眼前这个长明,面容冷峻若刀,不苟言笑,行为举止飘逸举重若轻,眉头因

为常年拧起而留下一抹褶痕，使得面上更添凌厉。

这是一个真正的强者，而且是屹立于世间巅峰的顶尖强者。

云海心头狂跳，兴奋起来。他仔仔细细地打量长明，没有放过任何一点细节。

追杀少年的人对长明颇有几分忌惮，客客气气地拱手，说这少年是他们主人的仇家，手上藏着祸国殃民的东西，不逼他交出来，以后还会祸害更多人云云。

少年被折磨得倒在地上，一言不发，任凭他们在那儿七嘴八舌，唯有一双眼睛在细雨里亮得出奇。

长明没理他们，径自从台阶上走下。雨水落在他身上，好似遇到无形屏障，沾衣未湿，发干如常。

"你想拜我为师？"他居高临下，少年抬头仰望。

"是！"

这是云海听少年说出的第一句话。雨里少年的眼睛发亮，紧紧望着长明。那点亮光落在云海眼里，宛若烟花炸开，错乱时光与记忆碎片瞬间被打散重组。

少年就是他，他就是少年。

他是云海，也叫云未思。云未思是白天的云海，他则是夜晚的云未思。

他们本就是同一个人。

"你能给我带来什么？"他听见长明如是问。

少年时期的云未思一时愣住了，半天没能说出话来。他身后的仇家见状趁机出手偷袭，一道剑光掠向云未思后背，迅若闪电。长明眼皮都没动一下，只是轻轻抬手，那道剑光居然就在少年后背半厘之处停住，再也无法前进分毫。

仇家骇然！须臾，剑光原路飞退，射入出手者眉心，对方惨叫一声，轰然倒地！

其他人被震慑住了，纷纷后退，不敢再轻易出手。

但长明没准备放过他们。

"你们解决恩怨，解决到我门口来了，当着我的面出手，嗯？"

最后一声沉若磐石，重重捶在所有人心上。云未思一口血吐在身前的青石砖上，原本跪得笔直的身体摇摇欲坠，将要歪倒。

云海似也受到牵引，心神微震，不得不扶住树干站稳。

为首一人干笑："打扰九方观主清修了，我们这就告退，改日再来登门拜访！"

"少主？"有人不甘就此打道回府，却被首领一眼瞪回去。

他们以为就此收手，玉皇观也无话可说，谁知长明却又出声了。

"我让你们走了吗？"

首领素来豪横，又仗着有背景，哪怕知道对面是个宗师级高手，也无多少惧色。

"九方观主，此人既然到您这里来寻求庇护，我们就不动手了。只要他一日不出玉皇观，性命就无碍，就当是我等给您的见面礼。"

长明淡淡道："你们弄脏了我的地方，说两句话就想走？"

首领："那你想怎样？"

长明："你把命留下来，旁人我可以饶过。"

首领气笑了，直接抬手下令进攻。他就不信这么多人会打不过一个九方长明。

九方长明只说了两个字："剑来。"

他抬起手。这个动作平平无奇，但所有人同时听见嗡嗡长鸣声，他们手中的剑鞘开始剧烈震颤。

霎时间，万剑齐发！所有的剑像有了自主意识般同时出鞘，斩向首领！

十几把剑的剑光当头罩下，首领大惊失色，退无可退。

剑光之后，一切归于平静。首领倒在地上，七窍流血，遍体鳞伤，十二把剑整整齐齐插在他周身。

所有人勃然变色。少年的眼睛却变得更亮，他望着九方长明，就像望着唯一的光。

云海也在看九方长明。这人是如此强大，而强者总有一种难以言说的魅力，能让世上所有人抬头仰望。可这样一个人，又是如何从宗师变成废人的？连脾性都大变了。

仇家抬着首领的尸体匆匆溃逃，话都不敢多说一句，少年则跟在长明后面，头一回踏入这间道观。只是刚迈过门槛，他头一歪，人就倒了。

长明弯腰掐他的人中，给了一颗丹药。少年只是跪太久，体力不支加上淋了雨，没一会儿便缓缓苏醒过来，人还有些迷糊。他眯起眼睛，看着逆光中的长明，不自觉伸手抓住他的袖子。

"你别走。"云未思喃喃道。

真没出息！云海忍不住暗哂，忘了那就是他自己。

"等你醒了再说。"长明的袖子拂过额头，云未思软软倒下。他叫来道童将人背到厢房去，自己则去给观中弟子上早修课了。

门口血迹未干，很快又被雨水冲走。

不知怎的，云海明知这是镜湖给他设下的幻境，却有些舍不得离开了。他想看看九方长明这样的强者为何后来会沦落到那个地步，也想看看另外一个自己，后来到底有没有在玉皇观拜师，又学了些什么。

长明没有赶走云未思，算是默认他留在玉皇观，但也没有答应收他为弟子。云

未思坚持不懈，最终以努力打动了九方长明，成为观主的第一名入室弟子，也是长明在道门的唯一一个弟子。

梦境中不觉时光飞逝。云海看着云未思一点点修炼，一点点成长，从少年变为青年，从倔强深沉变得稳重干练。

他也会笑了，虽然大多只有在面对师尊的时候笑，但起码是有血有肉的，不再是那个跪在道观前，只凭着一腔仇恨支撑的云未思。

他会细心地给师尊打扫屋子，会跟道童学编蒲席，为师尊亲手编一个生辰贺礼。

他会在灯下临摹九方长明的笔迹，写了长长的字帖，然后会心一笑。

他还会在听说隔壁山峰有一处山泉的雪水煎茶乃天下一绝时，特地在大半夜翻山越岭去到那里苦等三天，直到等来冬季第一场雪，再捧着装满初雪的陶罐回去，正好赶上酷爱喝茶的九方长明在清晨煮第一壶热茶。

云海就在旁边默默看着，看着云未思的悲欢喜乐，看着他对师尊的满腔热忱，看着他修炼时的心无旁骛，也看着九方长明倾囊相授。

他将手按在胸口，滚烫的心脏在跳动，似乎感同身受。为什么他完全不记得了？为什么在海边重逢之前，他对九方长明这个人竟然会一点印象都没有？

云海闭了闭眼，压下灼热翻滚的心绪。

时光往前流淌。云未思的七年时光被云海重新一点点找回来，但他觉得日子不会一直这样平静下去，因为九方长明的修炼也遇到了瓶颈，他时时能看见对方紧锁的眉头，与若有所思的神情。

终于有一日，玉皇观迎来了它的劫数。

九方长明携徒出门赴约。云未思从前的仇家找上门来，这次他们带来了更厉害的帮手，而没了九方长明的玉皇观也不过是个平平无奇的门派。仇家找不到云未思，怒气发泄在道观的弟子身上，玉皇观死伤惨重。

闻讯赶回来的云未思千里追袭，将那伙仇人解决干净。现在的他早有能力报仇，只不过这些年一直在道观里修行，无暇旁顾。

云未思回到了玉皇观，九方长明却提出他要离开玉皇观、离开道门，另立门户。

"我的修为已经遇到瓶颈，进无可进，唯有破而后立，方有余地。"花树下，长明对云未思道。

"参悟得道也未必要破而后立，道法深奥，师尊大可另辟蹊径，何必非要离开道门？"

云未思脸上露出从未有过的急切，他不希望师尊离开。但云海知道，九方长明是一定会走的。

道门就像一棵参天大树，也许这棵树上的细枝末节还没有被九方长明摸透，但

树的形状和它所能达到的高度，九方长明都已经了解了。他希望去探索别的树种，而不是终其一生浪费在这棵树上。

但那个时候的云未思是不明白的，他希望在玉皇观的平静时光能一直延续下去。

果不其然，九方长明道："我建议你不要接掌玉皇观，俗务会浪费你的精力，耽误你的修炼。你就照着我教你的心诀，一直修炼到顶，再寻往上的新路。我会先入佛门，研究佛法，以求终有一日，将百家融会贯通，再返璞归真。"

云未思想也不想就道："您入佛，我就入佛；您入魔，我也可以入魔！"

九方长明摇头："你不必跟着我，你很有悟性，在道法上也已小有所成，循着这条路走下去，终有一日可以大成。揠苗助长，其害反大。而且你生性寡情少欲，正适合修无情道，而我杂念太多，总想兼容并蓄，集百家所长，这也是一种欲，注定无法走这条路。"

说罢，他看着云未思，若有所指："你原本就无牵无挂，我这一走正好让你斩断最后一丝尘缘羁绊。你已为玉皇观弟子报仇，了结因果，正可专心潜修，不再旁顾。"

云未思听得怔怔的，半晌问道："您意已决？"

九方长明："已决。"

云未思："那我何时可以再见到您？"

九方长明："等你成为宗师的那一日吧。"

夕阳下，云海看着九方长明逐渐远去的身影消失在视线之中。而云未思始终站在那里，从黄昏到日落，从长夜到黎明。

他的姿势未曾改变，似乎这样就能等到师尊回头，告诉他这一切不过是玩笑与试炼。

云海也站在这棵花树下，看着日月变幻，星辰流转。若干年过去，树还是那棵树，道观还是那座道观，从道观里出来的云未思，比当年又沉稳了许多，脸上非但一点表情都没有，还冷若冰霜，无论看人或者看物，都像是在看死物。

超然物外，又隔绝于世外。

云未思没有听九方长明的话，继九方长明的师弟兵解之后，他接掌了道观，成为新一任观主。后来他接到千林会的请柬，得知了九方长明的消息，提前结束闭关，匆匆出门。

云海也想跟上去，他有预感，云未思这一趟旅程将会很重要。但他忽然感到剧烈晕眩，脚下站立不住，地面化作巨浪旋涡，他彻底被卷了进去。

……

第九章

弱水情劫

怒海沉浮，波涛汹涌。长明挟着昏迷的云海，在海浪里艰难求生。他不知自己为何会掉入此处，只知道身边多了个不肖逆徒兼包袱累赘。

"你倒是醒醒，别装死！"他狠狠给了云海几巴掌。

对方还真就睁开了眼睛。

长明："……"

云海反手将他抓住，长明还以为他要出手打人，他却扯住长明拔水而起，将两人送到不远处的一艘船上。

破旧的船在海浪中沉浮不定，却始终没有彻底沉入海底。

"这是哪里？"长明只觉满嘴俱是咸腥味，连脸上都带着海水的气息。

"弱水，九重渊里的第七重渊。"

"我猜得没错，镜湖下面果然可以连通其他各渊。"长明将袖子拧干。

云海摸出一个装淡水的水壶递过来。

"多谢。"长明的确渴了，接过来打开就喝，喝了两口发现有点不对劲。他倒不是担心云海下毒，想杀他不必这么费劲，而是这人打从一开始就想杀他，后来又将他当成可戏耍的玩物，从未如此态度平和、行事正常过。

"云海道友，你没事吧？"

云海正想说话，眼角余光瞥见天光乍破，不由得微微色变。

"快天亮了。"

快天亮了？然后呢？长明思路骤然被打断，不明所以地看他。

身后,漆黑船舱传来吱呀怪响。两人齐齐回头!

暴风雨渐渐停歇。乌云散开,夜色还在,海天相接的远方绽露一丝明亮,海面广阔无物,唯有他们所在的这艘破船。船不小,还是两层的楼船,上面依稀可见窗棂雕花,但时日久远,连窗纸都没了,木头腐朽,将欲倾塌。船身微微倾斜,像随时都要沉入海底,海水拍打船身的声音不断传来,很有韵律感,让人不由得昏昏欲睡。

这样难得的平静里,却到处透着古怪。

明明是海,却叫弱水;偌大的第七重渊,却像是只有他们二人。

既然每一重渊都有占主,那么第七重渊应该也有,它的占主在哪里?

长明无法肯定,眼前这一切是又一场幻境,还是真实存在的?

他看向手上的琉璃金珠杖。前几次,他并没有随身带着这把禅杖,如今禅杖却在他手中,这是否意味着,他已经彻底离开镜湖了?

九重渊的确玄妙神奇,难怪与黄泉齐名。若说黄泉处处充溢着死亡的气息,九重渊则是在瑰丽之下暗藏着致命危险。前者让人时时提心吊胆,后者却容易让人主动踩入死亡的温柔乡。

嘎吱,嘎吱。不刺耳却很诡异的响动一声又一声,从船舱深处传来,像老鼠在啃木头,又像船上古老部件不堪重负发出的呻吟。

长明喜欢化被动为主动,坐了片刻后感觉体力稍稍恢复了一些,他起身往里走,胳膊却被云海抓住。

云海道:"我先进去,你跟在后面。"想了想,又补充一句,"这里我也没来过。"

长明不置可否,看着云海当先走入船舱,心中的古怪感愈甚。这还是那个性情大变、不遗余力坑他的孽徒吗?他想说点什么,最终什么也没说。

两人一前一后进了船舱,陈腐的味道扑面而来,禅杖顶端的金珠光华流转,照亮船舱一隅。白骨,蛛网,破败的家具,甚至还有未来得及吃完、早已发霉僵硬的食物。

脚下木板随着他们的脚步嘎吱作响,与黑暗深处传来的声音遥相呼应。云海反应迅速,直接往虚空中一抓,手里多了把长剑,凌空一划,剑气涌动,船舱被炸开一处,顺带照亮了黑暗的角落,几十只老鼠轰然四散,刚才的嘎吱声倒真是一下子就没了。

长明弯腰去看那些蛛网。金珠映照下,蛛网呈现出近乎绿色的光泽。他手指一弹,一道劲风出去,蛛网晃动一下,居然没破。

"你在看什么?"

"蛛网。结网的蜘蛛应该不是寻常蜘蛛,这里的占主是谁?"

"傅小山,据说他母亲是魔,父亲是人,他身上有半魔血脉。但弱水在九重渊里名声不显,因为傅小山很少在人前露面。"

长明："九重渊里，这样的半魔修士似乎很多？"

云海"嗯"了一声："他们不容于世，九重渊反而是他们的乐土。据说傅小山早年曾经迷恋一名女子，还想随她去外面生活，后来发生了一些变故，女子死了，他也没走，反倒成了弱水之主。"

蛛网旁边散落着白色的圆球，大大小小，圆润如珍珠。指风弹出去，圆球四处滚动，真就像珍珠一样。

禅杖被长明当成灯，光照在圆球上，还真有点莹润可爱。长明低头观察，问："九重渊魔气萦绕，所以能够忍受这里并成为最终胜利者的，大多都是有半魔血统的人？"

云海："不，是因为出了九重渊，他们就无处可去。天下之大，那也是人的天下，而非异类的天下。"

长明伸出的手半途顿住："云海道友，自从我们在海边见面以来，你以冷嘲热讽居多，这样说话好像还是头一回，倒真有些像我那位故人了。"

"你那位故人，是什么样的？"

这也是云海头一回主动问起。此前他一直对长明口中的云未思有所抗拒，不愿意承认两人之间的共同点。

长明道："这世上勤奋刻苦的人很多，但天赋异禀还愿意勤奋刻苦的人却很少。难得的是，他生性专注，能付出毕生精力修道，若无意外，成就修为本该不在我之下。四个徒弟之中，他是资质最好的，也是跟随我最久的。"

云海："那你为何还将他逐出师门？"

"不是我将他逐出师门，而是我将自己放逐，离开道门。"长明语气平淡。

"每个人要走的路不同，徒弟也未必非要循着师父走过的路走下去，他心无旁骛，可以在道法上登峰造极。我的野心却很大，我想归纳百家，自成一派，既然道不同不相为谋，那就彻底分道扬镳。"

云海："但你们还是反目了。"

长明说的话多了，喉咙有些痒，他咳嗽两声："那是另外一个故事了。"

云海："你后悔吗？"

长明哈哈一笑："我此生做事，从未悔过。"

若说有遗憾，那就是……

嘎吱，嘎吱。

两人的声音停住。这回声音不是在刚才的位置响起，而是从下一层的船舱里传来的。云海当先走下舷梯，长明跟在后面。

黑，浓稠得化不开的黑。禅杖上的金珠居然也像被限制了，不能再像刚刚那样

照亮一片，光芒只能停留在珠子周围寸许左右，甚至连前方云海的背影都未能照亮。

这里有古怪。两人同时想到这一点。云海眯起眼，脚步放慢。四下无声，连呼吸声和脚步声仿佛都被黑暗吸收了。

"云海道友。"长明想提醒他留意脚下是否有阵法，却没得到回应。

"云海道友？"他站住不动，听音辨位。

无声无息，没有任何动静。但越是安静，才越是不寻常。一只手从背后伸来，悄然无声，搭上他的肩膀。

长明猛地往前滑去，回身禅杖反扫！

击中重物，对方以掌还击，禅杖又反弹回来，对方闷哼后退。

"琉璃金珠杖？"

长明："陈道友？"

"长明道友？！"

对面的声音瞬间充满惊喜。

有个人奔过来，近在咫尺，长明抬起禅杖，果然是陈亭。

"你怎么会在这里？"陈亭不仅惊喜，还有点激动。

"我与云海道友从上面甲板下来的。"长明道。

陈亭狐疑："什么甲板？"

长明反问："你是从哪里来的？"

陈亭苦笑："说来话长。"

云海拉着长明跃入镜湖之后，剩下几人就守位问题争执起来。

神霄仙府弟子将许静仙归为云海一伙，认为因为他们何青墨的牺牲白废了，还说魔修就是魔修，永远不堪大任。许静仙堂堂凌波峰峰主，在外头也是呼风唤雨的人物，哪里容得下乳臭未干的毛头小子这么说自己，当下直接动手将那人给拍到镜湖里去了。

这下彻底乱了，关霞裳不敢与许静仙动手，只好转身往桥下跑。陈亭见许静仙杀红了眼还想追杀关霞裳，只好动手阻拦，两人在彩虹桥上大打出手，底下镜湖由烈焰灼天变为惊涛骇浪，头顶也跟着刮起狂风。水里忽然冒出一头三角巨龙，攻击两人，陈、许二人不得不暂时联手共同抵抗恶龙，搏斗过程中又被巨浪冲散。

"我到了一个莫名的国度，国中从诸侯到官员皆为女子，只有那些下贱低等的杂役为男子充任，我在那儿修为尽失，手无缚鸡之力，只能整日逃亡，真乃荒唐至极……后来我的藏身之处被发现，她们将我扔进监牢。我一觉醒来，却发现在这里。"

陈亭语焉不详，仿佛有难言之隐，长明也没再追问下去。

每个人遇到的迷境不尽相同。有些修士可能沉沦一世也无法自拔，对这些人而言，幻境也好现实也罢，其实已经没什么区别了，正如佛家所言，色即是空，空即是色，梦幻泡影，如露如电，就连长明也无法肯定自己现在是否已彻底挣脱迷梦束缚了。

能够将这些幻境迷梦糅合到一起，最初的创造者必定是一个精通阵法与幻术的天才，因为他不仅将所学与万神山的地形地貌结合起来，更充分利用此处人魔交界、魔气充沛灵力混乱的特性，最终将镜湖变成九重渊里最为玄奇的地方。

在长明的记忆里，的确有这么一个人，但那个人在很久以前就已经死了，死在他自己发明的阵法里。

嘎吱，嘎吱。不知哪里的黑暗处，那种让人不舒服的声响再度传来。

陈亭立刻停止说话，仔细聆听。他能感觉到身旁长明的气息，这让他有些许安心。并非对这里感到恐惧，而是经历这么多之后，能有个熟人同行，总是好的。在他眼里，长明虽然是个散修，但说话做事比脾气古怪的何青墨、出身魔宗的许静仙都要靠谱得多。

陈亭握紧手中长剑。这是他在无数幻梦中唯一没有丢失的法宝，因为这把剑在他拜入师门时就与他的心魂绑定。所有万剑仙宗的内门弟子皆是如此，手中的剑也是他们的心剑，心性越强大，修为越高，灵力越深厚，剑的威力也就越大。他手中的剑正微微发烫，这是心剑对他的警告，说明前方很危险。

陈亭止步不前。他不是一个没见过世面的毛头小子，也不缺乏耐心，他可以等到敌人从黑暗里出来，而非自己冒冒失失扑上去。他能感觉到长明也抱有同样的想法，对方甚至跟他一样特意放缓呼吸，隐藏气息。

陈亭很满意，他的确没看错人。

嘎吱，嘎吱。

陈亭合眼，听音辨位。声音越来越近了，虽缓慢，但正朝他们的方向靠拢。

是硕鼠、虫子，还是什么？陈亭试图从动静中判断出到底是什么。在他的想象里，那应该是一只螳螂。

九重渊里妖魔众多，怪物也不少。作为名门弟子，即使出现再离谱的东西，他也已经有了充分的心理准备，绝不可能像普通人那样惊叫恐惧。

他倏地睁眼！剑光大盛，能照见周身三尺。然后，他看见了两只手。

两只女人的手，修长、白皙、柔嫩，手指像春天的柳叶那样纤细优美。

这样一双手，本不该出现在这种地方。手上的指甲很长，每一次往前伸，都会深深嵌入木板里。

嘎吱，嘎吱。

这个声音就是指甲插入地板时发出来的，乍听上去像老鼠在啃木头。

陈亭想也不想，一剑斩过去！

这双白嫩漂亮的手居然灵活避开了，指甲瞬间从地板拔出，抓向陈亭！

陈亭侧身避开，一连三剑斩出，剑光瞬间划破黑暗，也照亮了那双手后面的景象。

一个披头散发的女子，浑身赤裸，在地上乱爬。但，这仅仅是她的上半身。她的下半身被裹在白色蛛丝里，一大捆浓稠茂密的蛛丝紧紧将她下半身缠住，最终连接在一只五彩斑斓的巨蛛腹部上。

陈亭骇然！让他骇然的不是蜘蛛的庞大和怪异，他一开始以为这女人是被巨蛛缠上的受害者，但细看才发现她竟已跟巨蛛融为一体，她的下半身其实就是蛛丝，她也不是被妖蛛驱使的受害者，而是本身就是蜘蛛的一部分。

他的呼吸蓦地沉重，出手却毫不迟疑，一跃而起，当头刺向巨蛛的腹部！

剑气炸开一蓬炫目的光芒，原本抬起一只镰刀般巨足当头砸下的巨蛛见状似乎有些畏惧光芒，身体一缩开始往后退。

陈亭的几道剑光分别落在巨蛛和女人身上，后者没有尖叫，只是发出咝咝声响，跟着巨蛛向后缩。陈亭紧追不舍，但他忽然感觉有些不对劲，一切太顺利了，这妖物一打即退，厌得反倒像个诱饵。

白色蛛丝线从四处角落里悄无声息拉过来，粘上他的衣服、头发。这些蛛丝近乎透明，在黑暗中很难察觉，陈亭也是感觉行动受限时，才发现身体居然已经被蛛丝牢牢粘住并固定在中间。这些蛛丝异常牢固，连陈亭召出的火符真焰也无法将其燃断。

"长明道友！"他一面忍不住出声呼救，一面挥剑将身上蛛丝斩断。但这些蛛丝仿佛斩不尽，每次被剑光斩断之后又会飞快生出新的蛛丝来重新粘住他，他根本无法抽身应对。

女人趁机飞身而起，屈指朝陈亭的脑壳抓了下来！巨蛛也发现他的窘状，再次逼近他，腥臭气息跟着扑来。

剑光之中，陈亭眼睁睁看着蓝光闪烁的蛛足当头砸下。他不由得心生绝望，心想这回彻底完蛋。

啊！！！

惨叫声响起，却不是来自陈亭，而是来自双手已经快要插入陈亭头顶的女人。女人被禅杖抽得往后狠狠撞在巨蛛身上，巨大冲击力令巨蛛承受不住，跟女人一起往后落。

陈亭看见了长明。他就潜伏在不远处，一直隐藏着气息，就等着巨蛛将注意力悉数放在陈亭身上时，再出其不意地进攻。

"剑来。"

长明如是说道，然后伸手。陈亭的孤月剑嗡嗡作响，似在应和，片刻后骤然飞起，落入长明手中！

剑光大盛！

长明一手握禅杖，一手持长剑。陈亭这把孤月剑不是普通兵器，乃是师祖亲手赠予且跟随了他数十年的佩剑，早有灵气，非常人能驱之。但长明现在非但能驱之，还能令行禁止，孤月剑在他手中，宛如他自己的佩剑，随心驱遣。

陈亭目瞪口呆。他愣愣看着那把"背主"的孤月剑，浑然忘了自己还被蛛丝控制着。忽然间，陈亭又想到一个问题，长明能用琉璃金珠杖，说明他可能与佛门有些渊源。但佛道素来不对付，此人为何又能驱策道门的剑？这年头的散修都这么深藏不露了吗？！

陈亭没能想出个结果，那头长明与巨蛛的交手已经激烈无比。孤月剑在长明手中如有神助，剑光交错纵横，虽然巨蛛外壳坚硬，往往需要两三道剑光才能在它身上划开一道口子，但那个依附巨蛛而生的女人却没有那样坚韧，她被困在长明召唤出来的两只傀儡之中，被长明当头一剑，痛苦哀号，由此露出披头散发下的面容。

这女人虽然半身长在蜘蛛上面，状甚恐怖，脸却是出乎意料的清秀。如果不是在此地此刻，她更像是个仪态端庄的大家闺秀，蕙质兰心，临窗绣花，等着心上人的到来。但此时她张开嘴，死死盯着陈亭，表情痛苦，嘴巴越张越大，似乎想说点什么，却只能发出嘀嘀声。

女人的情状触怒巨蛛，它开始疯狂吐丝，攻击两人。陈亭很快发现这些蛛丝带着毒素，因为他被捆住的手脚逐渐变得酸软无力，连带视线也有些模糊。

"先救我！"

他大声吼道，一条蛛丝飞来，狠狠抽在脸上，陈亭顿时半边脸发麻，再说不出话。

长明也知道要先救陈亭，但他实在抽不出手来。

巨蛛八只蛛足齐上，不断吐出蛛丝。蛛丝源源不断，长明既要避开蛛足攻击，又要避免被蛛毒侵蚀，渐渐有些分身乏术。更麻烦的是，他现在虽然修为大涨，爆发力比之前强了许多，但身体依旧是那副身体，支撑不了长时间的斗法，论耐力根本没法与这种黑暗生物相比，加上有伤在身，很快就开始体力不支。

汗从额头滑下。握住孤月剑的手开始变得湿热，那不仅是汗，还有血。

长明的后肩到右臂被蛛足划开，血顺着胳膊淌到手腕，又流入手心。禅杖已经被丢到一边，此时他的心神灵力都无法支撑他同时对付女人和巨蛛，更何况——

嘎吱，嘎吱，声音再度响起，这次更加刺耳、更加明显。

巨蛛的复眼后面，一双手从蛛背上伸出，黏腻湿滑，紧接着是一个脑袋。然后，一个半身人形在他们面前出现。

此人一根头发也无，上半身赤裸，浑身布满黏液，脸却生得邪魅俊美。只是这份俊美阴邪，一看就不是正常人类。

"你们，伤了她。"

男人缓缓道，声音干涩，语调古怪，似乎太久没有说过话。但长明和陈亭仍旧听得出他在说什么。

"你们竟敢，伤她。"

蛛丝收缩，将女人拉回蛛腹下，男人弯腰，口中吐出蛛丝，将女人粘住扯到自己怀里，搂住她，摩挲爱抚。蛛丝将两人缠在一起，他轻轻拨开女人脸上的头发，连眼底也溢满爱恋。

看着这一幕，陈亭毛骨悚然，头皮发麻。他强忍住想呕吐的欲望，开口道："这位道友，我们来到此处纯属意外，无意冒犯，想请道友指条明路，我们立刻离开，绝不打扰！"

陈亭的想法很简单，既然对方能口吐人言，那就说明能进行基本的沟通，若是能不交手，那自然是极好的。

男人却笑了起来，他一笑，胸膛震颤，怀里的女人也跟着晃动。女人就像个毫无生命力的傀儡，任凭他摆布玩弄，偏偏脸上还流露出真切的痛苦，也正因为如此，才更显得可怖。

"既然来了，就都留下来吧，正好陪她。"

长明跟陈亭不一样，他没有任何跟妖魔对话的想法。既然对方在此地以此等面貌出现，就说明没有对话的必要了，如果能沟通，早就沟通了。他在休养生息，顺便等待时机，等着致命一击的机会。但他发现这个机会非常难找，对方看似疯狂，实际上下半身的蛛足已将他们的前路堵得严严实实，即便想要后退——蛛丝也会瞬间从四面八方粘住他，让他无法动弹。

唯一的生路，就是左右配合，同时出手。但陈亭现在自顾不暇，只要他流露出想要救陈亭的想法，男人立马就会察觉，到时候非但救不了人，还会搭上他自己。

而云海再一次失踪了，他去哪里了？

这个名字从心头一闪而过，长明微微拧眉，他旧伤复发了，心口又开始隐隐作痛。

男人不知是否寂寞久了，面对陈亭的喋喋不休，居然没有出手杀他，反倒是饶有兴味地看着他们。

"道友，方才来时我已经察看过，此处灵气稀薄不利于修行，况且你与令夫人如此恩爱，就不该让她在这等暗无天日的地方度过余生。依我看，两位不如随我们一道出去，见见外面那大好河山，洞天福地。我师门也算有些资源，若道友不弃，可与我一同回师门，以你的能耐，定能在江湖上闯出一番名堂。"

陈亭苦口婆心，说得口干舌燥，对方始终似笑非笑，看他的表情就像在看一个手舞足蹈的孩童。

"道友，唉，不知道友高姓大名，我与道友一见如故，可惜是在这样的地方，若在外面，说不定这会儿已经拉着道友去烧黄纸斩鸡头结拜了……"

真能胡扯啊，长明心道。

陈亭咽了咽口水，他也发现对方压根就没把他当回事。但他又怕一停下来，对方就会直接出手，只好继续喋喋不休，心里期望着长明能意识到他的苦心。他想给长明一个眼神，奈何四肢都被困在蛛网里，结果眼睛都快抽筋了，长明也没收到信号。

"我，生来便是妖魔，而她，是人。"

男人居然开口了，他低下头，柔情缱绻地望着怀里的女人。

愿意开口说话就好！陈亭大喜，赶紧接道："虽说人魔殊途，但俗话说得好，有情人终成眷属，我相信上天一定不会眼睁睁看着你俩分开的，祝二位白头偕老百年好合！"

长明："……"

他的体力和灵力有所恢复，但想要奋起一击还是不够。对方虽为妖魔，修为起码也是宗师级别了，长明这一击如果无法令对方彻底丧失还手能力，那么死的就会是他跟陈亭了。

男人笑了，笑声很瘆人，让陈亭起了一身鸡皮疙瘩。

"她跟你们一样，也是从外面进来的。"

"她叫孟藜。

"她说，她的名字是一种草的名字，叶边有锯齿，生得很好看。是不是真的？"

男人的眼睛望过来，陈亭不由自主点头："的确很好看。"

"她生得真好看啊！"男人露出回忆的神色，整张脸也因此变得柔和。

长明心头一动，对方似有所觉，一只脚动了一下。镰刀一般的足尖蹭过陈亭鼻尖，把陈亭蹭出一身冷汗，长明知道这是蛛妖的警告，他没再动了。

"我从小到大见过最漂亮的东西就是这弱水上的星月，她比星月还要美，我可以什么也不做，只看着她，一直看着。

"她说，她也喜欢我，愿意留下来陪着我。我很开心，我愿意把最好的东西给她。"

"但是有一天，我醒来，却发现她不见了。"男人的表情逐渐变得愤怒。他的

手一寸寸收紧，怀里的女人也跟着发出不堪重负的痛苦的呻吟。

是骨头碎裂的声音，陈亭听着头皮发麻，男人恍若未觉。

"我很担心，很害怕，我到处去找，怕她在我看不见的地方被伤害、被杀死。

"我找啊找，从白天找到黑夜，终于找到她了。

"原来，她说喜欢我，都是假的，她要的是我身上的分水珠。

"但是没关系，她喜欢分水珠，我就把分水珠给她，只要她不离开我。她不愿意，还想跑，我只好将她的脚切掉，换成我的蛛丝，这样她就再也跑不掉了。"

他露出甜蜜的笑容。

"我们终于可以永远在一起了。"

孟藜……陈亭方才便觉得这名字很是耳熟，此时终于想起，神霄仙府当年曾有一名女弟子叫孟藜，从小因天分出众，很得师长喜爱。后来有一次，神霄仙府众弟子下山历练，孟藜就再也没有回来过。

据说她在神霄仙府的魂灯一直未灭，许多人就当她没死。陈亭万万没想到，这个听师父随口提起过的人居然会出现在此地，变成这副模样。

说起来，这个孟藜还是之前在彩虹桥上布阵的何青墨的师姐，也不知何青墨几人进九重渊是不是为了找她。

"藜儿。"男人低头，深情款款，"你负了我，我也不怪你，就像他说的，我们要白头偕老，百年好合，生生死死都不分离，你说好不好？"

嗬！嗬！

兴许是听见自己的名字，女人的反应大了很多，隐隐有挣扎的态势。但蛛妖一用力，她的动静就弱了下去。

"我知道你也很欢喜，藜儿。"

孟藜嘴角淌血，眼神逐渐涣散。男人不以为意，伸出手轻轻为她擦拭。

陈亭忍不住道："她快死了！"

男人笑了："她早就死了。"

"她早就……"

笑声渐大，男人却流下眼泪。

"死了。"

就是现在！

长明身剑合一，剑光如虹光，霎时掠向蛛妖。后者猛地抬头，将女人往身后一塞，前肢高高抬起，戳向长明！

一生二，二生三，三生万物。剑光居然一化为三！

蛛妖一时走神，只挡住了两道，上半身被剑光穿透。长明来不及歇一口气，反

身挥剑，将陈亭周身蛛丝斩断。

"小心！"陈亭愀然变色。

身后，庞然大物趋近，在他们头顶罩下恐怖阴影。

长明知道蛛妖会从背后袭击，但他没有回头，解救陈亭只有这个机会。陈亭脱困，两人联手，才有活下来的希望。如果他现在丢下陈亭不管，那么下一个死的就是他。

长明已经做好承受这一击的准备了。灵力环绕周身，泛起淡淡虹光，碗口粗的蛛丝撞过来，虹光震颤，长明的身体跟着微微震了一下，血从嘴角淌下。

蛛妖一击不成，又抬起脚。陈亭睁大眼，看着锋利的足尖朝长明的后颈砸下！

而此时长明正在挥剑斩断陈亭身侧的蛛丝。

"快闪开！"

长明动作慢了一瞬，蛛足距离他的后颈已经不足三寸！

锋利如刀，迅疾如风！眼看长明就要脑浆迸裂，他反身挥剑扫去！螳臂当车，但好歹略略阻挡了一下。

蛛妖正要再度挥足将他们撕碎，一道白光自侧面黑暗处袭来，蛛妖吃痛向后跌去，上轻下重的身躯被巨大的力量撞倒，一只蛛足被当场斩断，飞起来又深深插入地面。

长明趁此机会将陈亭解救出来，又把孤月剑扔过去。陈亭狼狈接住，看过长明随心所欲驱策孤月剑之后，他还以为长明会顺手继续打下去。

"给你用！"他很有大局观地喊道。

"不顺手。"长明回了句。

陈亭："……"他默默握紧手里的孤月剑，仿佛感受到了自家爱剑的愤愤不平。

蛛妖被半路冒出来的云海彻底激怒，少了一只脚的他更加疯狂，要将三人置于死地。但他面对的，是实力深不可测的云海。

云海没有跟蛛妖正面对抗，他四处游走消耗对方的体力，窥准机会跃上一只蛛足，将蛛妖身后的女人抓在手里。

"还我！"蛛妖登时红了眼，恐怖的威压喷涌而出。

女人下半身的蛛丝开始收紧，云海冷笑一声，抬袖回手，直接将蛛丝斩断！

这下不仅是女人在惨叫，就连蛛妖也发出了哀号！

"嗬……嗬……"女人抓着云海的袖子，似乎想要说什么。

云海根本没空理她，将女人反手往蛛妖那里一扔。

蛛妖下意识伸手去接。就在这时，陈亭拼尽全力，暴起斩向蛛妖！

孤月剑在他手中，瞬间爆发出炫目光芒。同时长明将琉璃金珠杖往地上重重一顿，双手合十，捏指为诀，波纹由禅杖往外泛开，如重重涟漪，似有形禅音，所到之处，三昧真火，星星点点，由小而大，迅速变成燎原之势！

在蛛妖接住女人之时，云海也紧随其后，两道剑光从他袖中飞出！一道横扫蛛妖脖颈，另一道则穿心而过，将他与女人狠狠钉在身后的船舱上。

与此同时，头顶、四周，火星四溅，逐渐将这里变成一片火海。

地面传来震颤，陈亭低头，发现一颗颗白色圆球里，大大小小的蜘蛛被提前孵化出来，它们为了躲避火势四处爬动，朝他们这里蜂拥而来，却又很快被禅杖燃起的火烧成灰烬。

饶是如此，陈亭依旧有些反胃。

女人从蛛妖怀里掉下来，她的下半身空荡荡的，却还拼命往长明他们这边爬，嘴巴张张合合，似想说话，却最终只能发出嘀嘀的声音。绝望从她眼里流露出来，那里头甚至空洞得流不出一滴眼泪。

"走，这里要塌了！"

云海断喝，拽住长明就往后撤，陈亭的脚踝被女人死死抓住——也不知道她哪来的力气——他只好扯住她紧随其后。

摇晃，天塌地陷的摇晃。

陈亭甚至能感觉到周围在逐渐破碎。金珠照亮周身，桌椅、木板、船舱里的一切，随着结界坍塌开始碎成一片片，往下掉落。

掉落的碎片后面，居然显出一片蔚蓝带彩霞的天空。

海天一色，落霞绚丽。

云海单手揽住长明，袍袖一卷，将挂在陈亭脚踝上的女人扯过来，一只手按住她的额头。随后，一颗珠子从她额头缓缓浮出，落在云海掌心。

陈亭想起之前蛛妖讲的那个故事，福至心灵，脱口而出："分水珠！"

云海将珠子丢入海中，海水霎时退向两边，为他们让出一条道路。道路延伸到尽头，居然隐隐能看见一座桥。

"这，又是什么幻境吗？"陈亭已经有点不敢相信自己的眼睛了。

"第七重渊的出口，就在这颗分水珠上。刚才那只蛛妖，就是傅小山。"

云海将长明放下，他的表情阴晴不定，另外两人却没留意。

弱水占主傅小山？陈亭微愣，他没想到自己阴差阳错居然把第七重渊的占主给杀了。

"那她，当真是孟藜道友了？"

他看向地上奄奄一息的女人，身躯残破，凄惨落魄，看上去已经不像一个人了。在她身上根本看不出昔日神霄仙府天才弟子的半点影子，那个被众弟子口口相传，像仙子下凡的孟藜师姐，似乎只能存在传闻里了。

他有些唏嘘，一时不知该说什么。

女人仰起头，近乎痴迷地看着久违的天空，缓缓闭上眼。

长明无暇顾及这一切，方才禅音火海撕裂结界已彻底将他的灵力透支，此刻他头痛欲裂，心跳加剧，四肢百骸传来的剧痛几乎要将身体撕成无数碎片。喘息如牛，他眯着眼，看着云海一步步走来。

袍袖翻飞，朝霞满天。

天快亮了。

这句话忽然在脑海中响起，长明勉强振作精神，努力去端详身旁的人。没有熟悉的玩世不恭和嘲弄，而是彻彻底底的没有感情，寒冷彻骨。

他之前还没细想云海为什么说天快亮了，此时却恍然大悟。

那人来到他面前，停住脚步，居高临下。

"九方长明？"

长明听见对方道。语调很慢，几乎一字一顿。

"云未思。"

不是疑问，而是肯定。即使现在视线模糊，头晕目眩，长明还是笑了出来。

"这么多年没见，你居然变成这样了。"

"九方长明，我的师尊。"

云未思弯腰，捏住长明的下巴，迫使他抬头看向自己："果然是你，很好。"

话音未落，他手里已经多了一把长剑。通体黝黑，朴实无华的长剑，唯有剑身亮起金色铭文。

下一刻，长明的身体被剑贯穿。

第十章 天垂城

在四非剑之前，长明曾经有一把剑，名曰"春朝"。

春日云高，朝阳华贵，春朝二字，道尽剑主前半生的意气风发。他早年继承玉皇观，因天资出众，修为拔萃，将玉皇观发扬光大，使其从此跻身道门大派之列。人人见了长明，都得尊称一声"真人""道尊"。许多修士毕生追求，也不过就是这些荣光与实力罢了。

但长明并未因此止步，他离开道门，转投佛门，临走前将春朝剑留给弟子云未思，自己则两手空空，没有带走一物。直到后来亲自淬炼出四非剑——这把剑被他带去万神山，却没有随同他进入深渊。

周可以说，四非剑很可能落在云未思手上。现在他的话得到了印证。

这把剑的确在云未思手里，因为他正在用四非剑来杀长明。

"住手！"陈亭失声道。他离得太远，来不及过来阻止。

剑穿透长明的身体，剑尖从后背露出。但他居然动也不动，脸上没有露出半分痛苦，他甚至笑出声，眉梢微挑，面露讥诮。

"你用我的剑来杀我？"

万物有灵，剑亦然，四非剑无论如何也不可能噬主。

云未思自然无法用这把剑杀长明，他将剑抽出，不见如何动作，剑就在他手上消失了。

"现在的你，没有资格拿这把四非剑。"

他对着长明道，以冷冰冰的语气陈述事实，不见一丝师徒重逢的喜悦。

长明点点头："的确。"

云未思冷冷道："没想到多年未见，你竟变得如此之弱。如今的你，也不配我称呼一声师尊。"

长明脸上不见悲伤，反而笑道："此话应该由我来说才对。多年未见，你怎么沦落到九重渊来了，道门之首变成九重渊占主，似乎也没什么值得骄傲的。"

云未思不发一言，他直接朝长明抓来。不用四非剑，他照样能杀长明。

长明早有防备，后仰跃起，以琉璃金珠杖挡在身前，两人瞬间交手数十回合。

以长明的实力，本是必输的结局，但长明能感觉到云未思的修为似乎被某种力量所限制，甚至还不如之前的云海——虽然他们本来就是同一个人。

云未思虽然记得自己与长明的关系，却一出手就要置他于死地。云海行事正邪无忌，全凭一己喜好，对两人的关系一无所知。

他这大弟子，究竟在九重渊里经历了什么？

陈亭自然不能眼睁睁看着长明被杀死，当下赶紧出手阻拦，横在中间。

"云道友，有话好说，我们刚刚同生共死并肩作战，怎么转眼就变成仇人了？这其中想必有什么误会……"

云未思："让开。"

无形威压扑面而来，陈亭后退半步，又站住了。

"让开。"云未思又说了一遍，这次他手腕微动，直接亮出四非剑。四非剑杀不了长明，可不代表动不了陈亭。

陈亭面露惊讶，他不知道四非剑，却能感觉到对方手里的剑散发出的惊人剑气，正蠢蠢欲动急于寻找祭剑品。

"云道友，能否听我一句……"

"没有时间了。"云未思忽然道。

这句话没头没尾，显得很古怪，陈亭一时不知道怎么接。然而云未思说罢直接出手，竟是人挡杀人佛挡杀佛的架势。陈亭无法，只好祭出孤月剑应战。

三人刚解决完傅小山，甚至没能喘上一口气，就又得动手了。

琉璃金珠杖在地上重重一顿，两人与云未思之间霎时出现一道火海。

"走！"

长明断喝一声，陈亭毫不犹豫回身御剑，不忘扯上长明，两人飞向分水珠分出来的彼岸小桥。云未思紧追不舍，长明回身以禅杖拍出几道禅音，金色卍字层层叠叠，瞬间形成一道结界，阻住云未思上前。

小桥近在咫尺，桥的尽头居然是山石瀑布。二人别无选择，只能冲向瀑布后面，刚趋近小桥，就能感受到扑面而来的水汽。

第十章 天垂城

不是幻觉。

瀑布后面隐隐有个洞口，看不明晰，陈亭不敢贸然冲进去。

长明心头一动，当机立断："冲进去！"

追赶而来的云未思看到两人离去的方向，不由得神色微变，居然停下了脚步。看着两人消失在瀑布后面，他略一思忖，收了四非剑，也进了瀑布。

水声很大，宛若瀑布从银河之上倾倒而下，一泻千里。陈亭只觉两只耳朵里全是水声，满眼全是水，连眼睛都睁不开，飞剑完全失去效果，灵力也施展不开，只能跟跟跄跄地往前走。

他下意识地伸手去抓身旁的长明，却抓了个空，无奈之下只好靠着直觉前行，也不知过了多久，倾泻而下的水终于没了，耳边却还有余音缠绕，仿若离得不远。陈亭抹了把脸四下张望，却没发现瀑布的踪影，取而代之的是荒野，前方有一座牌坊，上书"天垂城"三个字。

不远处，长明靠在石头上，双目半合，似在闭目养神。而刚才还紧追不舍的云未思不知去向了。

陈亭松了一口气，走过去："长明道友，你没事吧？"

长明微微摇头，没说话，眼睛也没睁开。

陈亭见他面色苍白，应该是受伤不轻，却没有任何疗伤之举，说道："我在师门时学了点医理皮毛，道友若不嫌弃，不如让我给你看看。"

先前刚认识时，陈亭下意识将长明归到跟许静仙一样的魔修行列，现在自然知道是个误会，能用琉璃金珠杖和孤月剑的人，怎么也不可能是个魔修。虽然长明自称散修，但世间修行者众多，不乏来头很大或者师门很厉害却不愿暴露的隐世高人，对方既然没多说，陈亭也就体贴地没多问。

"你没发现吗？"长明睁开眼，徐徐道，"你现在察看自己内息，可还有半分灵力？"

陈亭一愣，继而神色大变。他还真没多想，只当是受伤耗神过度才会脚步无力。

"这……怎么回事？我们中毒了？！"

体内所有灵力像被吸走一般变得干干净净，半点不存。

"剑起！"

陈亭将孤月剑抛出，捏了个剑诀。剑在半空中划过一道弧线，直直插入泥土。

陈亭："……"

"我是不是在做梦？我们又在幻境里了？"他有点恍惚，生怕哪里又忽然冒出一个女儿国，来人要将他抓入宫。

"这里应该是第八重渊，我们看见的瀑布，应该就是天垂瀑。"

长明咳嗽两声，他想起方才云未思的话。云未思说，没有时间了。

白天属于云未思，黑夜则是云海。现在头顶青天白日，距离黑夜还早，云未思说的时间不多不是指云海快出来了，而是怕长明他们抢先进入天垂瀑。

"如果你我都经由那道瀑布变为凡人，那其他人肯定也是。"

包括云未思。

如果是真的，那就很有趣了。当第八重渊里大家都是普通人，不再以修为区分高低时，又会是怎样一幅景象？

他那不孝徒儿自然也杀不了他了。

陈亭追问："那如果我们能出去，修为会恢复吗？"

长明："等云道友追来了，你问问他？"

陈亭："……"

他见长明勉强起身，下意识伸手去搀扶，这才发现对方后肩到胳膊被斜斜划了一道很长的口子，血已经干涸了，伤痕却更为狰狞。

陈亭看了都觉得疼，他小心翼翼地问："你真没事吧，不然我背你？"

"不必。"

长明自然会疼，他甚至发现在他的修为突飞猛进时，受伤带来的痛苦也会比平常更剧烈。但这些都是可以忍耐的，而且这里也未必安全。

"先进城里，找个地方歇下来再说。"

陈亭见他将禅杖当拐杖来用，抽抽嘴角，想说点什么，但还是忍住了。

堂堂庆云禅院的镇寺之宝……算了，反正这里没有秃驴。

过了牌坊，两人再走几里，终于看见人烟。不单有人烟，还挺热闹的。

陈亭都想揉眼睛了："他们这是在……赶集？"

他的确没有看错，错落分布的摊贩，来来往往的人潮，正是人间每逢初一、十五各国城里的常见景象。只不过，这里是九重渊，卖东西和买东西的，都是修士。

细想倒也正常。当所有人都失去灵力，大家同样是普通人，以修为斗法来分辨强弱的法子已经行不通了。日子久了，出不去的众人不得不考虑生计，自然而然也就像外边的人一样生活起来。

所以城镇里不光有集市客栈，甚至还有人种地，有穿得光鲜亮丽、满身绫罗绸缎的富人，也有混得不好、衣着朴素寒酸的男女。

长明无暇细看，伤口的疼痛让他不停地冒冷汗。陈亭赶紧扶他进了附近的客栈。在这里住客栈也是要钱的，伙计见面就问："二位郎君可有天垂钱？"

陈亭："那是什么？"

伙计笑道:"在本城住宿吃饭都是要天垂钱的,郎君若是没有,可将随身值钱的物事给我,我拿去当铺,折算价钱,多退少补。"

陈亭:"你们收什么值钱物事?"

伙计:"自然是法宝灵器,比如郎君这把剑。"

陈亭:"进了这里,不是什么法宝灵器都不管用了吗?"

伙计:"话虽如此,但这些东西还是值钱的,有朝一日出去了,便是身价百倍。反之,你一日逗留在此,就得跟个寻常人一样吃喝拉撒。想我十年前进来时还是赫赫有名的一方高手,现在不也照样在这里跑堂打杂?"

陈亭无话可说。他自然不可能拿孤月剑去典当,长明也不可能拿出琉璃金珠杖,双方就这么僵持住了。

伙计看出长明有伤在身,不慌不忙,就等着他们服软:"两位可别说我没提醒你们,现在是白天还无妨,等天黑了,你俩再找不到住处,可就危险了。"

陈亭皱眉,只当伙计虚言恫吓:"此话怎讲?"

对方正要说话,却有一人从外面进来。

"我给他们出钱。"

另一边,云未思抬头看天色,晴空日丽,万里无云,但他将想杀的人追丢了。

天垂瀑是九重渊里他最厌恶的一个地方。因为在这里,所有灵力都会消失,每个人都会成为普通人。如果想离开,得靠天时地利人和。但为了杀长明,他进来了。

手掌传来低吟,那是只有他才能听见的声音,宛如龙吟。

但他知道,那不是,而是四非剑的剑吟。四非剑很少有动静,即便被他驱策,也只是如臂使指,悄无声息。但它却在今日遇见九方长明之后,破天荒出现反应。

云未思手腕微动,通体黝黑的长剑被他握住,铭文微微发光,仿佛重逢久别的故人。他知道四非剑曾经属于九方长明,但云未思觉得,长明现在已经没有资格拥有这把剑了,为什么四非剑还会有如此反应?

往事历历在目。他记得九方长明,记得自己拜入师门,又与师尊决裂,最终两人走上不同的道路。他也记得,他一定要杀了长明,天涯海角,决不放弃。

岁月流逝,记忆逐渐模糊,唯独这个信念保留了下来。他没想到,他闭关苏醒不久,长明就主动送上门了。罢了,在天垂瀑里也就是麻烦一些,不碍事。

但,为什么四非剑会发出近乎悲鸣的低吟?

云未思无悲无喜地看着剑身上忽明忽暗的金色铭文:"他已不配用你,你还舍不得杀他?"

四非剑自然不会回答,云未思也不需要它回答。

他大步流星走向前方，一定要在天黑前，找到九方长明。

"许道友！"

久旱逢甘霖，他乡遇故知，陈亭悲喜交加，此刻的心情不亚于此了。

许静仙还是那个一身紫裳的娇俏女子，就连走路时那种妖娆的姿态也没变。原先陈亭避之唯恐避之不及，这会儿却倍感亲切，最起码许静仙还是个人，比八条腿的傅小山和没了下半身的孟藜要亲切多了。

许静仙一脸嫌弃地看着他，又转向长明，换了一副亲亲热热的神色。

"明郎，还好你没事，是不是很想奴家了？"

长明："你先把钱给了。"

许静仙："……"

她摸出几枚银钱，交给伙计，手一挥，异常阔绰："要两间上房！"

上房还真是上房。被褥是熨烫过的味道，连喝的水都提前温好了，摆设不亚于外面一国都城里的富户家宅。陈亭还有心欣赏几眼，长明却眼前一黑差点栽倒。所幸许静仙眼尖，伸手就将人搂到怀里。

"明郎怎么伤成这样了？！"

陈亭心想：你看我作甚，又不是我打的。

许静仙随身带了伤药，她一边给长明上药，一边听陈亭讲他们跟傅小山交手搏命的经过，在听见云海突然对他们动手时，不由得撇撇嘴。

"我早就看出他不是什么好人了！"

"你起初还被色相所迷，想与他一度春宵。"

长明说完，随即闷哼一声。许静仙特意加重了手上的力道："那也是起初！"

陈亭没心思开玩笑，他更关心天垂城的问题。

"刚才那人说，等天黑了我们就危险了，许道友你可知为何？"

天垂瀑是九重渊中最为奇异的一个地方。它没有真正意义上的占主，因为在这里，所有修士都会失去灵力，变成普通人。相反，普通人会在这里获得灵力，体会在外面无法体会到的强大。但这里根本不是普通人能够进来的，因为他们可能在第一重渊就死于非命了，更别说来到天垂瀑了。

当修士被困在一处，失去灵力，人人平等，迎接他们的不是互敬互爱的和谐相处，而是更为残酷的弱肉强食。其中，五个身强力壮、武力更高的修士脱颖而出，成为掌管天垂城的人，这五人被称为五长老。

"天黑后，这里会出现大批秃鹫，以食人肉为生，如果吃不到人肉，它们就会发狂，力量大增，伤害更多人。

"所以这里默认一条规则,天黑后没有庇护之所的人就是秃鹫的食物,除非你能熬过它们的攻击,否则没有人会伸出援手。因为你死了,就意味着别人能活。"

陈亭直接听愣了。

"那如果人人都躲在屋里不出去呢?那些秃鹫不也没有食物吗?"

许静仙:"这就有了第二条规则,强者为尊。在这里,如果你灵力消失之后一无是处,就只能被扔出去当秃鹫的食物了。你们别看方才那人沦落到当跑堂伙计,其实他武功不错,起码能与我打成平手。"

陈亭:"这里就从来没有人能离开吗?"

许静仙:"自然是有,不过出口只有离开的人才知道,他们也不可能再回来告诉这里的人。更何况,也不是人人都想走。"

看着她意味深长的表情,陈亭一下听明白了。

有人想出去,就有人不想离开。能在这里成为被捧着供着的人上人,过得并不会比外面差。宁为鸡头不为凤尾,外面虽然海阔天空,竞争却也更激烈。

"还有,这里每三日就会在本城最高的云顶楼举行比武,胜者有可能被选为长老身边的近侍,提升在城中的地位,还能得到田地、宅舍、钱财,最适合初来乍到、两手空空的人参加。陈道友有兴趣吗?"

陈亭下意识问:"那要是输了呢?"

许静仙笑嘻嘻:"输了,自然是被丢出去喂秃鹫咯!"

陈亭:"……"

"你不想参加也得参加,外来的修士如果没有天垂钱又不愿意典当法宝兵器,衣食住行都保证不了,很快就会流落街头。不过嘛,也不是人人都需要参加,你也可以直接变成人上人,想知道捷径吗?"

许静仙眼波流转,见两人都不捧场,忍不住娇嗔:"你们怎么也不吱个声,是两个死人吗!"

陈亭心想:我感觉你要说的不是什么好话。

"就不必问了吧。"

许静仙:"那我偏要说,你若是能被长老看中,自然不必比什么武打什么秃鹫,也能成为吃喝不愁的人上人了。"

陈亭:"以许道友的容貌,自然是没有问题的。"

许静仙嘻嘻笑:"实不相瞒,我都帮陈道友打听好了,那五位长老里有个侯长老,身边侍卫全是浓眉大眼的儿郎。陈道友相貌堂堂,想必能跟侯长老一见如故,届时我们就可以鸡犬升天了!"

陈亭:"……"妖女果然是妖女,一出口就不正经。

"怎么，你瞧不上那些人？"许静仙意犹未尽，"说来也巧，陈道友的故人如今就在五长老身边吃香喝辣，若有缘得见，还请陈道友帮奴家美言两句，让她提携提携我们吧！"

陈亭疑惑："谁？"

许静仙："关霞裳。"

陈亭面露意外："这，会不会是你看错了？"

许静仙哂笑："是没想到妖女没有牺牲色相，反倒是名门正派的圣女先忍不住了？"

陈亭："我不是这个意思……"

两人还在斗嘴，长明却没了声音。等许静仙想起时，发现他只手支额，已坐着睡过去了。陈亭也瞧见了，停止了与她争辩。

许静仙道："陈道友请吧，别打扰我们家明郎休息了。"

陈亭愣了下："不是订了两间上房吗？"

许静仙："对啊，我与明郎一间，你单独一间。"

陈亭看着许静仙理所当然的样子，说不出话，只好默默走了。

许静仙看着陈亭关门走人，忽然道："我看见养真草了。"

长明睁开眼睛，他在闭目养神，并未入睡。

"真找着了？"

许静仙眯起眼："你果然承认那时是胡诌的了？"

长明若无其事："我只是没想到会这么轻易被你找到。"

"谁说轻易，是机缘巧合！"许静仙愤愤不平。

当时彩虹桥上众人内讧，关霞裳趁机逃走，许静仙在后面追她。多管闲事的陈亭从中阻拦，害得她跟着姓陈的一道卷入巨浪之中。结果陈亭不知去向，反倒是她与关霞裳都到了第三重渊。

那里是一个巨大的铁棋盘，以人为棋，以气运和性命为赌注，一朝行错，便会灰飞烟灭，不复存在。铁棋盘生生死死，有人走就有人来，许静仙和关霞裳二人顶替前面的人，成为起始点的两枚棋子。

两人为了从死棋变成活棋，决定短暂合作。其中的惊心动魄无须赘言，她们最终得以逃脱，来到这天垂城。

"前几日我去看云顶楼比试，看见了养真草。它就长在云顶楼外的湖里，湖中央种满了五长老之一卢建木的奇花异草，无人敢动。有一回月圆之夜，我看见湖面上浮动着一株发光的花草，形状与你所说的一模一样。"

许静仙有些激动，随即又强忍着平静下来。

"可惜那些花草都是卢建木的珍藏，他根本不允许有人靠近。云顶楼是他的别院，他的人常年在楼上驻守巡视，只要有人靠近湖边，立马就会被发现。

"还有，在这天垂城内，五长老权势滔天，你想避世不出是不可能的。我身上的银钱还是从他人身上得来的，这里银钱用得很快，现在付了房费，很快就会花光。"

她没说自己是怎么从那人身上拿到钱的，长明也没问。在天垂城内，只要能活下来，巧取豪夺皆可行。许静仙原就是魔修，行事更不会有道德负担。

"我有一点不解。"长明道，"既然关霞裳能成为五长老身边的新宠，以仙子的手段，想让五长老为你神魂颠倒，进而站稳脚跟，并非难事。你在五长老身边图谋养真草，总比现在容易。"

许静仙抛了个媚眼："人家还不是为了等你，怕你这痨病鬼来了之后举目无亲！"

长明："那我真是荣幸之至。"

他说话的时候，懒懒散散的，脸上全无受宠若惊的表情。两人心知肚明，他们没有那么深的交情，许静仙肯定也不是出于矜持才不去接近五长老的。也许他们的关系比陈亭或旁人更近一点，但那也全是因为养真草的秘密以及不相冲突的目标。

见他静默不动，许静仙撇撇嘴，不想继续装了。

"这五个人中，疑似有养真草的卢建木，据说不近女色，一心痴迷养花种草，最大的喜好就是搜罗各种奇花异草，你说奇怪不奇怪，专门跑到九重渊里来养花种草？但他的武功又是五人之中最高的，身边侍卫也都是跟随他多年的老人，他动辄闭关不出，我根本找不到接近他的机会。

"还有徐凤林你记得吗？就是东海派那个天才剑修，他也到天垂城来了，还杀了原来的五长老之一，自己补位成了长老。但这人孤傲得很，我在外面时与他交过手，他认得我。"

长明："关霞裳依附的那个呢？"

"那长老姓刘，古怪得很。他白日里不见人影，夜晚反倒喜欢躲在暗处欣赏秃鹫追逐、吞吃被放逐的人，除此之外，还没打探到更有用的消息。这五人都不是好相与的，没一个正常的！我不能贸然行动。"

许静仙抱怨完，终于道出来意："我们合作吧。你明日去报名参加比试，若能胜出，留在长老身边当侍卫，我们就有了机会摸清这五人的脾性喜好，你再想办法引荐我。听说那云顶湖底有些不为人知的秘密，与进出天垂城有关。我想拿到养真草然后离开这里，你肯定也想早日离开这里吧？我们的目标是一致的。两人合作，总比一人胡乱闯荡来得好。"

长明："我不能去。"

许静仙："为何？"

长明："有人要杀我，我露面等于自投罗网。"

许静仙："谁？"

长明："云未思。"

"云未思？"许静仙重复着这个名字，怀疑自己听错了，"昔日道门之首，九重渊占主云未思？"

长明："不错。"

许静仙提高声调："你怎么又惹上他了？！"

长明："他就是云海，云海就是他。"

许静仙惊疑不定，细想好像又不意外。云海此人出现得突然，消失得也莫名其妙，能力更是深不可测，若说他就是云未思，许静仙也不觉得奇怪，只是——

"你怎么走到哪儿都能结仇？先是我们宗主，然后又是云未思。说吧，除了他俩，你到底还有几个仇人？"

长明想了想，不确定道："应该还有两个吧。"

徒弟收得多，仇人也就多，早知道少收两个，现在也省心几分。

许静仙："……"

长明："不过除了云未思，其他人都不在九重渊。"

许静仙气道："我当初就不该信你的鬼话！还跟你进了这里，现在想出也出不去。养真草就在眼前，还看得见摸不着！早知道你这样无用，我何必多费唇舌，不如与陈亭合作算了！"

长明没把她的抱怨放在心上。

"照你所言，养真草在云顶楼外，即便守卫森严，也不是完全没有机会。"

许静仙想也不想就摇头："不行！我知道你想说什么。到了夜晚，云顶湖虽然无人看守，但秃鹫尽出，只有被选中的祭品才会被迫暴露在外面。那些秃鹫的可怕，你根本想象不到，我也曾不信邪，有一夜伺机寻摸着去湖边，结果差点被秃鹫盯上。"

她露出心有余悸的神色。能坐到凌波峰峰主之位，许静仙这些年手上没少沾血，能让她露出如此表情，可见那些秃鹫不是一般的猛禽。

"你若不信，天黑之后可以在屋子里打开一点窗户，远远窥视。"

许静仙语气幽幽，近乎诡异的低沉。

"天黑之后，这天垂城，就是另外一个世界。"

第十一章 云顶楼决斗

叩叩叩。

仿佛为了应和她的话,敲门声响起。长明咳嗽两声,没动。

敲门声再度响起。

许静仙认命去开门。是刚才跑堂的伙计,后边还跟着两人,都是一身黑衣。

许静仙一眼就认出来了,这身穿着意味着他们是五长老身边的人。

"长明公子。"二人看也不看许静仙一眼,直接望向她身后的长明,"我们徐长老想请你过去做客。"

长明:"哪位徐长老?"

许静仙:"徐凤林?"

黑衣人:"正是徐凤林长老。"

许静仙望向长明:"你认识徐凤林?"

长明:"素未谋面,不曾相识。"

许静仙问黑衣人:"徐凤林找我家明郎何事?"

两名黑衣人没说话,但他们也不走,大有长明不同意就强行将人带走的架势。

"还请长明公子不要让我们为难。"

许静仙秀眉一挑,意识到这是个很好的机会。他们刚才还在想如何接近五长老,徐凤林就派人过来了。

长明却不这么认为,他感觉来者不善。

一个时辰前。

徐凤林得到禀报,有人想见他。自从他坐上天垂城长老之位,想求见他的人多如过江之鲫,数不胜数,但能得到徐凤林接见的人却很少。

乍听到这个请求时,徐凤林的情绪没有一丝波动。

"不见。"他闭上眼,继续打坐冥想。

"那位客人说,他叫云未思。"

徐凤林蓦地睁眼:"你说他叫什么?"

"云未思,他说他是从虚无彼岸而来。"

徐凤林起身:"快请他进来!"

徐凤林低头看了看自己的衣裳,甚至伸手抚了抚,确认没有任何不得体之处,他才迈开脚步。他生性孤傲,在师门时也从未如此注意仪容,有心讨好一个人。

但云未思这个名字就代表着一种意外,他有些担心这是个冒名顶替者,那他会失望。片刻后,当对方来到他面前,徐凤林知道,此人的的确确就是。

这样的风华气度,不会错认。

"云道尊。"

"徐凤林。"云未思道,表情没有任何波澜。

"是,你还记得我吗?"徐凤林有一点激动,又很快强压下去。

云未思看了他一会儿:"若干年前,你师父带着你来拜访过我。"

徐凤林感觉自己的心变得轻快且有些飞扬。

"是我,云道尊入了九重渊,一别数十载,杳无音信,如今风采依旧。"

云未思:"你为何也进来了?"

徐凤林:"我想效仿云道尊,在最危险之处磨炼自己。"

云未思:"能到天垂城并非易事,你很好。"

徐凤林嘴角翘起:"我原以为到虚无彼岸还要历尽艰辛,不承想竟能在这里提前见到你。传闻九重渊里,唯独云道尊可以来去自如,原来这竟是真的,云道尊果然非同凡人。"

云未思:"天垂城很特殊,我的灵力在这里也用不上。"

徐凤林:"但以你的武力,想成为天垂城主宰者轻而易举。若云道尊愿意留下来,我愿将长老之位拱手相让。"

云未思:"不必,我来此地,只为杀一人。"

徐凤林:"谁?"

云未思:"九方长明。"

徐凤林想也不想道:"只要你想,我可以亲自动手!"

他甚至没有去思索云未思为什么要杀对方，张口就许下承诺。

云未思记得徐凤林。许多年前，他前往东海派，那时徐凤林随侍掌门身侧，已经崭露头角，是名副其实的后起之秀，只是举止神情还带着些许青涩。

临走前徐凤林喊住他，向他请教道法。云未思没有回答他，反道："大道三千，各有所悟，东海派底蕴深厚，足够让你修行，不必再另觅途径。"

但徐凤林很坚持："道尊修为如此高深，想必有我可以学习之处，还请道尊不吝赐教。"

云未思："无他，唯专注耳。"

徐凤林："我听闻云道尊的师尊九方真人，叛道入佛，又由佛转儒，最终入魔，不知云道尊对此有何看法？"

云未思："他有他道，我有我道。"

徐凤林："那我还是更向往云道尊的道。"

云未思点点头，不再多言，启程下山。

这是他们之间寥寥数语的交谈，谈不上有多深入，但总算有过一面之缘。所以云未思在听说徐凤林成为天垂城长老后，就过来找他了，原以为还需要费些唇舌，没想到徐凤林答应得如此痛快。

云未思不喜欢欠人情，就道："你若能杀他，我可以为你做一件事。"

徐凤林："你为何要杀他？"

云未思："九方长明曾经是我的师父。"

这句话答非所问，也许就连云未思自己也无法说出答案。这仿佛已经成为铭刻在骨子里的一种信念，非做不可，没有原因。就在徐凤林问出这个问题的时候，云未思也在想，他到底是为了什么，一定要杀九方长明？

是师徒理念不同，最终分道扬镳的遗恨，还是觉得长明玷污了道门，不配为师？

云未思扪心自问，他对九方长明无爱无恨，根本谈不上深仇大怨。思及此，他微微蹙眉，总觉得自己似乎遗失了什么，空落落的，再体味却无从寻起。

徐凤林却面露震惊之色，终于明白方才觉得这个名字耳熟的原因。

"九方长明？他竟还没死？！"

云未思反问："他死过？"

徐凤林："他与妖魔勾结，导致六合烛天阵失败，也是害你不得不镇守九重渊的罪魁祸首，你都不记得了？"

云未思不语。

徐凤林将云未思视为毕生追求，如今看见真人，不管对方到底为何想杀九方长明，只要云未思想要，他自然会帮忙做到。

"九方此人在人间早已身败名裂，人人得而诛之，如今虽然在九重渊，也难逃天罚。只要他在天垂城中，我派出的人就能找到。"

云未思："天黑之后，我须闭关，无法协助你。"

徐凤林："我会亲自动手，将他首级奉上，云道尊放心便是。"

云未思点点头，又问了一次："你想要什么？"

徐凤林思索片刻："九方长明遗失的四非剑，如今可是在云道尊那里？"

云未思想也不想就拒绝了："那把剑认主，我至今尚未完全驯服，不能给你。"

徐凤林不以为意，他真正想要的也不是四非剑——

"听说云道尊早年有把春朝剑，在下不知能否成为得剑的有缘人？"

春朝剑。

云未思取下背上长剑，拔剑出鞘。上面并未铭刻剑名，但剑身修长秀丽，宛若春水繁花，正应了"春日兴荣，朝朝向阳"之意。

这把剑的灵力远比不上四非剑，而且到了云未思这种修为，枯枝长叶皆可为剑，一把有形之剑算不得什么，但他仍一直带着这把剑，从玉皇观到九重渊，从未离身。

他看着剑，徐凤林则看着他。

"春朝剑，也不行。"

徐凤林："此剑对云道尊而言，应该已无大用。"

的确没有大用，但他还一直背着。

"换一样吧。"

徐凤林没有强人所难："既然如此，我暂时还未想到其他想要的，等我想到，再与你说。"

云未思"嗯"了一声："最好天黑之前动手，以免徒增变数。"

徐凤林道："天垂城每日新来的人不多，轻易就能找到。明日一早，云道尊便可听到好消息了。我这里有众多客房，适合你静修，不如今晚就在此将就一晚。"

云未思："不必了，我去附近寻一座山潜修即可。"说罢也不等徐凤林再出言挽留，转身就走。

徐凤林有些急了，在身后忙道："那明日我如何联系你？"

云未思头也不回："明日我会再来找你。"

徐凤林刚要说什么，云未思已经走得没影了，等他消失在视线内，一人从内帷走出。

"长老既然想留人，方才为何不让我出手？"

徐凤林冷冷道："道门之首，岂是你想留就能留的？"

"道门之首为何会沦落到九重渊来？"那人不以为意地笑道，带着三分讨好，

第十一章 云顶楼决斗

"听说他在九重渊里已经很多年了，一直待在虚无彼岸，很少出来。若真能自由出入，为何不出去？照属下看来，不过是徒有虚名罢了。您倒是可以趁机与他交好，也能从他那儿打听不少消息，有朝一日说不定还能带上两件绝世神兵出去，修为大增，问鼎人间。"

徐凤林："九重渊乃堵住妖魔肆虐的唯一存在。他的确是主动进来镇守九重渊的，否则如今他非但是道门之首，可能还会被所有修士尊为首尊。"

但一入九重渊，就等于什么都放弃了。放弃尊荣地位，放弃人间威名，千年百年，肉身连同姓名都会被九重渊逐渐吞噬，世间再无人记得他。

徐凤林一想到这些，就为云未思感到不值。若不是因为云未思有个与妖魔勾结的师父，事情根本不会发展到这个地步。

说到底，罪魁祸首是九方长明，只是没想到，他居然还活着。

"你现在出去搜索全城，找最近半天入城的人，将他带过来。"

黑衣人对长明颇为客气，但不管长明问什么，他们都不会回答，只是一前一后把他夹在中间。他们一路穿过繁华集市，登上城中最高的云顶楼。

"这里不是你们卢建木长老的别院吗？"长明道。

两名黑衣人依旧沉默。楼中昏暗，火光甚少，黑衣人一前一后各执一盏烛火，微光簇簇，烛影幢幢。

窗外，夕阳西下，晚霞满天。长明想起许静仙说过的话——天黑之后，秃鹫就会占领整座天垂城，将这里变成它们的乐土。

而那时候，就是人间地狱。

六六三十六层，每层二六十二个台阶，在走过不知多少台阶后，他们终于走到了顶层。

楼顶四面临窗，视野极好，远眺可俯瞰半座城，低头可见楼下湖泊。

软榻长桌，一人对桌独酌，似在等他。

"九方长明。"那人抬起头，"我是徐凤林。"

长明道："当年千林会，你师父还是东海派弟子，在千林会上大出风头，得到你师祖的青睐，那时候你还未拜入东海派吧。他与神霄仙府的那场比试我也看过了，双方各有手段，还用上了毒药，结果神霄仙府那弟子因此落下了病根。你师祖觉得做大事应不拘小节，很欣赏你师父的手段，最终选定他接任掌门。"

徐凤林冷着脸："祸害遗千年，没想到这么多年过去，你居然没死，还有闲心在这里给我讲东海派的故事。"

九方长明笑道："徐小友何必一脸不忿？人生在世须尽欢，你如今已是一城主

宰，与我这种半死的失意之人计较，可有些失身份了。让我来猜猜，我一入城你就知道了，是有人给你通风报信了吧？"

徐凤林："你与妖魔勾结，身败名裂，人不人鬼不鬼，又害云未思流落九重渊，至今无法重回人间，心中可有一丝悔意？"

九方长明："没有。"

徐凤林："……"

他想不通世上怎会有如此厚颜无耻之人。徐凤林不擅长与人争辩，他一直奉行实力至上，闻言不再多说，忽然伸手抓向长明！

许多年前，徐凤林曾见过九方长明，但没有交谈过，仅仅是看了几眼，从别人口中听到一些传闻。至多在长辈的招呼下，充当一个乖巧有天赋的晚辈。

在九方长明纵横天下的巅峰时期，徐凤林这样的新手远远排不上号。彼时的九方长明就像是高高在上的神祇，就算徐凤林想，他也没有机会靠近。他只能抬头仰望对方，看他光芒闪耀、潇洒恣意。其他人慑于实力，不得不恭恭敬敬尊称他一声"真人"或"道尊"。即便后来九方长明离开道门，遁入佛门，佛门也巴不得有这样一位天才存在，昭显佛光普照，将他高高捧着，言必称佛尊。

对那时的徐凤林而言，这是近乎神话般的存在，遥不可及。而九方长明的弟子云未思才是真正的人，是触手可及的榜样。他想成为云未思，又或者与云未思比肩。世间有这样一个人存在，何其令人振奋。至于更多人景仰的九方长明，他反倒兴趣寥寥。

时隔多年，徐凤林无论如何也没想到，当年这个需要仰望的强者，居然就在自己眼前。气息孱弱，眉目惨淡，何等落魄凄凉，甚至连说一句完整的话的气息都不连贯，只能断断续续，偶尔咳嗽两声。

不必把脉，单从气色来看，徐凤林也能判断对方年不寿永，行将就木。

这就是云未思的师父？当年的九方长明，是动动手指就能翻江倒海的强者，如今变成这副模样，活着也是苟延残喘，又怎配与云未思并列存在？

不，他不配。

只要此人真正死了，云未思就可彻底挣开枷锁，得获重生，再也不必活在九方长明的阴影之下。

徐凤林手指微动，感觉一股热血在心头涌动，澎湃而兴奋。击杀九方长明——哪怕对方现在已经变成这样——仍旧是一件令人兴奋的事情。说不定他可以因此突破心障，修为更进一层。

徐凤林是个言出必行的人，他既然亲口答应云未思会解决长明，就一定会亲自动手。此时他一手抓出去，另一只手已经按在放在桌上的剑鞘上。虽然他不认为杀这

样一个九方长明需要动用自己的剑，但仍旧做好了万全准备。

但，他没想到自己还是失算了。

九方长明似早有所料，在他手抓过去的瞬间，人飘然后退，迅疾飘忽，一直退到栏杆边上，又从柱子后面绕回来，袖子一抬，两道白影飞出！

两头白狼扑杀而来！徐凤林定睛一看，白狼竟为白纸捏成，神情凶狠，不亚于真狼。徐凤林面露意外之色，只能一边抽剑出鞘一边后退。他横剑在前将白狼逼退，又反手出剑，划向纸狼。

这边两头狼还未解决，那边九方长明又放出两个纸人傀儡。傀儡手持短剑将他的后路截断，那纸做的短剑舞起来竟也虎虎生风，直接把徐凤林四面的去路堵了个严严实实。

"怎么可能？！"

徐凤林没料到在修士灵力被封印的这座城里，长明居然还能召唤出傀儡。

长明随手拿了把瓜子就坐在栏杆上嗑，一条腿架在横栏上，好整以暇。

"贤侄，哦，你辈分小我太多了，贤孙啊，你得庆幸遇到的不是五十年前的我，不然就直接送你去投胎了。如今本座脾气好了太多，似你这样的还能捡下一条命来。唔，这瓜子不怎么好吃，下次拿点好的。"

徐凤林不言不语。他的剑极锋利，又是发了狠，不多时就将两头狼斩于剑下，但两个持剑傀儡不好对付，它们身手利落，放到外面也称得上高手了。

交手之间，长明又放出两只傀儡。四"人"围住徐凤林，令他根本抽不出手来对付长明。徐凤林惊疑不定，心说，难道九方长明修为已经深厚到返璞归真、无视九重渊规则的地步了吗？

趁着他无暇分身，长明望向楼下的云顶湖。云顶楼有一条栈道连向湖中央的圆台，圆台上栽满各种花草，颜色各异，形状奇特。正待他分辨哪株是许静仙口中的养真草时，脑后一股劲风袭来！

他头也不回地侧身闪过，反手又丢出两只傀儡。

徐凤林不顾双臂被傀儡刺伤，径直朝长明掠来，杀气腾腾，不死不休。长明被徐凤林一往无前的气势略略震了下，寻思他与此人并无深仇大恨，怎么对方就一副非要置他于死地的架势？

很快，两人短兵相接。长明吃亏在没有兵器护身，不得不避开对方的剑锋，但他身手利索，居然丝毫不逊于徐凤林。

徐凤林持剑横扫，剑光交错，几十招过去，居然仅仅割破了长明的衣裳，留下皮肉伤痕，根本无法伤其根本。内心的震惊不妨碍徐凤林的动作，他足尖一点跃起，剑指对方，这一剑刺过去，快得连纸片傀儡也来不及反应！

楼外，天色渐暗，云霞不知何时隐匿无踪，天空余下一片沉沉暗色，大街上早就了无人迹。整座天垂城从喧哗热闹到静寂无声，似乎只经历了短短时间。

远处传来秃鹫的叫声，衬得城中越发安静。所有人似乎都在死寂中等待着那一刻的到来。

徐凤林微微色变。这里四处临窗，地势又高，毫无遮挡，秃鹫群一来，首先袭击的就会是他们。那些秃鹫的恐怖之处，他早已领教过，武功再高的人也很难以一敌百。他原想快速解决掉九方长明，砍下对方的脑袋送去给云未思，至于尸体正好就留给秃鹫食用，还可以向所有人宣布九方长明彻底死去的消息，却没想到竟被对方拖住了。

徐凤林加快攻势，剑风如雨，密不透风。长明抄起地上的软垫挡在身前，随即被剑劈成无数碎片，在空中飘荡。

秃鹫越来越近了。长明忽然伸出手，侧首避开剑锋，抬腿踢向对方胯部，趁着徐凤林闪避之际，抓住他后背的衣裳，狠狠一撞！

二人一起跌落湖里！巨大的水花溅起，伴随着秃鹫由远而近的呼啸。

那些夜晚的食尸者出来了。

整座城彻底陷入没有一丝光亮的黑暗深渊，每个人都躲在屋里，生怕被这群比妖魔还要可怕的东西盯上。偶有不怕死的从窗户缝隙里偷看，带着对好奇与刺激的窥探心。

一批献祭者提前被放出来，扔在城中一处，早有大批秃鹫循着气味飞去，也有一小部分发现了云顶楼的动静，朝徐凤林他们飞来。

徐凤林顾不上杀长明了，他必须先保住自己的性命。

巨大的阴影降临在头上，徐凤林从水中跃上湖中央的圆台，手中长剑舞得密不透风，以阻挡那些怪物。秃鹫的羽毛和血肉纷纷掉落，萦绕周身的腥膻味越来越浓重。反抗引来更多的进攻。半人大小的秃鹫在黑暗中睁着血红双目，争先恐后扑向他。

徐凤林毫不留情，手起剑落。胳膊传来剧痛，一小块肉连同衣裳被秃鹫啄下。

这些东西闻见血腥气越发兴奋，大批大批的秃鹫里三层外三层，将他围得水泄不通。

没有人出来帮忙。徐凤林以武立足，在短时间内成为天垂城的主宰之一，有多少人阿谀奉承希望从他身上得到好处，就有多少人背地里诅咒他早点死去将长老位置空出来。此时他能依靠的只有自己。

但秃鹫不会因为他顽强抵抗就放过他，它们只会因为猎物的肥美而更加狂热。

长明也没好到哪里去，同样有不少秃鹫扑向他。他脑袋一沉，直接钻入水里。这片湖很深，深不见底。他的身体一直往下沉，似乎永远无法抵达湖底。

　　长明摊开掌心，金黄的明珠冉冉升起，悬于水中。这是琉璃金珠杖上的金珠，在入城前被他收入袖中，禅杖还在许静仙那里，但琉璃金珠才是那把禅杖的法宝。没有金珠的禅杖，仅仅是难得一见的武器，绝称不上珍稀。

　　金珠照亮周身。长明往下看，光亮依旧照不到底。湖水在微光中更显黑暗浑浊，周围微尘浮动。

　　这片湖有古怪。许多人将云顶楼视为天垂城的标志，反倒忽略了围绕着云顶楼的湖水。但在长明第一眼看见这个湖时，就发现它的存在正好补上不足，成为天垂城独一无二的阵眼。

　　如果说九重渊是一个在修士的抗衡与妖魔的作用下引发天地剧变而形成的缺口，那么这个缺口里的无数存在——从第一重渊的七星台，到现在的天垂城——无处不是人为的痕迹。

　　确切地说，是人力和天时地利的重合，造就了如今的九重渊。这里蕴含无数秘密，也有无数通灵宝物，吸引外界的修士接踵而来，舍生忘死。

　　远远的，底下传来一点光亮，模糊不清，似梦还真。应该就是那里……

　　但长明觉得自己也许坚持不到那里了。在水里的时间越长，他的气息越弱。水开始从鼻耳各处涌入，金珠氤氲柔和的光照出他逐渐失去意识的脸。

　　手腕被握住，长明下意识地挣扎，力道却不够。那只手不仅握住他的手腕，还循着手往上摁住肩膀。

　　长明只觉唇上传来温热柔软的触感，气息随即从口中渡入。对方紧紧抱住他，没有试图往上蹬，反而逐渐下沉，朝那一点光游去。

　　衣服头发水草一般漂浮，琉璃金珠不远不近，映照出梦境般的幻觉，半睁半闭的视线里，是熟悉的人影。

　　长明微微张口，水泡从嘴角涌出，很快又被温暖气息覆盖。

　　水面上，以一敌百的孤勇逐渐变成单方面的屠杀。

　　星星点点的血溅入水中，又很快晕开，与水合为一体。

　　一面修罗血海，一面梦幻泡影。

　　水里水外，两个世界。

第十二章 虚无彼岸

时间混乱，倒流，来回游移。

长明发现自己再度来到万神山，那是几十年前的他。如梦境延续，他终于想起之前在彩虹桥下的往事。

当时他游历万神山，却发现这里不同以往，荒芜隐秘的山脉间，不知何时出现了一个个坑洞，这些洞正不停地往外散发黑气。他捏了个剑诀，几道劲风掠去，黑气被打散，在半空凝聚为人形，黑气中冒着红光，朝他围过来。

这些还未成形的妖魔怎么可能伤他分毫，不多时就被他打得溃不成军。他甚至从坑洞中揪出一只已经成形的魅魔，对方上半身已经化为人形，妖媚勾人，下半身却还维持着黑气的形态。魅魔以精气为食，魂魄是最好的修行之物，眼前这只魅魔少说也吃了数百人的魂魄，才能修成这般模样。但万神山四处荒芜，罕见人影，魅魔又上哪儿寻来这么多的魂魄？

长明将其掴而未杀，想从魅魔口中问出内情。

飞沙走石，混沌无光，魅魔在他的压制下挣扎求饶，不得不一点点吐露实情。

"您想必也知道，如果无人邀请，我根本不可能从黑暗深渊来到现世的！"

"是谁邀请你们？"

"我也不知道……啊！"

长明收紧掐住她喉咙的手，一点也不怜香惜玉。那张国色天香的脸上瞬间满是泪，可惜她遇上了一个铁石心肠之人。

"说。"

第十二章 虚无彼岸

"那人会……会道法！"

"哪门哪派的？"

"我不知道，我没见过他，只听过声音，应该是个男人。他在万神山布阵召唤我们，还订下血契邀请我们过来，他说，只要我们……"

声音越来越小，长明略略松开手，凑近一些。

不料魅魔忽然面色一变，化出青面獠牙，狞笑着朝他扑来！

血盆大口，黑气漫天。

他蓦地睁开眼。

抱住他的不是魅魔，而是云未思，准确地说，是夜晚的云海。

"这是哪里？"

"第九重渊，虚无彼岸。"

从脚下蔓延开去的，是一望无际的镜面。看似是镜面，实则是水，人虚悬其上，步步生出涟漪，如有浮力，罗袜未湿。有些像彩虹桥下的镜湖，却又不是，因为镜湖映照的永远不是湖面上对应的景象，而这里——长明低头，看见自己的脸。

水面上烟雾缭绕，更有星星点点的光错落开来，轻轻晃动，似在无声引诱别人去触碰。

"这些光是什么？"长明问道。

云海没有回答，他直接足尖一点，将长明带到半空，俯瞰这广袤而没有边际的虚无世界。所有光团从脚下蔓延开去，散作满天星，入目皆是柔和温暖的浅黄色光点，如星河倒置，浮生梦里。

除了长明，也不是没有别人来过。云海见过许多人乍来此处都会震撼莫名，沉浸其中。在这里，时间是最不值钱的，也是最狡猾的，一旦神识跌落其中，也许就再也无法找回来。

长明仅仅失神一瞬，很快便看出端倪："这些光，是按天上星辰来排列的？"

"不愧是昔日的天下第一人。"云海戏谑道，"我还以为你被那些秃鹫吓傻了。"

长明咳嗽几声，刚才跟徐凤林动手时他也受了些伤，交手的时候没感觉，这会儿脱离险境了，伤口就开始疼痛，痛感很快传遍全身。要不是云海揽住他，长明根本站都站不稳，更不要说虚悬半空了。

星辰图的想法浮现于脑海，脚下光团的分布规律就更加清晰了。

北斗七星，还有南方的鬼宿、张宿、柳宿……

"这些，都是云未思布置的？"

"修无情道者，舍情而忘生，每一个光团都是一段他主动舍弃的过往记忆。但

来到这里的人碰触光团，所看见的亦是他们的过往，有些人沉溺其中无法自拔，不愿回来。你看见有些光团周围徘徊不去的蓝色星光了吧？那些都是执迷不悟者的魂灵。尸骨无存，魂魄犹存怨念，不肯放下，外面也许只有数十年，这里却是千百年。"

长明："那你看见了什么？"

云海："我是一个没有记忆的人，什么也看不见。"

他伸手去碰离自己最近的光团，却一触即散，如聚拢的萤火虫分散开来，四处飞舞，片刻之后，才又重新在原位慢慢聚拢。

"你不是应该早就猜到了吗？"

这里时光混沌，过去、现在、未来失去了意义，长此以往，生命也会失去意义，记忆不必存在，神志与魂魄分离。

云未思也难以摆脱这样的命运。白日里的云未思将过往舍弃，没了七情六欲。而他，云海，只存在于夜晚，凭空出现，没有过去，没有未来。即便此时此刻，也是昙花一现，稍纵即逝。

"你就是他，他就是你。"

"不一样。"

长明没有再试图去说服云海，他用欣赏美景的目光去欣赏脚下星河。

云海不知道他这份从容惬意是从哪里来的——明明人在局中，修为尽失，身不由己，连能否从这里出去都未知。

能来到这里的人，无不是人中龙凤，但他们之中，有的为法宝灵器而来，有的为淬炼自己、增进修为而来，还有的觉得过往皆可抛弃，希望在这里找到新生。但最后，这些人全都没得到自己想要的，反而葬身此处，魂灵徘徊不散，成为万千星海里的点缀。

"我方才，倒想起了一些旧事。"

"哦？"

"是关于这九重渊的。当年我上万神山抓住一只魅魔，她说，是有人以血为契，将他们召来，就算我杀了她也无用，她不会是第一个，也不会是最后一个。"

"他们都说，是你与妖魔合作，背叛所有筑阵抵御的人。"

"死人是不会开口为自己辩解的，我只是碰巧还活着。"

"那到底是谁把妖魔召来的？"

"当时我在魅魔手心发现了司徒家的印记。"

"虚无彼岸曾经也有个姓司徒的人进来，他说他叫司徒远。"

云海伸手朝前方不远处一指："他的魂魄应该就在那里。"

第十二章 虚无彼岸

长明："我记得司徒远，他是司徒万壑的侄儿，我发现印记之后就去了司徒家，找当时的家主司徒万壑。"

云海："司徒万壑很有名吗？"

长明："当时天下有十大宗师，司徒万壑便是其一。他闭关苦修多年未得突破，为人又偏激固执，不爱佛道偏爱旁门，与妖魔合作并不奇怪。但当我赶到司徒家时，司徒万壑已经死了。司徒家的人说，就在我到的前一晚，他走火入魔爆体而亡，当时天现异象，方圆数十里的人都看见了。"

云海："也许是假死。"

长明："我也想到了，但司徒万壑的尸体是我亲眼所见，作不得假。此后司徒家少了一名宗师，元气大伤，自此一蹶不振。"

云海："你一说我想起来了。进来的那个司徒远说，他想突破心魔和修为，振兴司徒家。"

长明："这就说明司徒万壑的的确确是死了，否则他不会坐视司徒家衰败不理。当时万神山上的魔坑已经越来越多，不少妖魔在人间肆虐，魔气吞噬洞天福地的灵力，寻常人也无法消受，他们所到之处，屠城屠村，后来更善于隐藏自己，伪装为人。许多人苦寻对付之法，昆仑剑宗的任海山提议，在万神山布六合烛天阵将魔洞彻底封住。他找到我，希望我出手相助。"

云海："你答应了？"

长明："我答应了。当时我一直在追查这件事，却没有头绪。我觉得幕后之人一定不会坐视六合烛天阵不理。"

云海："但布阵过程中出了意外？"

长明："不错，我负责坎位一角，只要保证身前烛火不灭即可，但当时他们接二连三出了意外，我独木难支，最终功亏一篑。此后我神魂俱伤，流落黄泉，直到重回人世。"

云海："意外最先出在谁身上？"

长明凝神想了片刻，摇摇头："不记得了，那时候情况十分混乱，我的记忆至今仍残缺不全，无法悉数回忆起来。"

长明伸出手，去碰触距离最近的一团光，在指尖即将触上的瞬间，手腕被云海握住了。

长明看过去，对方的动作不像是要阻止他，倒像是握住他的手去碰那团光。

眼前烟花炸开，如鹅毛大雪般覆盖天地。所有一切，回归原点。

云海在这里见过许多人，看见他们进来之后，重新历经生死轮回，看见他们喜怒哀乐、痛哭流涕、后悔不迭。

那时云海没有被触动半分，甚至还觉得滑稽可笑，但现在，他想看看长明的过往。

这些光团不是简单地回放往事。即使已经发生，却不意味着不能改变，如果长明知道，又会怎么做？

他对此人，终究是动了本不该有的好奇与探究的心思。

云海睁开眼，夜色正浓。他站在一片树林边缘，左边是茂林，右边是溪水，树林方向传来咳嗽声，还有不远处马车辘辘前行的声音。

周围有些暗，云海伸手想召来灯火，却捞了个空。

他愣了片刻，然后道："剑来。"

手中空空，像在天垂城一样，灵力彻底消失，荡然无存。

车轮终于停下来，马车停靠在官道旁边。帘子掀开，少女探出头，左顾右盼。

"小娘子，前边可不能再走了，危险！"

少女随手指向坐在路边咳嗽的长明："那不是还有个人吗？他也好端端的！"

车夫"哎"了一声，苦口婆心劝道："前面就是界碑，再往前经常会有党项人出没，去不得！"

少女："可我听说，今年的千林会在西域沙海举行，有不少神仙高人到场，我若想拜师修仙，这是唯一的机会了。"

车夫："那些神仙飞来飞去的，谁会低头去看地上的凡人？您这小娘子就是平日里话本看多了，天真！"

少女笑嘻嘻地跳下马车："阿伯，你就放心吧，我不怕他们，你先回去便是了，我一个人可以。"

她走到长明面前："郎君也是要去西域沙海吗？"

长明抬首。

少女被惊艳到："郎君生得真好，不知已婚配否？"

云海从树林里走出来，就听见少女在问长明是否已婚配，开门见山，单刀直入，毫不羞涩。

长明居然很有耐心，还回答"尚未"。

少女："郎君看我如何？"

云海："……他是修士，不能成婚。"

云海代替长明回答少女的问题。

少女不服气："你少诓我，我可知道，修士也是有道侣的！"

长明道："你这年岁，根骨已经长成，修炼天赋也是平平，恐怕很难有门派愿意收你。"

少女咬了咬唇："那……我就去瞧瞧热闹，看完了也就死心回去了。"

她一看就是富贵人家的娇养千金，不知世事险恶，纵有几分身手，在高人面前却只是微不足道的尘埃。

长明看向她的裙底。少女留意到他的视线，赶紧将脚收回去，带着几分羞恼地说："你这人也太无礼了！"

"说是要出远门，可你的鞋却是在闺中行走穿的软底鞋，走不了几步就会破。方才那车夫是为你好，我也劝你回去，再往前走，不只有盗匪，修士一言不合打起架来也很容易殃及无辜。"

听见他的话，少女抱膝蹲下，情绪有些低落："我已经无处可去了，现在回家肯定会被关起来，哪里也去不了。我就想看一眼，看那些神仙是怎么修行的。你可以带我去吗？"

她抬头看向长明，满脸期待。

长明："你看我像好人吗？"

少女："挺像的。"

长明："……你叫什么名字？"

少女："丛容，京都人士。"

长明起身的动作一顿："丛林的丛，容颜的容？"

丛容："你认识我？"

长明："略有耳闻。"

丛容撇撇嘴："那你还是别说了，肯定不是什么好名声！"

长明笑而不语。

"两位郎君呢，高姓大名？"

"我叫长明，他叫云海。"

丛容的目光在两人之间游移："我总觉得你们面善得很，好似在哪里见过。"

长明："走吧。"

丛容："去哪儿？"

长明："千林会，我们捎你一程。"

丛容高兴起来，她对面前两人似乎有种与生俱来的信赖，又或者说，她毫无戒心，一下子就接受了与陌生人同行的建议。她还将老实厚道的车夫打发回去，因为长明告诉她，翻过前面的玉汝峰，就会有座玉汝镇，她可以在玉汝镇上购置一套更加轻便的行头。但是没走几步，丛容小娘子就开始觉得腿酸，渐渐落后长明他们老大一截。

云海觉得丛容是个彻头彻尾的累赘，长明先前行事还算精明，他不明白为何会被这女子一求，就答应带上她。

"你跟她是旧识？"云海问。

"此前未曾谋面。"长明道。

"你别忘了，这是在过去。"云海提醒他。

长明："如果我没有记错，明晚玉汝镇会发生震惊天下的变故，许多人在一夕之间惨死，又死而复生，化为僵尸，四处伤人。当年我是在惨案发生之后隔天才到玉汝镇的，有几人比我更早一步到达此处，他们将一部分中尸毒不深的人救下，其中就有个叫丛容的女郎。她目睹了血案的发生，也是唯一见过凶手的人，但事后她身上的尸毒虽解，双目却盲，落下终身残疾，药石罔医。"

云海明白他的意思了："你想跟过去亲自找到凶手？"

长明："那比我早到一步的人之中有一个正是司徒万壑。还有一个，说来也巧，与你渊源匪浅。"

云海挑眉："我想不出除了你还有谁会与我称得上渊源匪浅。"

长明："你的生身父亲，云长安。"

云海："……"

长明："巧了不是，那个你百般嫌弃的小娘子丛容，正是你的生身母亲。"

云海一脸震惊，他看着长明一脸看好戏的表情，一时竟说不出话。云海原以为，他们所回到的过去怎么也该是在云未思拜师之后，却没想到竟会回到如此早的时候。

"自从离开京城，丛容就没遇到过云长安，她是为了逃婚才离家出走的。玉汝镇血案之后，她虽双目失明，却得云长安真心相护。云、丛两家原本门当户对，但因丛容目盲，云家不同意这门婚事，连带你出生后也不受待见。后来洪氏朝政风云突变，他们二人也被卷入其中。"

长明神情悠然，道："我先前并未料到能回到此时，但既然来了，说不定能查明真相，顺带救你娘一双眼睛。"

"你们等等我，别走太快了，天黑，我怕！"

丛容的娇呼从身后传来，她快步追上二人，气喘吁吁："明郎君，你还没有道侣吧，当真不考虑下我吗？我对你一见倾心，若有缘成为你的道侣，定能一心一意，一生一世相伴！"

她看都没看云海，一双眼睛全黏在长明身上。

云海嘴角微微抽了下，觉得手有点痒。

丛容是个很天真的姑娘。在她的脑子里，似乎永远没有能让她不开心超过半个时辰的事情，旅途的疲惫很快就被她对长明、云海二人的好奇掩盖。一路上她不停问着与修炼有关的事情，什么神仙啊仙丹啊，总有奇思妙想从她脑子里冒出来，云海爱答不理，她就黏着长明。难得的是，长明对她竟无比耐心。

第十二章 虚无彼岸

"长明哥哥，你们是在哪座山修行？"

"凌波峰。"长明随口道。此时还没有见血宗，凌波峰自然也就名不见经传。

"名字真好听，那上面一定住着很多神仙吧。长明哥哥，你能不能御剑飞行，捎我一程？我小时候曾见过太子殿下身边有能御剑的修士，自己却从未亲身体验过。"

"我受了伤，不方便，你不如请教云海道友吧。"长明直接祸水东引。

丛容望向云海。云海走在他们前面，背上春朝剑的剑穗随脚步一荡一荡的，很有节奏。

"我手折了。"云海头也不回。

丛容："……"

她冲长明挤眉弄眼，自觉跳过话题，继续问别的："长明哥哥，你知道有哪门哪派收像我这样年纪的弟子吗？"

"像个普通人一样成婚生子，快活一生不好吗？"长明反问，"以你的家境，为何非要千里迢迢跑到这里寻一个虚无缥缈的梦？"

她不到玉汝镇，眼睛就不会瞎，她下半生所遇到的波澜都是从这趟行程开始的。

此时的丛容自然一无所知，长明却清清楚楚。没有丛容和云长安的相遇，也就不会有云未思。没有云、丛两家的变故，云未思也不一定会去玉皇观拜师。

一饮一啄，皆有定前。但他若阻止血案，还会有后来一心向道、最终大成的云未思吗？

"我长到快二十岁，都没有离过家门、离开京城。每次我想上山拜师，家里人总说这也不行那也不行，好像我离开他们，就什么也做不了。我一年年蹉跎，总想着让长辈们省心，可我越来越不开心，直到他们为我定亲。"

丛容絮絮叨叨，诉说着一个出身富贵的小姑娘的烦恼。换作贫寒之家，为一日两餐就已费尽心力，哪会有闲工夫想修炼成仙的问题。

世人无非如此，得陇望蜀，永无止境。

"你家里为你定下哪家的亲事？"

"说了你也不知道，云家的。"

三人很快走到山脚下，丛容的体力也彻底耗尽，她没法再走下去了，提出歇脚的要求，他们便在山脚下寻了个地方生火休息。

如今天下一统，虽然世道还算不上太平，修士之间也会杀人夺宝，但一般来说他们不屑对普通人下手。山匪蟊贼不时出没，不过不足为患，当年没有长明和云海二人，凭丛容也足以应付，她之所以敢一个人出来闯荡，身手还是不错的。

"还有半个时辰，也许不到。"云海忽然说了句没头没尾的话。

他的神色前所未有的困倦，长明从未见过。

"云未思？"长明心头一动。

云海"嗯"了一声，脸上露出嘲讽的笑："你也更想见到他吧？"

毕竟那个云未思才是真正的云未思，而他，只是一个不知从何而来，不知何时会消失的云海。但云海还记得海边那团篝火，记得篝火旁的长明。那是他们真正的第一次见面，不是在雨天玉皇观外，也没有那个一心只想杀九方长明的云未思。

他没有等到长明的回答，就陷入彻底的黑暗。

天际出现第一道白痕时，长明看见云海打盹一样垂下脑袋，仅仅一瞬，对方睁开眼睛，神情就完全不一样了。他看见长明，下意识伸手拔剑，然后发现自己灵力全失。

长明懒洋洋地闭目养神，依旧倚靠着树干，似半点不担心脖子上会多出一把剑。

云未思拧起眉毛，四下打量。他看见丛容，也看见了周围不同以往的环境。

这里显然已经不是之前的天垂城了，也不是九重渊里的任何一个地方。

云未思灵光一闪，眉间褶痕更深了："虚无彼岸？"

长明："不错。"

云未思反问："这是哪里？"

长明："前往玉汝镇的路上，你应该知道她是谁。"

云未思盯着沉睡的丛容看了片刻，后者已被长明点了睡穴，此时睡意深沉，对外界浑然不知。

"丛容。"

长明点头："我有一事百思不得其解，正好问你。先前云海和我说，在这里能回溯每个人的记忆，但我当年到玉汝镇是在血案发生之后的隔天，你母亲这段记忆里的情景我从未经历过，为何我们能来到这里？"

云未思道："不是记忆。"

长明追问："那是什么？"

云未思抿唇蹙眉，眼里闪过一丝迷惘，苦苦搜寻记忆。

"是阵法，时间回溯与记忆交融，与每个人有关。"

在九重渊漫长的岁月里，许多记忆早已被他视为累赘，一件件丢入虚无彼岸，反复碾碎，只剩下些许残缺片段，偶尔滑过脑海。云未思低头按住前额，忍着头痛，企图捕捉，却如大海捞针。

"所有记忆与经历关联……万神山地形特殊，有远古灵气残存，也有修士在此修行，更有魔气和六合烛天阵的威力，可以在五星连珠那一夜，利用天时地利人和，扭转阴阳，倒置乾坤，彻底形成九重渊……九重渊，其实就是当年六合烛天阵的延续。"

他说得断断续续，但长明听明白了："你的意思是，这里的记忆与每个人的经历有关，如若做出与过去不同的选择，还能改变既定结果？"

云未思："应该是这样。"

长明面色微变："这样庞大的阵法，不可能是你一个人布下的，当年还有谁与你合作？"

云未思沉吟道："万象宫……"

长明："迟碧江。"

"是她，但不止她，应该还有两三人。"

"谁？"

"我不记得了。"

云未思恢复万事不关心的神情，出言警告长明："万象星罗，皆有轨迹，改变这里的过去，不一定就能得到你想要的将来，反而可能弄乱既定星线，导致一切混乱，最终你也会跟着消失。从前进来的那些人都以为自己可以扭转结局，但最后无不痛苦哀号，灰飞烟灭。"

许多人看不透，所以执念深重，但看透了本质，同样也会执着，以为自己超然物外就能改变过去。殊不知唯有放下一切，修无情道，方得解脱。

长明失笑："你念念不忘想要杀我，何尝不是一种执念？"

云未思淡淡道："你是我唯一的心障，只有杀了你，我的道才能圆满。"

他看也没看沉睡的丛容，对他而言，那已是无法改变的过去。既是过去，皆可抛弃。

长明道："既然你不想改变过去，也就不能在这里杀我，否则我没了，现在的你也不一定会出现，一切恩怨等离开这里再说。"

云未思没有答应，但也没有拒绝。

这算是师徒二人重逢之后头一回握手言和，达成默契。但长明知道，如果自己遇到危险，云未思肯定会选择袖手旁观。

天色大亮，丛容揉眼醒来。她向两人道歉，表示没想到竟睡了这么久。

长明表示无妨，三人重新赶路，准备翻过山头前往玉汝镇。

"云郎君怎么了？"丛容凑近长明，扯扯他的衣袖悄声询问。

长明挑眉，有些不解。丛容："他好似与昨夜有些不同。"

自然是不同了，连表情神色也不一样，丛容察觉到异样不奇怪。

长明："他想起从前喜欢却求而不得的姑娘，心里难受。"

他信口胡诌，丛容居然也信以为真。

"他喜欢的姑娘也是修士吗？"

长明"嗯"了一声："还是魔修。"

丛容："什么是魔修，妖魔吗？"

长明："魔修与妖魔不同，魔修只因修炼心法不同，被称为旁门左道。"

丛容顿时心生同情："若真心相爱，只要不伤害无辜，魔修又有何妨？"

落后几步却听得一清二楚的云未思："……"

他懒得纠正，任由长明胡说八道。长明却越说越离谱："他喜欢那姑娘，人家却不喜欢他，他越追人家就逃得越远。他发誓此生非她不娶，所以至今形影相吊。"

丛容"啊"了一声："那就只有你收留他了？"

长明戏谑："可不是！"

丛容感叹："若我这趟出来，能认识一个像你们这般要好的朋友，也就无憾了！"

丛容看见前方一只五彩斑斓的蝴蝶，蹦蹦跳跳追过去。

长明落后几步，与云未思并肩："看见她，你内心没有半分波澜吗？"

云未思没说话，但他的表情明明白白告诉长明，他不会被任何言语动摇。

长明："太上忘情，并非无情，寂然不动，若忘而非忘。"

云未思淡淡道："你当年便是什么都想要，却什么都无法做到极致，才会落得那般结局。若得一道，矢志不渝，无可置喙，稍有回转，前功尽弃，如你一般。"

长明："云未思，你当真忘光了？"

云未思不答。

"长明哥哥，你过来看！"丛容在前方喊道。

长明不疾不徐，缓步上前，将毫不设防的后背完全留给云未思。云未思只需要动动手指，抽剑出鞘，即便他现在不能动用灵力，这一剑出去，也足以让长明气绝身亡。

云未思，你当真忘光了？

言犹在耳，云未思扬起袖子，身后的剑穗无声落地。

第十三章 玉汝镇谜案

玉汝峰并不陡峭，三人在晌午前就抵达了玉汝镇。

这里是出关前的最后一个镇，也是方圆数百里最大的一个，往来商旅络绎不绝，其中还夹杂着不少修士的身影。四处都是叫卖货物的吆喝声，许多人因为懒得前往市集，在入城不远处就地摆起摊位，很快形成一处人流聚集区域。

很难想象，这样一座万人规模的城镇，会在今日入夜之后成为修罗血海。

"我们找个地方先用饭吧，我有些饿了，我请你们。还有，吃完饭我想找间成衣铺，买身方便行走的衣裳，长明哥哥你陪我去好不好？对了，千林会离这里还有多远，我们明日再启程过去会不会来不及？"

丛容兴致勃勃，一口气说了不少话，好不容易见到繁华城镇，旅途疲惫一扫而空，看什么都是新鲜的。

"放心，千林会三日后在黑风戈壁上举行，离此地不远。但那里气候多变，商旅往来通常会特意绕路。"

长明抬手指向城中最高的四层客栈："今日就在那里入住吧。"

居于高处，半夜有什么动静，也能及时察觉。

丛容没有意见，云未思更不会有。不过不大巧，四楼的六间上房已经被订下四间，只剩下两间。也就是说，长明与云未思得合用一间。更不巧的是，这两间上房，一东一西，分布在同一层楼的首尾两端。

客栈伙计告诉他们，东边倒数第二间是一位年轻郎君订的，但他订了房间之后便出去了，今日城中有庙会，兴许是去看热闹了，至今还未回来；而西边倒数第二间的

住客则是两名年轻女郎。如果他们想要把房间换成相邻的两间房，恐怕得先与住客协商才行。

最终三人一东一西，丛容住东边，长明和云未思住西边。

听说有庙会，丛容立时表示想去看看，顺便找点东西吃，长明、云未思自无不可。

玉汝镇没有文庙，只有一座城隍庙，庙会自然也是在城隍庙外头。三人过去时，正是庙会人声鼎沸的高峰时段，戴面具的匠人踩着高跷喷火，火到半空却变成铜钱落下，引得一众围观者欢呼雀跃，忙着弯腰捡钱。

这一切热闹的景象在云未思心里激不起半点波澜，心如止水的他似乎也影响了周围的人，大家不自觉离他远些，只有长明还站在他身旁。

长明的注意力也不在眼前的热闹，而是在看热闹的人身上。熙熙攘攘的人群中，他看见了一个本不该出现在这里的人——陈亭。

就算陈亭知道虚无彼岸的入口就是天垂城的云顶湖，他也绝不可能到这里来。因为这里属于过去，而且是与长明有关的过去。

如果长明眼睛没出毛病，那个一闪而过的人影果真是陈亭，那就只有一个可能——

此人与云未思一样，可以无视九重渊的规则，任意来去，非客而主。

看见他的瞬间，长明毫不犹豫就追了上去。此时人群中忽然有人发出惊叫，一片混乱，长明被人群左冲右撞，寸步难行。他低头一看，满地铜钱不知何时居然变成了四处逃窜的毒蛇、蝎子。

方才还兴高采烈的众人顿时哭爹喊娘，一哄而散。拿着喷火棒的杂耍伶人茫然四顾手足无措，被逃窜的人撞倒，重重摔在地上，连面具都摔碎了，露出茫然慌乱的表情。

陈亭早已不知去向，消失在茫茫人海里。

长明皱眉，转头问跟上来的云未思："还有谁能与你一样，在九重渊来去自如？"

云未思凝神想了片刻："不记得了。"

长明无语："你到底还记得什么？"

云未思："你是我师父，留在九重渊，以及，杀你。"

长明："……为师当真有幸，三者占其二。"

云未思淡淡道："我每次闭关出来，就会忘记一点。久而久之，许多事都忘光了，只留这三件就够了。大道无情，能忘则忘。"

长明似笑非笑："那你就没想想，为何别的都忘了，就是对为师念念不忘？"

他看云未思，云未思也看他，毫不回避，面无表情，如看陌路之人。

四目相对，一人百感交集，一人无波无澜。

长明："如非刻骨铭心，怎会难忘？"

云未思："所以杀了你，一切心障迎刃可解。"

长明："如仍解不得呢？"

云未思想也不想："不可能。"

长明笑而不语。

云未思心念一动，那种感觉又来了，一晃而过，没来得及捕捉，怅然若失。他很不喜欢这种无法掌控的感觉。修为至此境界，万事不萦于心，他更不该为了旧日孽缘耿耿于怀。

弑师证道，弑师并非因为恩怨，只为斩缘，斩尽最后一丝牵绊，方得道法大成。

等离开此处，就解决此人吧，他如是想道。

"什么铜钱，都是障眼法，这些小把戏我早在京城就见过了！"

丛容倒是没被吓着，只撇撇嘴道。她看了一圈回来，又拉着长明去买吃的，没留意两人之间的暗流涌动。

长明被她拉到一家煎豆皮的摊位面前，周围几处吃食摊就属这里的香气最为诱人，除了丛容，还有几人也被香气吸引过来。

"让让！让让！"一人拨开人群挤到前面。

"你卖的什么破玩意儿，里面有虫子居然也敢拿出来给人吃！"

摊贩老板被揪住衣领，随即反应过来："你这人怎么回事？！哎哎，想讹我呢？我在这里卖了几年，可从来没有人说吃出虫子，你这也太离谱了！"

两人扭打起来，来找碴的人忽然面露痛苦，弯腰捂住肚子。摊贩老板赶紧松手，后退几步，撇清自己："你们都看见了啊，我根本就没打他！"

说话间，那人开始呕吐，大口将呕吐物从嘴里吐到地上，周围的人纷纷退避三舍。

众人惊恐地发现，他吐出来的居然不是食物残渣，而是活着的虫子。一条条白色的虫子落在地上，蠕动着。

那人吐着吐着，两眼翻白，瘫倒在地，一动不动了。

摊贩老板脸色大变，手足无措："我没杀人啊，我的东西好好的，我吃给你们看！"

他拿起竹篮里做好的豆皮就往嘴巴里塞，一口接一口。众目睽睽之下，他脸色逐渐发白，露出难受的表情，也开始呕吐起来。

豆皮摊老板同样吐出一堆堆的虫子，倒地不起。丛容吓得赶紧将手里的豆皮给扔了。

长明伸手去探老板的脉搏。

丛容紧张地问："怎么样？"

长明摇头，翻看对方的眼皮，摸颈侧，人已一命呜呼，回天乏力。再看地上那些虫子，渐渐由白转灰再转黑，还想爬上他们的靴子。

云未思抽出春朝剑一挑，近身的虫子悉数化为齑粉。

这里的骚乱很快惊动许多人，大家虽然退开了几米的距离，却都不肯离去。

玉汝镇远离中原，没有官府管理，靠的是当地士绅自治。那些士绅对修士和有本事的人十分客气，闻讯派人过来问明缘由，没对长明他们如何，还恭恭敬敬将人请走，豆皮摊子和两具尸体也很快被人接收清理，仿佛什么都没发生过。

丛容还沉浸在震惊中无法回神："他们到底怎么死的，那豆皮当真有毒？"

长明袖口一翻，掌心出现一块豆皮："待我拿回去再研究一下。"

丛容连声道晦气："你怎么还把东西带回来了，万一沾上了那些倒霉玩意呢！"

长明道："他们死因蹊跷，却非中毒，待我回去研究一下再说。"

话音方落，他忽然顿住脚步。

"又怎么了？"丛容一惊一乍，快被他吓出毛病来了。

长明将豆皮往她手里一塞："好好保管，我还有事。未思你先送她回去！"

说罢也不等二人回应，就匆匆消失在人海里。

余下丛容和云未思面面相觑，前者露出尴尬微笑："云……云郎君？"

云未思望向长明离开的方向，若有所思。

经此一事，丛容如何还有胃口吃东西，她也不再提逛街的事，快快地跟着云未思回客栈，一路无话，却意外地在客栈门口遇到一个人。

"云长安？！"

"丛容？！"

年轻男女不约而同喊出对方的名字，充满不期而遇的惊讶，却毫无惊喜。

丛容甚至一脸愠色："你在京城就开始跟踪我？！"

云长安冷笑："你也太把自己当回事了吧？谁跟踪你？不过，堂堂丛家女郎居然离家出走，传出去恐怕没有人敢娶了吧？"

丛容："你又好得到哪儿去，还有脸说我？你家里让你去从军，你说太辛苦不想去，让你去读书考科举，你说太累考不上。就你这样的纨绔子弟，谁嫁了你，怕是要倒霉八辈子！"

云长安："真是不巧，丛小娘子不就是我那逃婚的未婚妻？"

丛容"呵"了一声："我已留书出走，从此与你再无瓜葛！"

云未思对这场孩童似的争执无动于衷，绕过两人径自步入客栈。

丛容见状赶忙追上:"云郎君,你等等我!"

云长安乍听"云郎君"还以为她在叫自己,过了片刻才反应过来,敢情跟丛容一起的男人与自己同姓。

"好啊,你不单逃婚,还跟野男人勾勾搭搭!"

丛容大怒:"你说话放尊重点,别逼我出手!"

云长安嗤笑:"就你那三脚猫功夫?"

战火一触即发,云未思不知何时折返,将手横在两人中间。

"把那东西给我。"

丛容愣住:"什么?"

云未思:"豆皮。"

长明又一次看见了陈亭,同样是一眨眼就消失了的背影,但他绝不会认错。陈亭的频繁出现已经不是巧合了,他显然带着某个目的,甚至与很多事情都有关系。

长明远远缀在陈亭身后,没有心急地贸然拉近距离。对方脚步匆匆,头也不回,好似在躲避什么人,一路七弯八绕,要么往人群里钻,要么专门走人少的巷子。

前面有一群人抬着大红轿子路过,唢呐笙箫,甚为热闹,瞬间将两人隔开,等长明绕开迎亲队伍,就看见陈亭已经头也不回地奔向镇外。

玉汝镇外有三条岔道,中间那条是商队常走的官道,车辙整齐。左边那条是死路,许多年前被倒下的参天枯木阻挡了道路,又有砂石堆积,长年累月,已经没人行走。右侧的道路两侧还能看见些许绿意,等走过前方土坡,就是茫茫戈壁,漫天黄沙。

陈亭偏偏选择了左边的死路。

事已至此,即便蹊跷再多,长明也只能选择追上去。枯木后传来若隐若现的痛呼,叫声被闷在半途,只发出戛然而止的哀号,绝望至极。

声音的确来自陈亭。

长明疾奔过去。陈亭后背抵住粗糙枯木,半坐不起,青面獠牙的妖魔张嘴咬在他肩膀上,一只手死死堵住他的嘴巴,另一只手则从陈亭额头缓缓划下一道口子,血自伤口渗出,口子划得很规整,看样子正准备动手。

露在黑袍外面的手背,红筋暴起,根根分明,一看就知道不是人的手。

陈亭半边身体汩汩流血,面色苍白,虽抵死反抗,但对妖魔而言,不过是无谓的挣扎罢了。

长明的脚步虽轻却也会有轻微声响。妖魔倏地扭头,血红双眼盯住他,那脸上一片片鱼鳞似的东西跟着微微颤动,十分可怖。

长明一出现,妖魔对已失去反抗能力的陈亭就没了兴趣,松开手任凭他软绵

绵地滑下去。在观察片刻后，他猛地起身，飞速朝长明抓来！

　　长明早有防备，见状后退。他身无长物，琉璃金珠杖也没带在身上，随手抓起几截烂木头扔过去，但这些脆弱之物对妖魔造成不了任何伤害，只能阻碍其视线片刻，随即便化为碎片从半空落下。

　　这种孱弱的人类，妖魔压根就不会放在眼里，长而尖的指甲只有一个目标，那就是长明的脖颈！

　　两只白色鹞应从长明袖中扑出，紧接着是四头白狼。长明的袖子仿佛是一座宝库，永远藏着许多傀儡。纸片傀儡的战斗力不可谓不强，连中阶修士都不敢直接对上，妖魔却不管不顾。白狼和鹞应在妖魔身上留下许多伤口，甚至咬下了他的皮肉，却终究抵不过他强大的力量，统统被撕成碎片。

　　长明的脖子被妖魔单手捏住。这只手力量极大，以长明现在的力量，根本无法挣脱，何况他的修为在这里受到限制，半分施展不得。

　　脖子上的手越收越紧。长明面色涨红，开始呼吸困难。

　　妖魔双目流露出嗜血的笑意，手上反倒减轻了力道，多了点猫玩老鼠的戏弄，这是打算慢慢将猎物玩弄至死。

　　突然间，妖魔的脸僵住了，所有的得意都化为难以置信的惊恐。

　　一把剑从他背后穿过，复又拔出，前后不过一瞬，快得来不及眨眼！

　　他反身一掌拍去，却拍了个空！

　　云未思抖落剑上的血珠，弹指间剑风掠向妖魔的脖颈。后者痛呼一声，鳞片被削落许多，簌簌往下掉，他知道今日注定铩羽而归，索性转身便走。

　　云未思没有追上去，他在看长明。

　　长明的脖子上一圈深红色瘀痕，妖魔的指甲在皮肤上留下深深的掐印，血从印记渗出，异常显眼，触目惊心。

　　"爱徒这是担心为师，特地赶来相救？"

　　长明咳嗽两声，声音嘶哑，语气却仍不掩调侃。

　　"你只能由我来杀。"云未思不愿再看那瘀痕一眼，撇开视线，落在陈亭身上。

　　"扶我一把。"

　　长明是真没力气了，刚才妖魔拍在他身上的那一掌毫不留情，他感觉五脏六腑都移位了，克制住大口吐血的冲动，是因为眼下还有更重要的事情。

　　云未思没动，长明叹了口气，主动伸手抓住对方的胳膊，借力起身。

　　"陈道友，许久不见，别来无恙。"

　　陈亭抹去嘴角血沫，一瘸一拐走来，又惊又喜："你们怎么也在这儿！"

　　长明："这话应该我问你才是。"

陈亭一愣："长明道友，你这是什么意思？"

长明："这里是第九重渊虚无彼岸，你是怎么进来的？"

陈亭："我们不是一起进的天垂城吗？那天晚上城外好大动静，我一时好奇就出门探看，谁知被一大群秃鹫追赶，落入云顶湖，结果稀里糊涂就跟着进来了。方才那妖魔在镇中出没，被我发现行踪之后，就一直想杀我灭口，我有伤在身，打不过他，幸好你们赶来了。这里到底是哪里？"

云未思一言不发，春朝剑突然飞出，化为虹光直指陈亭而去！

陈亭蓦地后退，动作利索根本不似受伤之人，云未思紧追不舍，两人转眼交手数十招。虽然陈亭似乎也被限制了灵力，只能单凭武力，但居然不落下风。

可见他藏拙甚多，所谓后起之秀、与何青墨等人不相伯仲，实在太谦虚了。

"且慢！"陈亭不愿与云未思缠斗，觑了个空后退十几步，高声喝止。

"我知道二位心中有许多疑问，不如寻个静处让我慢慢解释！"

云未思眯起眼，根本不予理会，抬袖便要动手。长明似有所料，上前一步按住他。

陈亭见状笑道："还是长明道友冷静些。"

长明："他只是不想听你废话罢了，但我对你很有兴趣。"

陈亭："是我方才那番话让你听出了漏洞？"

长明："你与我一路走来，处处皆是漏洞，岂止这一处？"

陈亭挑眉："譬如？"

"九重渊是一个穷天地造化的庞大阵法，除了此处，天底下不会再有第二个，这里就像一个大千世界，能容纳芸芸众生。我与许静仙渊源匪浅，她也无法时时跟我待在一起，你却三番两次总能与我相遇。我能看出云顶湖乃天垂城阵眼，是因为我阵法造诣天下少有人能及，你为何也能知道湖底就是通往第九重渊的通道，总不会又是巧合吧？巧合多了，就不能称为巧合了。"

长明边说边咳嗽，语速很慢，陈亭却饶有兴致地倾听，没打断他。

"只有一个可能，那就是你与云未思一样，都掌握了进出九重渊的诀窍，可以来去自如。甚至，连云未思都不知道你的身份。"

陈亭哈哈一笑："他不是不知道，只是不记得了！堂堂道门之首如今自困九重渊，变成看家狗，值得吗？！不过我没想到，九方长明你竟还未死，这么多年了，黄泉里的幽魂邪魔都奈何不了你吗？"

他一语道破长明的身份，又对他们知之甚深，必然是昔日故人。但无论是他的面容还是声音，长明都极为陌生。他流落黄泉甚久，记忆虽然捡回大半，也多是零碎片段，一时竟想不起来对方究竟是谁。

"可惜，你捡回一条命却成了个痨病鬼，这个样子出去也只能任人欺凌，徒惹故人伤悲，倒不如我送你一程，一了百了吧。"

"吧"字刚刚出口，陈亭就已到了眼前！极为恐怖的速度，这是他之前从未暴露过的实力，就凭这一步千里的功夫，即便除去灵力，也足以跻身人间顶尖高手之列了。

以长明如今的状况，哪怕看清了对方出手的招数，身体反应也无法跟上。轻飘飘的一掌，就可以要了他的命。

春朝剑横在中间如凭空而生的天堑，长明只觉一股轻柔之力将自己推开，他原先站的位置上就换成了云未思。陈亭的攻势如泥牛入海，登时无法施展。他不疾不徐地与云未思周旋，似有无限耐心等到云未思露出破绽。

长明看了片刻，眼角的余光瞥见天色逐渐暗淡，黄昏以肉眼可见的速度被黑夜吞并。

陈亭想拖延时间！当长明意识到这一点时，最后一点亮光正好消失在地平线。

云未思有些恍惚，身形难以控制地摇晃了一下。

陈亭嘴角翘起，长剑蓦地出鞘，剑尖点向云未思！剑势如风，点水成冰！

黄昏交割，阴阳边缘，云未思沉睡，而云海即将苏醒。这恍惚的片刻工夫，已足够让陈亭置他于死地！

剑尖与肌肤之间相隔不到一寸，剑风已将云未思眉心划出一道浅浅血痕。

陈亭目光一凛，生生停住动作，并非他突然心生怜悯，而是孤月剑被握住了。

被一只手握住了，空手接白刃，血从指缝间滴下。

一滴，两滴，一串……

他不用看，就知道对方的掌心必定已经血肉模糊。

"你居然……"陈亭一声冷笑。

"没想到当年将所有徒弟逐出师门的九方长明，竟还是个爱护徒弟之人！"

他想也不想便将剑往回抽，如此一来长明的指骨必然被悉数震碎。

就在此时，又有另外一柄剑横向拦截过来，划向陈亭手臂。他想要保住手臂，就不能不撒手弃剑。

陈亭果然撒手了。

孤月剑掉在地上，陈亭也不去捡，他阴谋败露，杀人不成，脸上却带着笑容。

"你们再不回去，可就晚了。"

话音方落，城中传来一声尖叫，凄厉哀绝，贯穿人耳。

长明脸色微变。天黑了，玉汝镇剧变便是由此刻开始，陈亭故意现身引他们离城，不惜暴露自己，竟是为了让他又一次错过探明真相的机会？

是继续截杀陈亭还是回城？

陈亭已经帮他们做出选择，他在说完那句话之后，立刻抽身后撤，飘然离去。

长明他们若是想再追上去，就会失去挽救丛容的唯一机会，更何况——

在长明倒下的前一刻，云海伸手将人揽住。他点了止血的穴道，用春朝剑裁下一截袖子，裹上长明血肉模糊的掌心。

云海知道，此时长明必然是痛极。

"站稳，我先杀了他。"

"来不及了，先回城，去客栈找丛容！"

现在赶过去也许还能阻止她的悲剧。长明神情尚算平静，但额头上的汗珠正一颗颗往外冒，脸色惨白。

云海二话不说，揽住长明的腰，足尖一点往城中疾奔。城门紧闭，但云海的轻功足以轻松翻越不高的女墙。

这道女墙就像界线，越过之后，迎接他们的是无尽死寂。偌大的玉汝镇相当于内陆繁华的县城，但现在已然天黑，却没有万家灯火，只有一眼望不到头的黑暗。角落里偶尔响起的一两声哀号与短兵相接的声音，仿佛黑暗深渊中最后的绝望挣扎。

挣扎过后，等待的只能是永远沉沦。

"你有没有闻到……"

一股奇异的香味四处飘荡，甜得发腻，让人反胃。长明话未说完，便接连咳嗽好几声，咳出一大口血。云海透过衣裳都能感觉到从对方肌肤传来的滚烫。

黑暗中蠢蠢欲动的生物从四面八方赶来，循着鲜血香甜的气息，悄无声息地将手伸向似乎毫无防备的长明后背。

云海突然回身！剑起剑落！

一只正欲搭上他后肩的胳膊被斩断，剑光落处，身躯随之被劈成两半，轰然倒地，却无鲜血喷溅而出。借着半隐云后的红月之光粗看几眼，那躯壳分明已经干瘪了，眼睛周围的肌肤都塌陷下去，脸上布满裂纹，露出皮下的红色肌理，眼睛圆睁却泛出诡异的青灰色，直直瞪向夜空。

放眼望去，从此处到巷尾，如尸体一般的活死人，正密密麻麻朝他们蜂拥而来。

这些人穿着普通居民的服饰，神态却无一例外地呆滞，像面目狰狞的妖魔。他们虽然脚步迟缓，却将二人前后左右的道路完全堵住。

云海的目光扫过这些活死人，然后落在他们身后的八角楼上。两层楼高的建筑很精巧，飞檐下还挂着风铃，随着夜风叮当作响，仿佛无言的命令指挥着大军夜行。

檐角方寸之地上立着一人，负手背光，看不清长相，只能看见他的衣裳迎风飞扬，猎猎作响。

"司徒——万壑？"

云海听见身旁的长明轻声道。似不确定，又像在问他。

司徒万壑。云海搜索记忆，不费工夫就想起来。长明说过，此人修为足以跻身天下十大宗师。当年玉汝镇发生惨案，正是司徒万壑最早赶过来的。只是凶手早就跑了，所有人一无所获，多年后这桩惨案依旧是个谜团。

云海微眯起眼，看向司徒万壑。

现在看来，也许不是找不到凶手，而是大家万万没想到，堂堂宗师级别的修士居然会屠镇，将上万手无寸铁的百姓变成活死人吧。

第十四章 活死人之祸

云长安面色苍白，汗如雨下。不算热的天气，他的后背却已完全被汗水浸湿，衣裳湿答答地贴在身上，难受得很。换作往常，他一定会跳脚抱怨不休，赶紧换上一套干净舒服的衣裳了。但此刻，他无暇顾及这些。

长剑捅出去，一个活死人被捅穿身体往后倒，跟在他后面拥上来的同类也都顺势滚下楼梯。但这只能让云长安他们喘息片刻，很快就会有新的活死人踩着同伴上来。前仆后继，仿佛永无止境。

可这些"怪物"，在不久之前还是有说有笑、有血有肉的普通人。

云长安甚至能认出其中不少熟悉的面孔。扒着楼梯扶手朝他抓来的是客栈的伙计，今早刚刚给他端上一碗馄饨，听说他要葱，又跑去后厨要来一小把葱花，还笑着说"郎君您慢用，这玉汝镇我最熟了，您若想四处逛逛，也可以找我"。

刚刚扑上来动作最为凶狠的女子，是客栈外头卖胭脂的，那时他与丛容在胭脂摊边上吵嘴，这卖胭脂的娘子对他们说"小两口床头吵架床尾和，别在外头让小娘子难堪，有什么话回去再说"。当时他和丛容还异口同声说了句"谁和他（她）是小两口"。

还有住在同一层的房客，以及早上被他多看了两眼、风韵犹存的浣衣娘子。

这些人现在通通变成恐怖的怪物，他们力大无穷，失去人性，只对鲜活的生命感兴趣。云长安亲眼见到一个来不及逃跑的人被这些怪物扑上去撕咬，又在不久之后变成新的怪物。

只会喘气，没有人性，不会说话，没有喜好，一心追逐血肉，不是怪物又是什么？

云长安甚至不知道这一切是怎么发生的。天黑仿佛是一个号角，唤醒所有人体内的怪物，可为何他没有变成怪物？乱七八糟的思绪在脑海里搅成了糨糊，混淆了一切。

"快，这里挡不住了，去上面！"一名少女带着哭腔喊道。

聂峨眉是与他住在同一层的房客，据说是准备去参加千林会的修士，但与她同行的同门姐妹刚刚变成了怪物，转头攻击曾经的同门。聂峨眉不忍心下狠手，差点也变成怪物的盘中餐。

遇上这些刀枪不入、只要有残躯就能攻击人的怪物，修为很难发挥作用，更何况这些怪物里也有一部分原先是修士，他们变成活死人之后，攻击力比普通人更强，寻常兵器根本奈何不了他们。

她一喊，云长安回过神来，赶紧转身往楼上跑。但他还背了个人，力气耗尽之后脚步开始踉跄，没走几步就被台阶绊倒，身后一只手伸过来，差点将他背上的人抓出血痕。

关键时候还是聂峨眉出手，将那只手斩断。

"快点啊！"她伸手拉了云长安一把，转头踉跄奔向顶楼。

"你把我放下吧。"

丛容趴在云长安背上，她原先不肯出声，生怕影响他们杀敌，现在却忍不住了。

"我是个累赘，你带着我也没用，你要是能回京城就跟他们说我死了，别说我变成了怪物……"

丛容哽咽着说，双目已变成两个黑洞，流不出半点眼泪。她甚至不敢睁眼，只能紧紧闭着。

"少废话，抓紧我！"云长安喝道，跟在聂峨眉后面狂奔。

所有事情还要从那一声尖叫讲起。睡梦之中的云长安被惊醒，立马听出叫声来自丛容。他再讨厌丛容，也不至于希望她出事，所以赶紧起身，套上外衣就跑去对方的厢房。可他没想到，从此会彻底陷入另一个噩梦中。

他永远忘不了踹开房门之后，趴在窗前的丛容回过头来的样子，眼睛血肉模糊，两颗眼珠不翼而飞，白天还活蹦乱跳的少女变成了失去双目的瞎子。

他多么希望是在做梦，会有一个人将自己叫醒，告诉他眼前这些全都是幻觉。

客栈是城中最高的楼房，可也只有四层，他们很快跑到顶楼平日供贵客吃饭的宽敞包厢。聂峨眉守在门边，待云长安前脚进来，她后脚立马将房门关上反锁，又找来桌子堵住门，连屏风都用上了，将几扇门牢牢地堵住，可她也无法确定，这里能安全多久。

"怎么会这样，怎么会变成这样？！"她早就近乎崩溃，一屁股瘫坐在地上，不

停地喃喃自问。

云长安将丛容放下，让她靠墙休息，说道："到底是怎么回事，为什么这些人突然就变成……变成这样的怪物，为什么我们又没事？"

聂峨眉双手抱头，缓缓摇动："我不知道，我不知道……师妹死了，早知道我就不带她过来了，我不该贪图热闹，在这里逗留的……"

"你振作点！"云长安看不下去了，扯开她的手，迫使她抬头，"你好好想想，在今晚之前你们都去哪儿了，周围的人有什么异状吗？"

"没有，我们白日里去市集逛了逛，都跟往常一样……"

聂峨眉有一瞬的失神。

"对了，我们遇到一个人，吃坏了肚子，一直在呕吐，吐出来的却全是白色虫子，很恶心，师妹拉着我赶紧离开了。"

虫子？云长安灵光一闪："他吃的是豆皮吗？"

聂峨眉："我没细看。"

豆皮是本地特色食物，许多人来玉汝镇都要尝尝，与别处豆皮不一样的是，玉汝镇的豆皮加入了本地特产的一种香料。这种名为胡梁草的香料只在特定的地方才能存活，它赋予了玉汝镇的豆皮与众不同的香气。

但云长安和丛容只习惯京城饮食，闻不惯那种味道，从未吃过带有胡梁草的食物，包括豆皮。

"你吃过那种豆皮吗？"

聂峨眉："没有，我在辟谷，很少进食，我师妹倒是尝了点，但也只吃了一口。"

云长安觉得问题也许就出在胡梁草上，但他一时半会儿还说不清，这种在玉汝镇周围生长了千百年的香料怎么会突然跟活死人扯上了关系？如果吃了它就会有问题，为何之前都没出过问题？

来不及细想，门外传来一声巨响。

砰砰！

砰！

外面在砸门！

几人刚刚放松的心再度提起来，云长安和聂峨眉紧张地盯着门。这间客栈是全城最好的客栈，门自然也比别处坚固些，可再坚固的门也经不起再三的猛力冲撞，哪怕后面有东西顶着。桌子和屏风都在震颤，有随时倒塌的危险。

聂峨眉扑向窗台往下看，楼下全是密密麻麻的人头，怪物似乎感受到了活人的气息，全都朝这里拥来。

聂峨眉再望向远处。这里是玉汝镇中心，她如果逃离客栈奔向镇外，这些怪物是

不是就没法追上自己？只是……

聂峨眉回头看云长安和丛容，有些迟疑。这两人都不是修士，虽然会些武功，但在这种情况下肯定不管用，很快就会被怪物所伤，变成新的怪物。她修道没几年，大多数时候在山上跟着师长们，心思纯净，没有一些高阶修士视人如蝼蚁的心态，也没法毫无负担地抛弃这两个人。

云长安似乎看出她的纠结，咬咬牙道："聂娘子你先走吧，若是看见救兵，能帮忙喊过来救我们就好，你没必要在这里跟着我们一道……"

砰砰砰！

又一声巨大的闷响。云长安分明看见门有些松动，眼看就要被撞开了。

"快走！"

"我先带她走，安置好了晚点再回来救你！"

聂峨眉下了决心，对云长安说完，强行拽起丛容，将她扶住："你抓好我！"

她还未学会御剑之术，但腾挪跳跃必然比寻常人更加灵活。聂峨眉带着丛容纵身一跃，从窗台落在活死人怪物头顶上，在他们还来不及攻击前再度跃起，飞向不远处的屋顶。

看着她们远去，云长安刚松了一口气，身后的砰然巨响就令他下意识地回过头去。

房门被撞破了！

"你就在这里等我，别动，我救了他马上就回来！"聂峨眉将丛容放在一处较高的屋顶上，叮嘱道。

丛容紧张地点头，揪住衣角强忍住恐惧。她的世界已经完全黑暗，但云长安和聂峨眉都不想抛弃她，她也不能再连累别人："你快去吧！"

她能听见聂峨眉离开的动静，也能听见屋子下面窸窸窣窣的声音，有东西在靠近，围着她所在的屋子打转，甚至能听见那些东西正手脚并用地往房顶爬——从屋外的墙壁，从屋内的柱子爬上横梁，破开屋顶瓦片，顺着屋脊爬过来的声响。

沉重的呼吸声越来越近，丛容控制不住地颤抖。她愿意放弃自己，但不想以这样的方式死去，甚至变成怪物，以血肉为食，毫无知觉意识，那将会比死还恐怖。

忽然，一道剑光破空而来，她面前的怪物应声滚落屋顶。紧接着，她感觉自己被提起来，再度腾空，甚至像是被某种飞禽载于背上，飞到某个高处。

"是我。"

丛容听见长明的声音，虽然听起来虚弱疲惫，但的确是他的声音。

久违的熟悉感和委屈一道涌上心头，丛容"哇"的哭出声。

"丛容！"

第十四章 活死人之祸

聂峨眉携着云长安一道赶来，二人配合着将屋子下面的怪物驱散，但又有更多的怪物扑来，聂峨眉反应稍慢，来不及躲闪，肩膀被一只手抓上，尖利的指甲几乎要刺破衣裳。

我命休矣！她知道皮肤一旦被抓破，她就会与师妹一样，变成可怖的怪物。聂峨眉心情灰暗到了极点。

没有意料之中的疼痛。那只手被长明及时劈来的剑斩断，长明反手将她扔上另一处屋顶，自己则陷入怪物的包围圈中。

云长安和聂峨眉见状想去帮忙，却被长明喝止："不要过来！"

云长安发现长明手中的剑似乎有种魔力，那些怪物并不敢过于靠近，他们的身躯一旦接触到剑身，就会被黑光灼烧焚化，化为灰烬。这些活死人虽然失去人性，但也是能察知危险的。

聂峨眉眼见长明力有不逮，忍不住跃下屋顶，与他背靠背，帮他清扫视角盲区的障碍。

"你……"身躯相贴，她隔着衣裳也能感受到对方异乎寻常的体温。

"你没事吧？"

长明没有回答。他的体力和精力已衰弱到极限，只能将有限的专注力放在眼前，剑锋过处，怪物首级飞起，纷纷倒地。

一拨又一拨，如收割稻草般，只是这种优势很难让人感到喜悦。他手中的剑黑气氤氲，越来越浓郁，如有灵性，缠上他的手腕，支撑他强弩之末般的身体。

"你这把剑？"聂峨眉也留意到这一点，忍不住问，"是邪物吗？"

"这把剑与我心神相连，气息与共。"长明淡淡道。

"我能有幸知道它的名字吗？"聂峨眉见过不少宝剑灵器，最有名的当属她师祖的鸿鹄剑，那是他们镇灵宗的镇派之宝。

唯独在师祖手中，鸿鹄剑才能发出清亮的长鸣，那是剑对主人的认可。但鸿鹄剑的灵性跟眼前这把纯黑不起眼的长剑比起来，就像小山丘和万神山的差距。

"四非剑。"

"四非？"聂峨眉只觉这名字既古怪又耳熟，好似在哪儿听过。

"非道，非佛，非儒，非魔。"

长明轻声吐出几个字，利索地斩落又一个首级。他也没想到，云海为了让他自保，会直接召出四非剑。长明来九重渊就是为了找到四非剑重新修炼，如今阴差阳错达到目的，云未思若是知道了，怕是得气个半死。

如今他修为几乎半废，即使修炼了执玉念月心诀，修为突飞猛进，也很难在短时间内回到当年的巅峰状态。四非剑由他亲手淬炼而成，现在在他手中非但没有因

为灵气被压制反噬旧主，反倒轻柔地抚平他的修炼创伤，似豢养多年的宠物久别重逢之后依旧能认出主人，连长明都能从那颤动微鸣的剑身中感知到四非剑的喜悦。

屋顶的瓦已经被争相攀爬的活死人损毁大半，眼看就要支撑不住他们，云长安带着丛容落在长明身边，一手将丛容紧紧护在角落，一手持剑帮他们清理漏网之鱼。

他手中挥剑不停，心里却是无尽茫然，不知自己是否能活过今夜。

另外一头传来巨大动静。云长安和聂峨眉循声望去，遥遥望见两人激烈交手，从半空落在屋顶，又纵横飞跃，在屋顶之间穿梭，由远及近，很快靠近他们这边。

司徒万銎是正儿八经的修士，还是天下十大宗师之一，他并不像云海、长明、陈亭等人属于"外来入侵者"，而是属于这段过往里的人，灵力不受限制。但他在与云海交手时，居然没占到便宜。云海手中那把春朝剑早年先是跟着长明出生入死，后来又到云未思手中，日夜浸润，锋芒逼人，加上云海本身的身手，竟能暂时牵制住司徒万銎。

"接住！"

当二人靠近他们这边时，云海忽然向长明抛出一物。

长明抬手接住，那是一颗琉璃珠子，比掌心略小，光滑圆润，紫气流动。

云海无法辨认此物，所以丢给长明。长明看着紫珠心念微动："聚魂珠？"

听他说出这个名字，正与云海交手的司徒万銎面色一变，中途变招抓向长明！

云海岂容司徒万銎如意，春朝剑一荡，又横在他面前。

"我知道你们的打算了。"

长明道，忽然将聚魂珠狠狠掷在地上！

这一切快得让司徒万銎根本来不及阻止。

琉璃破碎，紫气西归，千魂散尽，万鬼同哭！

霎时间，所有活死人如得指令，全部停住动作，死死望向从聚魂珠里飘逸出来的万缕紫气。那些紫气四处横飞，在他们头顶流动飞舞，颜色慢慢变淡，渐渐升向天空，烟消云散。

活死人一个接一个纷纷倒下，合眼长眠。他们如真正逝去的亡者，最终得到安息。

"你竟毁了聚魂珠！"

司徒万銎怒不可遏，只想将长明撕成碎片！他直接抓住云海的春朝剑，一掌将对方拍开，随即掠至长明面前，捏住对方的脖颈。

只需一眨眼的工夫，他手中的颈骨就将碎为几段，天人难救！

在司徒万銎看来，原本一切很顺利。

玉汝镇的人几乎死绝，聚魂珠也炼成了，成事指日可待，距离他的心愿达成越来越近。结果这两个人凭空冒出来，横生枝节，不仅趁交手之际将聚魂珠抢过去，有一人居然还知道聚魂珠的作用，将其打碎。

所有的筹划、心血的结晶，全部化为乌有。司徒万壑惊怒交加，怨恨至极，将眼前之人挫骨扬灰都不足以消他心头之恨。

他动作极快，就连云海也慢了半拍，根本来不及阻止！如果此地不禁锢外来者的灵力，以云海本身的实力对付司徒万壑这等宗师还能争斗一二，但现在只能以武力取胜，即使他见势不妙就立时持剑扑来，也还是慢了半步。

眼看长明的脖子被捏碎，嘴角淌血，脑袋以不正常的角度歪向肩膀，云海感觉自己像被重重一捶，心神俱裂。

直至此刻，云海才知道，云未思与自己的牵绊到底有多深，哪怕再不愿意承认，长明的影响力也毋庸置疑。从最初猫玩老鼠般的戏弄，到后来不由自主想要多看几眼，长明的一举一动始终牵动他的神思。

为了修无情道，云未思选择抛弃七情六欲，剥离人性，接近天道。可说到底，他也舍不得完全抛弃往昔，否则，他云海又是怎么出现的呢？不过是自欺欺人，装腔作势罢了。

但那人已经死了，颈骨粉碎，回天乏术。

那一瞬间，云海脑子一片空白，只有杀掉司徒万壑这一个念头。

然而就在手抓上长明的胳膊时，云海神色微变，察觉到不对劲。他手里的手臂冰凉柔软，一捏即碎。不仅是胳膊，连带整个身体都在所有人面前灰飞烟灭。

司徒万壑脸上露出震惊之色，是御物化神之术！

对方竟用此术捏出了一个替身，骗过他的眼睛，诱他使出致命一击！

与此同时，一把通体漆黑、黑气缠绕的长剑由他的后背插入，穿透身体！

到了宗师境界的修士，寻常兵器根本不可能近其身，更勿论偷袭者是现在没有灵力如同常人的长明。

但四非剑是个变数。这把一直跟随着长明、已修炼出灵性的神兵，性质特殊，人无法在此使用灵力，它竟不在此限，此时根本无视司徒万壑的灵力屏障。

而在司徒万壑失神的那一刻，破绽就已经暴露。云海反应极快，几乎在四非剑穿过身体的瞬间，他的春朝剑也紧跟其后，封住司徒万壑所有退路，令其彻底失去优势。纵是没有灵力也不妨碍他人剑合一，直击司徒万壑的要害。

聂峨眉虽初出茅庐，但经过方才那一场变故，她也变得有些许敏锐了，见状赶紧以灵力为二人的攻势助力。

"别杀他！"长明喘息着说。

四非剑通体的黑气犹如锁链,将司徒万銎的四肢紧紧缠绕,令他身受重伤又无法动弹。

"我还有话要问他。"

云海及时伸手将他揽住,以防他体力透支。

司徒万銎虽然面露痛苦,身体微颤,神志却还算清醒。

"你叫九方长明?"没等长明发话,他主动问道。

"不错。"

司徒万銎露出一丝嘲讽的笑意:"他说你是日后的天下第一人?难不成全天下的人都死光了吗,你这副模样,竟也能当天下第一了?"

不用问,长明也知道是谁告诉他的。只有跟他们一样的外来者,才会知道以后的事情。

"司徒,你现在的修为虽然还未像日后那样高,但也算一代宗师、一派之首了,居然还能被人牵着鼻子走,弄出聚魂珠这种东西。要知道聚魂引魄要先将自己的性命献祭,你已经做好被人用完就扔的准备了吗?"

听见长明用淡然不屑的语气说起这些,司徒万銎的神色陡变。

"你懂什么?!只要运用得当,我非但安然无恙,还能扭转乾坤,令死者复生。你屁都不懂,还天下第一人,像你这样无用的病鬼,早该死了……唔!"

春朝剑和四非剑同时用力,司徒万銎的面色骤然惨白,话也说不下去了。

长明抬手拂过他的胳膊,司徒顿觉手臂如被千针刺入,痛不可抑,立时冷汗津津,甚至痛叫出声。以他的身份地位,自然是不会轻易在敌人面前惨叫,但也说明司徒实在是受不住了。

"到底是谁,告诉你制作聚魂珠的办法?"

长明缓缓道:"你可以想好了再回答,不过司徒家主,容我提醒你,如果你是主谋,一旦这件事公诸于世,你司徒家就会名誉扫地,人人喊打。据我所知,司徒家如今除了你,再无一个高阶修士,更不必提宗师了。你可以视人命如蝼蚁,但你也不将司徒家的人命放在心上了吗?"

司徒万銎面容微微抽动,夹杂着痛苦与恨意。

"我要让一个人复生,迟碧江告诉我,用万千生魂炼就的阵法可以达成我的心愿,而聚魂珠就是其中的阵眼。"

长明:"万象宫宫主迟碧江?"

司徒:"不错。"

长明:"她为什么要帮你,她想用阵法做什么?"

司徒:"我不知道,我只想达成我的愿望,至于她的目的,我从未过问,也不

想过问。"

长明："这么多生魂，单凭你一人根本无法收割，还有人在帮你，那人是谁？"

身旁劲风鼓动，长明、云海、聂峨眉三人只觉压力扑面而来，身体不由自主后退，连插在司徒身体里的剑也悉数飞出来，整个人突然腾空而起。定睛一看，居然有人忽然出现，抓住司徒的后背欲将其带走。

是陈亭！

他趁众人不备，迅猛出手。其他人都有伤在身，一时竟来不及拦截。待反应过来，陈亭已经拎着人跃过几处屋顶，消失在视线之外。

云海正要追，却被长明按住。

"来不及了，陈亭与你一样，能自由进出九重渊，转眼就能隐匿在这浩渺如海的地方。"

"是他！就是他！"丛容忽然激动地大叫，挥动的胳膊差点打到云长安。

"是他弄瞎了我的眼睛，当时他没说话，但他的气息、那声不屑的冷笑，我记得！就是他！"

丛容方才没有吱声，一方面是因为长明在逼问司徒，她怕出声会打扰；另一方面也是一直未敢确认，只能凭借记忆再三斟酌反复验证，最终才确定。

"那时我听见外头动静，起身开窗往外看，正好看见他在杀人，那些人……那些人都是惊慌失措跑出门的，半点都没有反抗，他就这么捏住脖子，一手一个，杀了好几十人，然后就看见了我……"

丛容做梦都忘不了那个眼神。对方似乎感知到她的窥视，在屋檐下猛地回头，直直看过来。然后——她来不及关窗，拿起兵器，眼睛就一阵剧痛。

丛容微微颤抖。云长安下意识抱紧了她，她似也想汲取更多的温暖，往他怀里缩去。

"他为什么没有杀你？"云海问。

回答他的是云长安："因为我白天刚跟她吵嘴，话说得狠了，怕她生气躲在屋里哭，到时候又说我欺负她。入夜之后听见她的尖叫，我立马踹开门进去。那人本来也可以杀了我，但他兴许是嫌动手浪费工夫，就把我们丢下，又去杀其他人。"

也可能是伤丛容只为虐杀取乐，而云长安的加入让司徒杀人不那么方便了。

玉汝镇里的活死人虽然多，难免也有像云长安他们这样的漏网之鱼。司徒万銎想要炼聚魂珠，当然是将城中活人杀得越多越好，云长安和丛容再怎么也掀不起什么风浪，留到最后解决也不迟。

就这样，丛容没有像其他人那样当场毙命，甚至还捡回一条命。

但云长安很自责:"要是我早点进去就好了,我……"

云海没有那么多慈悲心肠,即使眼前两人是他的生身父母,但这些事情早已发生过了,如今只不过是循着原来的轨迹重来一遍罢了。

但也不是完全没有改变。

至少,聚魂珠被打碎了,原本那里头的上万个魂魄是被用于炼阵的。炼阵之魂,滋养阵法,也受阵法所困,往复循环,不得解脱。现在那些亡魂早已消散,去了它们本该去的地方。

"我记得云未思说过,九重渊非一人之力所成,除了他之外,迟碧江也帮了大忙。现在看来,所谓的帮忙不过是弥补他们当初的遗憾。"长明嘴角翘起,带着一丝嘲讽。

聂峨眉迟疑着开口:"我听师父说过,万象宫长于推演天象术数,可前知五百年后知五百年,尤其对奇门遁甲、八卦阵法一类有独到之处,如今的万象宫主人迟碧江更是其中佼佼者。她平日里深居简出,寻常人奉上万金求她出山也未必能见上一面。可是她为何要掺和到此事之中,那聚魂珠炼就的阵法到底又有何作用?难道她也有想要复活的人吗?"

云海道:"聚魂以聚怨,怨气这种东西,跟日月精华其实没什么区别,但效果来得极快,无须找洞天福地经年累月苦心修炼,是许多想走捷径的人的首选。但常人也就是想想,要想在一夜之间收集这么多魂魄怨念,就必须像他们这样,以蛊毒注入玉汝镇居民的饮用水源或日常用的香料之中。"

长明:"那阵法若真到了能够扭转乾坤的地步,复活某个人或者增进自己修为都是信手拈来的事情。它的用处是你想象不到的,布阵之人可以以此为自己创造一个全新的世界,随心所欲,生杀予夺,成为真正的主宰。"

说到此处,他顿了一下,似乎想到了什么。

云海哼笑:"你已想到为何不说出来?那我来替你说了吧。六合烛天阵根本就不是什么为了阻止妖魔为祸人间的屏障,而是将妖魔引到人间来的招魂之阵!"

长明:"我对阵法虽不如迟碧江精通,但有人想在我眼皮底下捣鬼,也是不可能的,除非——"

云海:"除非他趁你参与结阵无暇旁顾之际,临时变换阵法,将聚魂珠引入,以死者为幡,将万神山彻底变为无间地狱,再由此延伸至世间每个角落!"

长明揉揉额角,他的这段记忆一直有些模糊,至今无法全部想起。但随着司徒万壑的出现,这一切的前因后果似乎不难推演。从前他们所看见的,仅仅是最微不足道的冰山一角。

"当年你答应与他们结阵,成为持阵人之一,但你们双方的初衷南辕北辙。阵法本来没有问题,以迟碧江的能耐想要瞒过你,是可以办到的。所以那一场变故死伤惨

重,你魂魄不齐,流落黄泉,而他们也不知出于什么原因,阵法失败,只能退而求其次,以九重渊的形式封住缺口,弄出这么个不人不鬼的奇诡之地。"

云海自认为将来龙去脉推演得八九不离十,聂峨眉等人却听得云里雾里,只觉他们的对话古怪莫测,什么六合烛天阵、九重渊,更是一个字都没听明白。

"那个陈亭,"云海道,"明明修为奇高,却故作低调。他一直尾随你,名为同伴,实则监视,只为不让你改变任何既定的过去。他就算不是当年布阵的其中一人,也绝对是知情者!"

长明:"还有那个妖魔,看似要杀陈亭,实际上应该是与他一伙的。"

"够了!"云长安忽然打断他们。

"玉汝镇上万条人命,在你们这些修士眼里,是不是如同蝼蚁草芥,什么都不是?!成千上万条人命啊!我现在只要一吸气就能闻到满鼻子的血腥味。就算让你们猜出阴谋又能怎样,这些人还能再活过来吗?!他们早上还是活生生的人,会说会笑,现在变成什么样了!你们的修为难道只能堆砌在普通人的血肉上面吗?这算什么修士,明明就是屠夫!是妖魔!"

云长安终究只是个十几岁少年,平日里只知享乐不思进取,骤然遭遇如此大的变故,身心崩溃,只能用大喊大叫来发泄压抑,面上却早已涕泪横流。他紧紧抱住无依无靠的丛容,心头难过,无以复加。

云长安其实并非冲长明他们发火,他只是在宣泄自己对发生的一切无能为力的愤懑。一个看惯了金花银柳、姹紫嫣红的世家子弟,不可能像修士那样见多识广、心志坚定。

别说他了,就连聂峨眉也受到极大冲击,抱剑垂首,默然无语。反倒是丛容伸出手来,轻轻拍着云长安的肩膀,像在无声安慰他。

第十五章

暗夜鬼城

"你怎么样?"

云海的声音仿佛耳语,但在长明听来却无比遥远,他摇摇头,没力气说话。

四非剑重归旧主之后,一直细水长流般以灵力回哺他,它似乎知道长明的身体经不起澎湃的灵力涌入,只能用这样缓慢的方式滋养、修补他受损的经脉内腑。

目光逡巡检视,云海的视线最后落在长明的手上。那只手虽然缠了布条,但仍旧有血不断渗出,已将布条染成红色。而布条下,是一团模糊的血肉。

长明的手指不大灵活,微微动一下就会不由自主地抽搐。若是常人,手早就废了,就算对修士而言,同样不是容易痊愈的伤。但这种痛楚相较长明身上的其他伤而言,也就不算什么了。

长明闭目养神,任由四非剑的灵力从掌心传来,流遍四肢百骸,温柔地抚慰他。他将睡未睡,神思恍惚。

他感觉到另一只手的布条被解下。只有云海会做出这样的动作,但对方即使要杀他,也不会在这个时候动手,更不可能以拆开布条的方式开始。

当那只手感到刺痛麻痒时,长明睁开了眼。

云海正低着头,在他的掌心上一下一下地舔舐,专注、认真。

干涸的血迹被他舔干净了,新涌出的血也很快被舔掉。狰狞的伤口露出来,纵横交错,触目惊心。

长明把手往回一抽,没抽动。他咳嗽两声:"松手。"

云海:"一时没找到干净的水,这样伤口好得快些。"

云海淡定自若，面色如常，甚至让长明怀疑这几十年里是否多了什么他不知道的新风尚，正如前朝早期男子流行簪花而后期流行别纱，这算是修士之间彼此表达友好的方式？

他忍不住看向聂峨眉。后者正呆呆望着他们，见长明的视线投来，忍不住先红了脸，转过头去。

长明的老脸堪比城墙，倒是没半分变化："你的尊师之道呢？"

"我早已叛出师门！"云海哼笑，"他这样痛恨你，你从前想必不是这样的性子，现在倒装起羞来了！"

似为了故意挑衅，他还特意又低下头，在新冒出血的伤口上再次舔了一下。

既然无力反抗，长明索性继续闭目养神，眼不见为净。

"我从前很严厉。"

云海："如何严厉法？"

长明："我门下四人但凡出了差错，都是要在门外跪上一宿的。我那三徒弟周可以，正因天资不如你与孙不苦二人，被我几番责备之后就私下修炼魔功，最终被我逐出师门。至于老二孙不苦——周可以偏激固执，他却是个笑面虎。"

云海："这样的人往往混得不错。但既然如此，又为何被你逐出师门，总不能是因为对你笑得太多吧？"

长明："他追逐佛门名利，已经远远超过修炼本身。"

云海挑眉，讥诮反问："方外之人，竟也热衷名利？"

长明："有何奇怪？名利二字，自古以来未有人能超脱。修士苦苦修炼，不也是为了有朝一日飞升得道，这便是利。孙不苦原本有机会修无上佛境，却因汲汲名利而陷入阐提深渊，当年我觉得这样的徒弟不要也罢，就让他自行离去了。"

云海："后来呢，他如何了？"

长明："当时他在庆云禅院隐隐已有继任院首之势，但我将他逐出师门，令他深受困扰，从此止步不前。在万神山那场变故之后，我并未刻意打听，至今也不知他到底如何了。"

云海心说，难怪徒弟个个与他反目成仇，孙不苦定然将他恨透了。

"你是不是还有一个徒弟？"

长明："你是说宋难言？"

云海："这些人的名字都是你起的？"

长明："不错。"

云海："宋难言有何寓意？"

长明："他成日里废话太多了，我想让他安静点。"

云海："……"

他忽然有点理解那四个徒弟的感受了。他们成名之后还没有弑师，可能只是因为师父比他们强太多。

"那，云未思呢？"

长明懒洋洋道："相思何益，不如未思。他来拜师时说想摒弃从前的名字，一心从道，我便为他起了这么个名字。"

云海哂道："果然你用在他身上的心思是旁人所不能及的，我真怀疑你另外三个徒弟，是因为嫉妒不平才对你恨之入骨的。"

长明微微一笑："你这是在拈酸吃醋吗？你也是我的爱徒，为师不介意为你新取个名字。云海稍显单调，与你的争宠心思格格不入，不如叫云心肝如何？"

云海："……"

单看这人随口胡诌，还真看不出他过往是个不苟言笑、对徒弟严厉苛刻的人。

他忽地一笑，倾身近前。

"我不想叫云心肝。"云海轻轻启齿，一字一顿地说，"倒可以叫云念明？念念不忘，九方长明，生要见人，死要见尸。"

道高一尺，魔高一丈，饶是脸皮厚如长明，亦是听得寒毛倒竖。

话音刚落，身后一只手伸来，悄无声息，凭空出现。

同时惊叫起来的是聂峨眉："小心！"以她所坐的位置，根本来不及出手救援。

尖利的指甲险些碰到云海的肩膀，后者立马转身，春朝剑出手。对方被迫显形、后退，这一退就退了许多步。

"住手，我不是来杀你们的！"

春朝剑顿住，剑尖震颤而身形未动。

"说。"云海面冷似铁，不复方才半点调笑之色，"给你三息。"

眼前正是之前袭击陈亭又仓皇逃走的妖魔，此时他已与之前大不相同，乍看上去就是个面目寻常的中年男人，唯有脸上与手背未褪的些许红鳞能让人看出身份。

"他们要杀我，我想与你们合作，我可以告诉你们许多你们不知道的事情，前提是你们要帮我！"

长明："我们不知道的事情，你指什么？"

妖魔："玉汝镇血案其实是为了收集魂魄炼聚魂珠，死人越多，怨念越大，聚魂珠也就越强大。"

长明淡淡道："这些我们已经知道了，我希望你能告诉我们些更有用的。"

他坐在地上，看上去很虚弱，但身前的四非剑正在低吟颤动，似乎时刻准备护主。

妖魔："他们在万神山活祭，将我与一部分同伴从深渊召唤出来，说他们希望能彻底解除万神山的封印，令人魔一统。从此之后，我们便可自由来去人间，不受任何限制，但前提是要帮他们收集怨魂炼就聚魂珠，以逆天阵法破印。"

云海嘲讽道："他们这么说，你们就信了？未免过于天真。"

怒意自妖魔面上一闪而过："我们别无选择。黑暗深渊太苦了，那里贫瘠寒冷，神仙也无法久留，人间是我们的向往之地，这是唯一的机会。"

云海："那你为何又反悔了？"

妖魔："玉汝镇血案一出，他们需要一个凶手，而我就是那个替死鬼。我不想死，但单凭我无法打赢他们，我需要合作者。你们方才能活下来，也有我暗中帮忙的缘故，替你们解决了不少修士所化的活死人，否则你们不会这么顺利，想必你们心里也清楚。"

长明道："你说的他们，除了万象宫宫主迟碧江，还有谁？"

妖魔："司徒万壑，还有一个人始终披着斗篷蒙着面，我不知道。"

长明："陈亭呢？你之前与他勾结，假意要杀他，特意将我引到城外。"

"陈亭？"对方皱了皱眉，"我不知道他叫什么，他自称迟碧江的使者，司徒万壑也默认了他的身份。"

长明沉默片刻，缓缓问道："阁下如何称呼？"

询问名字意味着同意合作，来者松了口气。随着云海将春朝剑放下，他也收起戒备姿势。

"藏天。"

人性多变，妖魔也不遑多让。虽然他们在外形和能力上各有不同，但大都渴望进入人间界，那里有数不尽的修炼资源，软红十丈，歌舞升平，这些全是黑暗寒冷的深渊所不能比拟的。

有性情温和些的，愿意低调地融入人间，甚至与修士或寻常人结为道侣、夫妇，隐姓埋名。也有的直接变换身份，如张暮那般，改名换姓堂而皇之行走人间，隐藏数十年也未必有人发现。甚至还有性情激烈的，以凌虐取乐，只为满足内心的杀欲。

藏天不属于以上几种，他希望能堂堂正正生活在光天化日之下，不必隐瞒身份，不必再因为担心被人发现而东躲西藏。所以他才会选择与万象宫合作，不管对方目的为何。

"他们在胡梁草里下毒，只要吃了带有胡梁草的食物的人，或多或少都会有反应，反应大的会口吐虫子，腹痛而死，但实际上那不是毒，而是蛊。"

藏天现在也很愤怒。他以为万象宫是一个不错的合作伙伴，却没想到自己知道的太多了，而对方需要一个替罪羊将这件事从明面上遮掩过去，于是第一个被推出去的，就是他。

非我族类，其心必异。藏天彻底明白同族对人类为何那么痛恨了。但他现在不得不暂时跟这些人合作。

长明道："万象宫走的是偏门，能人异士尽聚其中。迟碧江有个师妹，擅长下蛊，据说还能在千里之外取人首级，其实就是下蛊之后算好发作时间，令其死在千里之外。"

藏天："我不知道他们具体怎么做的，但蛊的确是万象宫下的，不过仅仅是蛊还不够，想要让这些人都在天黑的一刻彻底死去、被蛊虫操控，需要一点引子。"

长明："你就是那个引子。"

藏天坦然道："不错，他们让我将魔气注入其中，这样的蛊会比寻常的厉害百倍，所到之处，寸草不留，连修士都逃不过。"

天黑之后，玉汝镇顿成一片修罗世界。腥风血雨，人鬼难安。

在没有长明和云海干预的过去，这个地方就此成为鬼城，路过的商旅宁可绕远路，也不愿意从这里经过。传说闯入这里的人大都会被那些死不瞑目的怨灵抓走，人人闻之色变，久而久之，这里荒草丛生，被彻底湮没在风沙之下，鲜为世人所闻。

如今事情大体朝着原先的方向在走，血案已经发生，丛容的眼睛也瞎了，改变了的，可能就是藏天的倒戈，以及司徒万銎的提前暴露。

过去没有长明、云海，藏天必定不会现身，如果他说的是真的，后来长明却未听说过藏天，说明他极有可能没逃过厄运。

还有云长安三人，过去他们必然不知道玉汝镇血案的背后推手是司徒万銎与万象宫，所以还能平安地活了那么多年，如今提前知道，又平添许多变数。云长安和丛容就罢了，他们不是修仙之人，说的话无足轻重，也无人相信，反倒性命无碍。

但聂峨眉不一样，她是镇灵宗弟子，司徒和万象宫十有八九不会放过她。镇灵宗虽然规模颇大，弟子众多，但聂峨眉在门中并不突出，就算她无声无息消失了，镇灵宗只会当她在历练中遭遇变故，不会去深究其中内情。更何况这里面牵扯太广，不是一个镇灵宗能承受得起的。

长明眉头微蹙，心念急转，一面望向旁边三人。丛容眼睛微合靠在墙上，似乎睡着了，身上还披着云长安的衣裳。她眼皮轻颤，攥着衣服的手也有些发抖，并未真正入睡。

云长安怔怔地望着墙壁，神情麻木，不知道在想什么。万象宫也好，司徒万銎也罢，对他们而言都太遥远。方才藏天说的这些阴谋，即便他们听懂了，也抵不过眼前一座死城带来的冲击强烈。

唯独同为修士的聂峨眉，面色发白，满脸难以置信。

第十五章 暗夜鬼城

"炼就一颗聚魂珠就需要这么多的人命，如今聚魂珠被打碎了，难道他们还得另外去寻人命来填？"

藏天道："你以为一颗聚魂珠就够了吗？想要炼成那倒转乾坤甚至开启洪荒的逆天之阵，需要六颗聚魂珠，而聚魂珠里的魂魄自然是越多越好，说不定，修士的魂魄还能让聚魂珠拥有更多力量。你们所有人，迟早都逃脱不了！"

聂峨眉的脸更白了："也许，迟碧江是被妖魔附体了？"

藏天冷笑一声："你们人总是这样，解释不了的事情，就全往我们身上推！你大可继续自欺欺人，如今你已见过司徒万壑的真面目，等他们要杀你时，再跪地求饶也不迟！"

"我……我不是……"聂峨眉再也说不下去了。

"不过现在就算知道这些也没用，你们与我已绑在一条船上，这里的所有人，他们一个都不会放过。"藏天阴恻恻道，如风中之烛，幽暗摇曳，诡异莫名。

"第一声鸡鸣之时，这里将再度变为无间地狱，届时谁也跑不出去。"

聂峨眉失声："什么意思？！聚魂珠不是已经被打碎，死者也都安息了吗？！"

藏天淡淡道："这里早就被布下天罗地网，魔气入蛊不过是其中一环。早在你们到来之前，阵法就已经围绕整座城埋下，将经年未散的恶灵怨鬼镇于某处。鸡鸣之后，阵法启动，今夜所有人将无一幸免。"

云海挑眉："雄鸡一唱天下白，即使天还未亮，焉有恶鬼生存之地？"

藏天："你能想到的，迟碧江早就想到了。那些恶鬼都是上百年的怨魂，恶气未散，大白天于它们都无碍。何况它们被强行用来布阵，早已积怨深重，只等阵法启动，就会迫不及待出来，把阵中活人撕碎。"

云长安腾地起身，积攒多时的怒气一下爆发。

"那我们就趁着鸡还没叫的时候冲出去！"

藏天："你可以试试。"

云长安也不废话，一跃而起，朝丛容丢下一句"我马上回来接你"，便往女墙方向疾奔而去。

长明和云海却没动。他们知道，藏天既然这么说，那肯定是已经尝试过了。如果能走，他早就走了，不会还特地现身提什么合作，又说了这么多废话。

整座玉汝镇已经在百姓毫不察觉的情况下，变成了一个阵法。

天黑之后，阵法启动，所有人就都出不去了。

长明打碎聚魂珠是个变数，也许连迟碧江都想不到，但她还有后手，所以陈亭和司徒说走就走，并不恋战。因为他们都确信，长明他们绝逃不过鸡鸣之后的万魂索命。

这也就意味着他们将要迎来更艰难的一战。

果不其然，没过多久，云长安就垂头丧气地回来了。经过连番打击之后他已变得坚强，起码没有再冲藏天或其他人发火，而是径自跳上屋顶平台，走到丛容身旁坐下。

"我每次要出去，都会遇到鬼打墙，最后又绕回原点。"

"你不仅出不去，外面的人也进不来，若想进来则会遇到跟你同样的状况。你们人族修士比旁人敏锐，察觉到异样更不会进来自投罗网，除非——"

他们此时休憩的地方位于城中一处屋顶平台，原是主人家用来侍花弄草的。两层不算高，但位置正对着城门方向，足够他们居高临下看得更清楚些。

众人听见藏天的声音突然中断，都抬头看他，又循着他的视线望向城门处。

一名少年，从身形上看应该是少年，缓缓步入城门。

束发成髻，衣带飘扬，身后还背着一把长剑。

"除非是个明知山有虎偏向虎山行的傻缺二愣子。"藏天终于把后半句话说完。

长明："……"

偏生云海还凑近与他咬耳朵："从前的你，倒是鲜嫩可爱许多。"

长明面无表情："当年我是在天亮之后才入城的。"

入城之后，城中已无活口，更没有什么藏天和聂峨眉。至于云长安和丛容二人，因为躲藏在客栈的一处地窖才侥幸逃过一劫，但他们茫然不知发生了何事，更不知其中的内情。

"说明历史早已发生改变。"

云海看着从远处走来的少年长明，饶有兴致。对方面容清隽，已隐隐有后世的气势，但仍旧稍显青涩，毕竟也才十三四岁。

多么有趣，他从未想过能在这样的情形下看见少年时期的九方长明。那种感觉，就像窥见对方隐秘面纱下不为人知的另一面。

细节改变，许多事情仍旧朝着既定的方向前进。比如玉汝镇血案，比如丛容的眼睛。但少年长明的出现是一个更大的变数，如果他死在这里，自然就不会有以后的天下第一人，也不会有云未思。后面的一切将发生翻天覆地的变化。

长明忽然觉得，六合烛天阵仅仅是迟碧江他们那个局里的一步棋，一个延续数十年，将所有人都算计进去的庞大棋局。兴许，就连他进入九重渊，也在对方的算计之内。

"布局之人，的确是艺高人胆大。"

长明想到这些的同时，另外一人也想到了，云海哂笑。

"但局布得越大，暴露的破绽也就越多。"

随着岁月流逝，破绽会越多，这个局也会逐渐浮出水面。那些人没想到万神山

一役之后，长明没死，流落黄泉数十年，终归重回人间。他们也没想到云未思在九重渊修无情道，却还修出一个与黑夜伴生的云海。

少年长明慢慢走近。他看见屋顶上的几人，停住了脚步。夜色犹浓，暗淡无光。但修行之人目力极好，并不妨碍他们看清眼前的人。

聂峨眉见其他几人没动，主动起身拱手行礼："不知道友从何而来，怎么称呼？"

"这城里的人怎么全死了？"少年长明没有回答她的话，反问道。

在全然陌生的环境，遇到一群素未谋面的陌生人，最好的选择自然是原地不动，暗中戒备。

聂峨眉也看出他的防备，苦笑道："不是我们干的。说来话长，有人早在城中下了蛊，布下阵法，想置我们于死地，好用亡者魂灵来淬炼聚魂珠。"

少年长明："你身边有妖魔。"他竟一眼就看见藏天了。

云海继续和长明咬耳朵："师尊自小便目力惊人。"

他从不叫师尊的，此刻一喊，调侃意味甚为浓厚。

长明："……此时我已十三。"

云海："好好，你那时已是大人了。"

这敷衍调侃的语气……长明懒得理会，只作未闻。

聂峨眉没来得及解释更多，一声鸡鸣打破长夜静寂。

除了少年长明，所有人都变了脸色。

若说他们先前还对藏天的说法将信将疑，接下来的一幕彻底打破了他们的疑虑。

暗夜鬼城，幽幽蓝光从各处亮起，逐渐化为人形，朝这里凝聚。由缓而快，由少而多，暴风雨一般呼啸而来。伴随着鸡鸣声而起的，不是天光破晓，不是天地归清，而是千魂哀号，万鬼同哭，前仆后继，纷涌如潮。

白日里繁华热闹的镇子不复得见，取而代之的是一座彻底被怨灵恶鬼占据的城郭。

茫茫沙漠，这样大大小小的城镇有许多，今夜过后，被恶鬼风沙吞噬淹没的玉汝镇很快就会被所有人遗忘。戈壁上又会多出新的据点供旅人歇息，这里发生的一切顶多成为人们茶余饭后的谈资。而且死的大多是寻常百姓和低阶修士，也不会有人去寻根究底、查明真相。

少年长明挥剑破开一抹恶灵，却有更多蓝光聚拢过来并开始灼烧他的衣裳皮肤，他果断选择跃上屋顶，与其他人会合。但当他看见云海手中拿着与自己手里一模一样的春朝剑时，饶是道心坚定，也不由得愣住了。

云海挥剑破开他身后的怨灵，蓝光骤然破碎，化为星光点点，美丽无比，但若

被其沾上，却只得阴火焚身、尸骨无存的下场。

"不要分心。"云海冲他露出戏谑的微笑，"如果你害怕，可以过来我们这边。"

他似乎乐于看见少年长明露出窘迫不自在的表情，以此让现在那个处变不惊的九方长明尴尬或愤怒。

但少年长明让他失望了，他看云海一眼，又看了看长明，似乎明白了什么，然后扭头挥剑，斩碎迎面扑来的恶灵，一声不吭。

迟碧江不知道上哪儿找的这些恶灵，又提前布在城中各处，这些恶灵淬炼不了聚魂珠，却足以给长明他们构成巨大威胁。

四面八方传来可怖的长啸，蓝光隐隐勾勒出人脸，那是一张穷尽世间恶意的脸。它们生前就非善人，死后还被镇压用来布阵，更是怨气冲天，恨不得将眼前众人通通撕成碎片。

云长安和丛容只是凡人，几时见识过这样可怖的景象。丛容眼睛看不见，单是听那声声鬼哭，也忍不住紧紧捂住耳朵。

云长安身心都受到巨大的冲击，他的武功在这里派不上用场，只能与丛容一道被护在中间，看着长明挥手扬出几只轻飘飘的纸片傀儡，落地即化为猛兽，扑向恶灵凶猛撕咬。

恶灵浑身冒着的蓝光，实则是一种世间没有的火焰，名为鬼火，鬼火可以烧毁任何东西，这些傀儡猛兽也很快就被撕碎。而且，长明调出的傀儡越多，恶灵的攻势也就越猛。

众人很快陷入一种进退两难的境地。

"到底要如何才能破阵出去？！"聂峨眉禁不住叫起来，她已濒临力竭，即使长明、云海、藏天等人已承担了大部分压力，但她依旧有些支撑不住了。

"把这些东西杀光，阵法自然就破了。"藏天道，他手中双刃化为两道白光，一刻不停地斩杀近身恶灵。

这怎么杀得完？！聂峨眉很想驳斥他，但她没有力气再说话了。

一道鬼火扑面而来，以迅雷不及掩耳之势，她心里咯噔一下，转手出招，却稍慢了半步。

砰！

鬼火尽碎！是云海的春朝剑。

"到中间去！"

聂峨眉随即被扯到中间，与云长安他们一道，另外四人则迅速靠拢，将圈子缩小。

放眼望去，茫茫鬼火如海，挡住了他们大部分视线，铺天盖地，无穷无尽，令

人油然而生绝望之感。

"我想让他提前出来。"云海忽然道。

旁人都莫名其妙，只有长明知道他在说什么。云海想让云未思提前出来。他不愿承认云未思比自己强，同一具身体本应有同样的能力，但云海感觉有些疲倦，这通常是天将亮的信号，与其因分神出错，不如让云未思来接手。

他闭目凝神，但又睁开眼，显然是失败了。天还未亮，按照往常规律，还要再过一会儿。

少年长明也觉棘手。自出门历练以来，他从未遇到如此险恶的局面，虽是个修炼的机会，不过要是命丢了，再好的机会也无用。之前在城外接连遇到鬼打墙，换作常人早就走了，偏偏他觉得这里大有古怪，起了探究之心，还布下一个小阵法破开间隙入城，结果被困在里面，现在想出也出不去了。

不知今晚还有没有生机，他寻了个机会低声问身旁的长明。

"你到底是谁？"

少年时的自己，果然还是不够沉得住气。

长明嘴角微翘："你心中已有答案，又何必多此一问？"

"我只是为了确认一下，没想到世间还有如此玄妙之事。"

"你想的不错。"

"见你如此，似乎我日后过得有些惨淡。"

"我欲托你一事。"

"说。"

"若能从此地离开，你帮我照看中间三人，尽量护他们平安。"

"这件事很重要？"

"很重要。"

"我答应你。"

与过去的自己达成默契，不必多问，多问也无益。许多事情早在长明开口之前，过去的他似乎就已明白。就算不明白，在以后的漫漫岁月里也总会明白的。

大批鬼火突然破开藏天的防御，凶猛地扑了过去，藏天乱了一瞬，露出破绽，旋即被穷凶极恶的鬼火吞噬大半容颜。他惨叫一声，跌落屋顶，双刃将周身鬼火斩碎，但随即又有更多鬼火扑咬上去，他周身很快就被鬼火吞没，渐渐可见白骨。

云长安等人被此景震撼，聂峨眉咬咬牙持剑顶上缺口。藏天如此强悍，一不留神就被鬼火侵蚀殆尽，其他人的压力可想而知。

夜长梦多，不能拖下去了。长明心想。

他双手捏诀，缓缓引剑上升。

"剑指东来，喝破重霄。"

剑身黑气渐浓，半悬于空，四非剑发出低鸣，似有无尽威压急欲扑面而来。与此形成鲜明对比的是，长明的脸越来越白。

"灵牵天机，威临六合，去！"

四非剑如闻天音，长明话音刚落的那一刻，它骤然发动了！

漆黑剑身原本毫不起眼，但此刻黑焰萦绕，所到之处，诸邪退避，万鬼同消。

四非剑如同一个旋涡，鬼火被不断吸进去绞杀，索命的尖叫变成哀号，在来不及散出怨念之前，蓝火就已经被黑焰撕裂，星星点点地散落下来。

这场景看上去殊为美丽，宛如夏夜无云的星空。

但无人有心思去欣赏。不远处藏天的尸骨被鬼火吞噬了大半，余下半张脸上瞪大的眼仿佛死不瞑目，无言诉说着方才发生的可怕一幕。

既然他的剑这么厉害，早点拿出来，他们不是早就脱险了吗？

这个念头在云长安心头浮起，他忍不住看了长明一眼，在视线接触到对方几乎毫无血色的脸时，刚才的念头立马消失，他责怪自己被保护还有这种不知感恩的想法。

一夜之间，云长安成长了不少。丛容的身体在微微颤抖，他不由得握紧对方的手。

"会没事的。"

既是在安慰她，也是在安慰自己。自打双方长辈有意联姻以来，两人从未看对方顺眼过，却没想到在这边陲小城里生死相依。

之前云长安看丛容觉得处处都不好，嘴上虽不说，心里却觉得丛容姿色不够又闹腾，还爱损他，两人根本处不到一块，就算勉强成婚，日后恐怕也是鸡飞狗跳，没一天安生日子好过。

然而现在哪里还有这种想法？他恨不得丛容跳起来跟他斗嘴三百回合，就怕这女孩儿从此连话都不爱说了。也不知他们今日还有没有命回去。

云长安胡思乱想之际，铺天盖地的鬼火竟已退去许多。

四非剑遇魔杀魔、遇鬼杀鬼的架势，连那些怨念冲天的恶灵都感到害怕，竟不敢再主动往剑锋上撞，转而寻找其他破绽。

其他人也没闲着。少年长明对云海的春朝剑有满腹疑问，却一句也没问出口。剑光如雨洒落，他的灵力恰到好处弥补了云海、长明二人无法使用灵力的缺陷，为聂峨眉增加一大助力，直接在四人镇守的四角筑起结界，等闲鬼火根本无法撞破。

第二声鸡鸣响起。

长长的鸡鸣声从城东传到城西，鬼哭狼嚎也无法掩盖它的清亮激昂。对白日与生俱来的恐惧，让这些早已习惯生活在黑夜里的恶灵们愤怒了，许多鬼火转头朝鸡鸣的方向扑去，将打鸣的公鸡撕成碎片。

但鸡不叫，并不意味着黎明就不会到来。长夜漫漫，终有天亮的一刻。

恶灵似乎也意识到这一点，它们呼啸狂嚎，企图在最后一刻将长明等人彻底吞噬。此刻它们反而安静下来，鬼火飘散，在不远处游荡，寻找可供进攻的间隙。

四非剑微微震颤。这把神兵跟随长明多年，比眼前凶险的场景它也遇到过，不可能轻易经受不住。会出现这种情况，只有一个原因，四非剑的剑主支撑不住了。

长明紧闭双目，双手捏诀。他衣袍猎猎狂飞，身形岿然不动，看不出半点虚弱之态。但云海很清楚，即使有坚定过人的意志，长明也已是强弩之末。他虽强忍着伤痛，但显然已经到了濒临崩溃的边缘，就像一件满布裂痕的玉器，不知什么时候会突然爆裂碎开。

云海心一沉，伸手去拿四非剑。谁知四非剑也已到了无念无空的境地，根本不认其他人，云海的手刚一靠近，就被剑光所伤，划开了一道长口子，血往下淌。

除了长明，四非剑竟是敌我不分了。

恶灵们闻见血腥味，越发蠢蠢欲动。有忍不住扑过来的，立刻就被绞杀。但它们也发现，四非剑的剑光比之前黯淡些许，这说明剑主快要支撑不住了。

远处，一道白光从乌云后露出，宛若剑光破开天际。

恶灵没有时间了。四非剑的剑光似乎又弱了一些，它们咆哮着扑过来，轰的一声，竟突破结界，撞入剑光的包围圈。

长明的袖子被鬼火侵蚀，一点点化为灰烬。

云长安看见了，忍不住惊呼一声，要来拉长明，聂峨眉也忍不住回过头，少年长明皱眉，横剑过来想要拦截……

但他们都晚了半步，鬼火已经舔上了大半截袖子，并以无法阻挡之势烧到手臂，眼看长明就要重蹈藏天的覆辙——

剑光大盛！

白光冲天！

不是四非剑的剑气，而是春朝剑。不是少年长明手里那把春朝剑，而是云海手里的春朝剑！

旁人只觉云海的表情瞬间一变，变得冷峻凌厉。

黑白交错的万千道剑光耀眼炫目，晃得所有人睁不开眼。片刻之后，他们重新睁开眼睛，看见云海从剑光中缓缓落地，怀里抱着昏迷过去的长明。

而那些鬼火恶灵已经消失殆尽，踪迹无存。被旭日笼罩的玉汝镇，大半的屋瓦

在阳光的照耀下反射出璀璨的光，只是放眼望去，尽是残砖破瓦。

云长安脚一软，忍不住坐倒在地，被他牵着的丛容，也被带得一歪。

聂峨眉惊魂未定，胸口剧烈起伏，然后就听见少年的声音。

"别走！"

她循声回头，惊讶地发现长明二人竟已不见了。

"他们呢？！"几人虽萍水相逢，昨夜却已同生共死，她以为对方又被什么掳走了。

"道友！道友！"她高声呼喊，却无人应答。

长明和云海似凭空消失了，了无痕迹。

"快找人！"聂峨眉着急起来，催促其他人。

云长安愣愣道："我看见他们身上笼着白光，人就没了，好像……"

好像不是被什么东西带走了，因为那个姓云的脸上并无任何惊慌之色。

另一边的少年手中的春朝剑还未入鞘，他若有所思，看着二人消失的方向。

"小道友？"聂峨眉的声音让他回过神来。

"他们去了该去的地方，不必担心。"少年长明道，"此地不宜久留，我先送你们离开。"

第十六章
混沌之海

  云未思抱着长明，在混沌之海沉浮。这里是虚无彼岸的边界，从记忆星海出来时，很容易掉入混沌之海，除非进入另一处记忆光团。
  他能感觉到怀中人的气息微弱。若现在下手，根本无须费任何力气，这人就会彻底死去。如这虚无彼岸的每一个灵魂，在往事里徘徊不去，求而不得，最终化为枯骨，魂灵也难得解脱，只能一遍又一遍重复生前的遗憾，千万年无法消解。
  但云未思没想到，长明这么快就从这段往事里超脱出来。他像一个真正的旁观者，所有过往缺憾，竟似没有留下半点涟漪。也正因为如此，长明才能轻而易举地离开玉汝镇那段过往。
  云未思将手覆在他的脖颈上，掌心感受着皮肤下面跳动的脉搏，触感并非温热，而是微凉。
  在方才的大战中，他已然消耗过多精力，鬓发甚至染上了星星点点的霜色。
  油尽灯枯，命不久矣。
  长明微微一动，干涸嘴唇张合，似要说什么。
  云未思看了片刻，缓缓低下头，将耳朵贴近。
  "过去改变了。"
  "但总体走向并未变化。"云未思淡淡地给他泼了一盆冷水，"你打碎了聚魂珠，虽阻碍了他们布阵的步伐，却也因此令他们要多杀一城的人来弥补。
  "原本杀一城人就能炼就这颗聚魂珠，现在却要多屠一城。你得到了真相，却也多杀了一城之人。

"还有，聂峨眉三人虽然当时被你救下，后来却同样要死。

"虽然过去的人受你之托照看他们，但也改变不了什么。聂峨眉死于一次历练，云长安和丛容虽多活了几年，但也如过去一般，因朝廷党争家破人亡。

"还有迟碧江和司徒万壑，你也无法从他们身上追查到任何线索。过去的你在听聂峨眉说了玉汝镇的内情之后，立马就上万象宫去找人，正好遇上他们新任宫主的就位大典。据说前任宫主迟碧江某夜从山崖跌落，生死未卜。而司徒万壑也如原来一般走火入魔，司徒家彻底败落。他复活不了想要复活的人，线索也全部中断。

"你以为提前知道真相就可以阻止事情的发生，结果并没有。许多人和你一样，以为这里有改变过去的机会，最终却反被过去所误，连魂魄都无法解脱。"

云未思很少说这么多话，每说一句都似在打消长明的生念。

长明却笑了："你想起来了，很好。"

他连咳嗽声都很弱，一动就有血从嘴角淌下，声音更是轻如羽毛，但云未思听清了。

"我进入过去，并非为了改变，而是为了想起过去曾经发生的事。改变过去的同时，也会唤起我们的记忆。

"至于他们为了聚魂珠再屠一城之事，就算没有我，他们也会因为别的原因去做这些事，杀一城与杀二城，根源不在我。将加害者的作为揽在自己身上，是非常愚蠢的，你若想以此乱我道心，便多此一举了。

"你看，你这不就记起许多了？

"徒弟啊，道高一尺，魔高一丈，好好跟为师学着点。"

玉汝镇那段过去，他虽未能与过去的自己多言，但寥寥数语，少年长明似也明白大半。他遵守诺言送云长安三人回去。云、丛两家为婚事争执，在云长安的坚持下，他最终顺利与丛容成婚。两人婚后倒也和美，云长安一日日稳重起来，不仅参加科考，还入朝为官，时常犯颜直谏，人称铁面御史。

但当时洪氏王朝倒行逆施，皇帝醉生梦死，宦官当权，大臣也分为几派，有的投靠宦官，有的一味谄媚，有的自视清高不肯低下头看看百姓疾苦。

云长安虽家世清白，但谏言说得多了，皇帝也会烦，很快便寻了个借口将他贬职，远远打发去外地。就在云长安即将携妻赴任时，宫中发生政变，宦官意图谋反，被及时拿下，皇帝震怒，下令追查。

京城一时腥风血雨。丛家被牵连，被判满门抄斩，丛容这等外嫁女原是不在其列，但云家生怕被牵连，逼着云长安夫妻和离，云长安断然拒绝。皇帝一怒之下将云长安也列入其中，命其伏诛。

据说云长安被押赴刑场途中，非但毫无惧色，还高吟圣贤诗歌，以示清白。无人

敢收留他的独子云未思，连云家都将其拒之门外。云未思不肯乖乖受死，只身潜逃，从京城到玉皇观，跨越千里，雨中拜师。

兜兜转转，一切回到原点。

不同的是，因长明的提前警告，过去的他派师弟隐居京中，暗中庇护云长安夫妇，不仅传授了云未思武功，还教他修炼。或许因为云长安跟丛容不是修行中人，这么多年都没有与修士往来，知道再多内情也无甚威胁，这许多年他们并未受到骚扰袭击，最终与原来的历史一样，二人因朝堂争斗而死。

但再想深一层，躲藏在暗处的人可能早已将云未思视为棋盘上重要的一子，他的存在与九重渊息息相关，所以无论如何也不能死。

长明能想到这些，云未思自然也能。他意识到其中内情过于庞杂，需要花费时间去探究清楚。直到怀中人剧烈震颤，鬓发迅速染白，他才回过神来。

云未思握住对方冰凉的手腕，他能感觉九方长明的身体就像被掏空的容器，别说他现在灌注不了灵力，便是能，对九方长明来说，也是杯水车薪，无济于事。

容颜变化不大，长明的头发却越来越白，白发如雪，冰肌玉骨。

他沉沉睡去，再也无法说出半句话。

混沌之海轻柔地托住他们沉浮水面，却又感觉不到任何潮湿。这里的时间本该永远停止，怀中的躯体却在缓慢衰弱。

云未思微微蹙眉。现在出去也无用，反而会加速长明身体的衰败。他将人抱起，飘向远处微光闪烁的星海。他抬起长明的手随意点开距离自己最近的一个光团。他自己已将记忆抛弃，只有在长明的记忆里，才能回到过去。

轰！

白光在眼前骤然炸开，狂风蓦地卷来，云未思差点抱不住人。

不仅是狂风，还有暴雨。瓢泼大雨将天地化为一体，他甚至一时未能辨清这到底是哪里，直到有人在风雨中遥遥喊话。

"郎君，您上船吗？"

"这位郎君快过来吧，错过这班船，今夜就没船回乡了！"

云未思怀里还抱着长明，瓢泼大雨将两人淋得湿透，饶是如此长明也没醒过来。他快步走去，果然看见岸边靠着一艘船。船舱里探出几个脑袋，看样子有不少人。

船家穿着斗笠蓑衣，站在岸边树下喊他们。

"郎君到底走不走？这么大雨，您等不到别的船了！这个湖比海还大，风浪又这么急，其他人都不敢走船的，只有我敢入水！"

船家见他走近，松了一口气的同时又着急上火，生怕自己说了这么多，云未思

还是不肯走。船上那些人已经开始催促他了。

"走。"云未思抱着人就想上船。

船家赶忙拉住他:"欸欸,您还没给钱呢!"

云未思顿住脚步:"多少钱?"

"承惠,一贯。您也别嫌贵啊,这要是搭不上,您今儿就得在这岛上过夜了!"

云未思疑惑:"现在使什么钱?"

船家:"……"他以为对方不想给钱,二话不说转身就走,也不想废话了。

谁知云未思把他拉住,往他手里塞了一金。

船家登时眉开眼笑:"来来,郎君,快上船,正好还有最后两个位子!"

他拖了许久才开船,客人早等得不耐烦了,众人的目光全落在最后进船舱的云未思身上。

船舱还算宽敞,里头坐了五个人。这样的船已经算中等了,自然不会只有船家一人在掌舵,下层船舱应该还有四人在划桨。云未思没有与旁人攀谈的打算,抱着长明径自走到角落的空位。

旁人不知道他的身份,但从他身后背着的春朝剑也能知道这两人不是好惹的。三名男客很快继续聊起方才的话题,只有两名年轻女客不时好奇地望向他们,尤其是看向长明的灰白头发。

"谁说那岛上有神兵降世的,害我白跑一趟,还撞上这百年不遇的风雨,真晦气!"

"是不是神兵早就被拿走了?"

"不可能啊,我是听到消息就赶过来的,找了三天三夜都没发现!"

"我倒是听说,四天前海上蛟龙出没,翻云覆雨兴风作浪,当时就把岛给淹了,兴许是落到海里去了也未定!"

云未思头也未抬,视线一直落在长明身上。长明的头发并未恢复之前的黑色,倒也没有继续变白了。

他一时记不起这是过去的哪一段记忆,听着船客交谈也毫无头绪,索性不再去听,尝试再度将灵力灌入长明体内。

吼!

一声咆哮打断几人说话,原本就摇晃的船身,突然剧烈晃动起来。

女客惊叫,男人也都变了脸色。有人立时往外探头,却看见一座隆起的绿色小山丘。

那"山丘"居然还会滑动,眨眼间又沉入水面之下。

第十六章 混沌之海

那人顿时反应过来。这哪里是什么山丘，分明是一头巨蛟！

蛟龙近龙，却还未修炼成龙，可它就是这个湖的霸主，稍稍一翻身，船身又是一阵剧烈摇晃，随时都要翻船。船舱里的人也跟着东倒西歪，从这边滑向另一边，惊呼声不断。

这些人既然是过来寻宝的，自然都是修士，虽说修为不怎么样，但也不至于待在船舱里等死。当下就有人提着兵器飞出船舱，高高跃起，手中长鞭卷向刚刚露出的蛟龙脑袋。

这头蛟龙委实巨大，它一翻身就能引来巨浪，鞭子于它而言就像可爱的小玩具，张口衔住，连带持鞭的人也跟着飞起。蛟龙扬首松口，那人重重落在浪里。

又有几人陆续上去缠斗。抛开体型不说，这蛟龙起码也是准宗师级的修为，别说这几个人一起上，就算再来几个，也不是它的对手。

在船即将被彻底掀翻之际，云未思出手了。

众人只见一道剑光飞出船舱，直掠蛟龙面门。蛟龙须瞬间被斩断一截，蛟龙暴怒，尾部重重甩向云未思！

云未思落在蛟龙脑袋上，剑随心动，缠住绿色鳞片的巨尾。蛟龙一阵剧痛，却被云未思威胁。

"你若敢将船掀翻，我就直接把你龙筋扒了。"

他的声音冷冰冰的不带一丝人气，让蛟龙龙躯一震。

"怎么是你？"

"你怎么又回来了！"

"不是说好放过我的吗？呜呜呜，你不能说话不算数！"

云未思的意识深处响起蛟龙的声音，非但不粗犷，还像个小女孩，一边说还一边嘤嘤哭泣。从开始说话就带着哭音，直到后面，就只剩下呜咽声了。像许多苍蝇围着云未思的脑袋，嗡嗡嗡地叫着。

"闭嘴。"

脑子终于清静片刻。

海面也逐渐平静下来。船上众人惊魂未定，不知云未思在干什么，只敢遥望，不敢靠近。

"我见过你？"云未思问它。

"四天前，你把我打了一顿，让我以后不要轻易出来。但我不是故意的，今天风雨这么大，我在下面睡久了，想出来翻个身，谁知道他们还想打我。是他们想动手的，你不能怪我！你怎么这么快就回来了，你把你师父救出来了吗？"

云未思一怔。蛟龙的最后一句话，犹如一把尖刺，直直刺入云未思心口，仿佛有

什么东西被刺破，正汩汩往外流淌。

"我救他？"

"对呀！你说六合烛天阵突然失败，你师父一去不回，此事很是蹊跷，其中必有隐情。"

"我还说了什么？"

"你还说，你可以用武力征服天下所有人，却无法消除人们对他的误解，你不愿让他永远背负污名，也不许世人说他半点不好，所以一定要亲自前往万神山，找出真相。哎呀，万神山那地方如今已经是群魔乱舞之地了，我劝你，你还不听，非要去！是不是现在发现事不可为，就回来啦？"

蛟龙得意扬扬，只差没摇头晃脑。

"要说等我炼出第二颗蛟珠，就把第一颗蛟珠借给你。凭本龙的能耐，保你事半功倍，你不听劝，这下后悔了吧？"

"蛟珠？"

"对呀，滋养功力，死而复生，本龙的蛟珠可是不世出的宝物，前几天刚刚大成，旁人想要还没门呢，也就是欠你一个人情才……咦，你的气息怎么变了，明明是你，却又不大一样？"

"我还是我，未来的我。"

"本龙听不懂，不过还是你就成。你来得正好，我这几天修为大有长进，感觉快要化龙了，你快来与我切磋一下，试试我现在的功力。我告诉你，东海那帮家伙至今瞧不起我，以为他们多有能耐，等我成龙的那天……"

蛟龙出奇地啰唆，絮絮叨叨用它那小女孩嗓音说了一堆，末了还意犹未尽，低头喝一口湖水，又问云未思。

"你觉得怎样？"

云未思"嗯"了一声，就说了四个字："蛟珠借我。"

蛟龙："蛟珠？"这人是不是根本就没在听她说话？！

持阵守心，气定紫宸。

星越百宇，川覆九州。

一盏明灯悬于身前，在狂风迷雾中摇晃。

耳边传来嘈杂人语，他则始终岿然不动，因为他在等，等对方先沉不住气。

六合烛天阵，穷天地之造化，集世间宗师之心血，待阵法功成之日，万神山将彻底被封印，从此妖魔无法再由此处出来为祸人间。

这个说法本身没有问题。阵法的各个角落他也都检查过，并没有人做手脚。只要

六位宗师就位，中间不出差错，六合烛天阵是可以完成的。就算中途再生出什么变故，以他的能耐，也足以控制局面。

嗯？好像哪里不对……

慌乱的叫声越来越大，迷雾越发浓郁，连身前的明灯都无法看清，只能依稀瞧见一团火光摇曳，行将熄灭。

他捏了个剑诀，一道灵力弹出，烛火旺了些许，但这只能抵挡一时。魔气隐藏在浓雾中，千丝万缕地渗透过来。他看不见其他持阵人的情况，但从叫声来判断，恐怕不妙。思及此，他不再犹豫，变换剑诀。

"剑来。"

四非剑飞出，护在他周身，诸邪退避。浓雾消散开来，视野为之清晰，但眼前的景象却让他深深皱起眉头。

刀剑相向，短兵相接，外围的护阵人正在自相残杀。他们已然杀红了眼，把武器捅入同伴的身体，血流成河，尸横遍野。这其中没有半个妖魔的踪影。

阵法未成，对方就已经兵不血刃，把他们消灭了一半。不少人倒戈相向，挥刀朝他们砍来，但六名持阵人周身是有结界阵法护持的，旁人轻易动不了。

就在这时，一缕劲风从右边掠来。他心念微动，随即以灵力筑起屏障抵挡。但那缕劲风并非冲他而来，而是越过他，射向左边的人。他立时望向劲风来处，却见狂风卷起大片迷雾，在法阵之上，浓雾之中，那人的面容若隐若现，看不明晰，唯独嘴角一抹笑容深深烙在他眼里。

那是……

明灯一盏接一盏熄灭，耳边的惨叫声此起彼伏。阵法结界由裂痕产生到彻底破碎，不过眨眼之间，持阵人倒下一个，阵法缺了一角，其他人就很难再坚持下去。六合烛天阵的失败，似乎已成必然。

他早已做好了准备，就算阵法崩塌，这里也不是完全洞开任人进出的缺口，而是会形成一处新的阵法。万神山乃远古神山，无数宝物深埋其间，他们一定舍不得摧毁，只会将其重新布置，变成一处新的阵法，既可掩盖意图，又可变成自己的谋私之地。

而他，只要不死，便有希望。

终有一日，他会……渡劫归来。

长明微微一震。随着船身摇晃，他的脑袋往旁边歪去，嘴角淌下新的血液。束发的玉冠早已不知所终，长发散落，大半雪白，直到靠近发根才逐渐有黑色。

于蔷忍不住又一次偷偷望向他，真漂亮，像仙人一样，可为什么会身受重伤？也没听说哪个来岛上的修士受了这样重的伤，他们大都是无功而返，就像她一样。

风浪逐渐平息，修士们的心也跟着安定下来。于蔷修为低微，此番不过是跟着出来长见识，见到蛟龙作乱，自然是不敢出去冒头的，只能与船家一道躲在船舱里。

"道友，你还好吗？"

在众人都跑出去察看状况的时候，她却还在看这个昏迷不醒的人。对方自然不会回答他。于蔷看他嘴角还在不停淌血，都已经划过脸颊流到耳垂了，不由得伸手想用袖子擦拭。

袖子刚刚碰到对方，手腕就被捏住。她竟然半点未察觉有人进来，心里一惊，抬起头来。

这人的同伴，方才出去与蛟龙恶斗的人，正面无表情地看着她，浑身湿淋淋的，盯着她的一双眼睛吓人得很。

于蔷只觉无形威压扑面而来，不由得缩手默默后退："我……我没恶意。"

云未思没有多言，他弯腰捏起长明的手腕探看脉息，片刻后拿出蛟珠放在对方的额头上方，然后松手。

蛟珠悬空流转，光华内敛，犹如装着无声轮转的星海。那些光悉数被身下之人吸收，白发以肉眼可见的速度逐渐变黑。

于蔷看呆了，非但她看呆了，连从外面看热闹回来的众人也看呆了。

"蛟珠！"

不知道谁喊了一声，众人哗然。这可是修炼至宝，谁不知道蛟龙几百年的修炼精华尽在这蛟珠之中。常人若得，不说长生不老，最起码能延年益寿。至于修行中人，得之可增进修为，若机缘巧合与灵力心诀相济相辅，说不定还能突飞猛进，就此提升一大截。

他们先前在那岛上寻寻觅觅，也找不见什么神兵，如今倒是看见了一件不比神兵逊色的宝物。几名男修当即眼红起来，不管不顾伸手便去抢！

弱肉强食，胜者为王，修士之间的争斗便是如此残酷。蛟珠到手，谁还管你是怎么得到的！

冲在最前面的男修只觉身体一轻，人就往后飞出船舱。他脑子瞬间一片空白，甚至还没反应过来，不知道这一切是如何发生的。他人在半空，就看见后面相继有几人也被甩出船舱，其中一人的身上甚至还插着自己的剑。

他不由得庆幸自己方才一心只为抢珠子，并未有杀人之心，没用上兵器，否则现在小命估计也不保了。还没来得及想太多，人已重重砸向水面，水从耳口鼻涌入，瞬间神志昏迷。

有了前车之鉴，船舱里剩下两名女修哪里还敢动手。于蔷本就没有动手的想法，她默默看着，在珠光映照下，那人的脸不再那么惨白，逐渐有了血色。而蛟珠的光芒

则越来越黯淡，直至珠光完全消失，此时的蛟珠就像是寻常古玩店里的赝品。

云未思伸手，蛟珠落在他的掌心。长明的头发还未完全恢复原样，发尾部分依旧是雪白的。

蛟珠只有一颗，那蛟龙还未炼成，拿来也没什么用。他拿着蛟珠走出船舱："龙倾。"明明不是龙，还非要姓龙。

哗的一下，蛟龙从水里冒出半个脑袋。她尽力控制力道，船还是剧烈摇晃了一下。

"这么快用完了？"蛟龙忽然哀号，"你就不能给我留点，还真全用光了！"

云未思："他伤得很重。"

他将珠子扔过去，蛟龙仰头张口吞下，那动作有点像狗叼球。云未思没说出来，不然船估计要翻。

"这给你。"

他将春朝剑的剑穗一起扔了出去，当时他明明将它斩落了，最后却又鬼使神差地捡了起来。

"这是什么？"蛟龙嚼了两下，差点吞进去，才发现不好吃。

"信物，我欠你一个人情，以后还你。"

蛟龙："那为什么不是现在还？我想吃东海的龙虾，你去帮我找一箩筐来啊！"

云未思："……现在不行，我们要走了。"

他也不等对方回应，飞身进了船舱，抱起长明，两人跃入湖中，失去踪影。

人入了水没再浮起来过，雪白发尾的发丝在眼前荡漾，这成为于蔷对两人的最后印象。来得突然，消失得也突然，她甚至不知道那两人叫什么，何门何派。后来她放弃修行，嫁给一个寻常男人，数十年过去，直到她发苍齿落，也忘不了当日船上那一幕。

而蛟龙眼看着两人入水，也赶紧沉入水中，寻遍整个湖，却也没有找到他们。

长明吐出一口水，缓缓醒转："下次别用这种入水的办法离开了。"

他刚才猝不及防，口鼻都被呛住，人才清醒过来，现在感觉晃晃脑袋都能流出水来。

云未思淡淡道："我不希望再改变什么。"

离开时身不由己，仅仅是若有所感，但他不希望再改变任何能影响未来的细节，比如发生在玉汝镇的那一切，比如聚魂珠。

长明似笑非笑："你从前就容易心软，如今倒还一样。"

云未思不置可否，他心软吗？在人间也好，九重渊也好，死在他手里的人和妖

魔不计其数。若是春朝剑上的血无法拭去，此刻它怕是早已浸在血海中。

他只是不想再改变那些已成定数的过去，因为……云未思心底隐隐知道答案，即使他不想承认那个答案。

蛟珠虽然治愈了长明大部分内外伤，强行将奄奄一息的他从生死边缘拉回来了，但许多旧伤并非一年半载就能愈合。

"那蛟龙，我后来见过。"他咳嗽几声，抹去嘴角血沫，"在黄泉。"

云未思神色一凛，看向他。黄泉，正是长明归来之地，他在那里整整待了五十年，意识混沌，魂魄不全。蛟龙从小到大都待在蓬莱湖里修行，她又恋家，没有什么事轻易不肯离开，怎么会突然跑到黄泉里去。

"她被镇压在铁索之下，岩浆间歇地从山顶浇灌下来，身上的鳞片一片片往下掉，早就没了从前的光泽，血迹才干涸，伤口又裂开，日复一日。"

长明从那里路过时，原是想着将这蛟龙救出来，让她充当自己的坐骑。但他很快发现锁住对方的铁链乃万年寒冰所铸，边上还有别的东西镇守着，而且那东西邪门得很，以他当时的实力尚且无法抗衡。

当初有些修士看见天现异象，以为神兵出世，跑到蓬莱湖来寻，后来遍寻不到，渐渐也就散了。蓬莱湖偏僻少有人至，就算真有什么宝贝，也早就被那条蛟龙给吞了，如何还会等到旁人去寻。

那蛟龙浑身上下唯一值钱的东西就是蛟珠，但蹊跷的是，当年长明看见蛟龙时，她身上的蛟珠还在，否则也无法撑那么久。既然不是为了蛟珠，又为何要将她锁在那里，生生世世不得解脱？

混沌之海，波光粼粼，一团团柔和的光像星辰散布各处。

云未思暂时也不提杀他的事了。长明一笑，伸手点开最近的光团。

风雪覆地，寒云改天，满目的灰与白。灰是因为狂风吹开雪露出山峰底色，白则是铺天盖地的冰雪。

长明没想到一下来到这种地方，迎面吃了满嘴的风雪，大病未愈的身子在狂风中站立不稳，连连后退。直到后背撞上一人，对方扶住他的腰。

他眯着眼回头一看，哟，大徒弟也跟来了。

只是他没法子开口揶揄，就算张口，话语也会被风雪吞没。

云未思拖着他往边上走。风雪虽然大，路却不算崎岖。前方有一座木屋，门用铁链锁着，但对云未思而言不是难事。他手一拂，锁便断了。

里面很小，不过方寸之地，布置也简陋，茅草、木桌，除此之外，一无所有。

但修士进可安处锦绣庙堂，退可于冰天雪地苦修，这点简陋不算什么。比起外面的风雪交加，已是好太多了。但从寒冷骤然变得温暖，长明身体有些受不住，顿时

剧烈咳嗽起来。

但没咳两下就停止了,是他自己生生压抑住的,因为门外有人。

除了呼啸的风声,还有一个脚步声,很轻,但凌乱。说明来人是个修士,而且是受伤的修士。

两人对视一眼,很有默契地控制自身的动静。云未思上前开门,手刚碰到门,门就已经被推开了。

一人从外闯入,踉跄几步,又重重倒在地上。

云未思:"……"

他料到回到过去也许会遇见以前的自己,却没想到是在这种情况下——面前的人身受重伤,神志不清。

来人挣扎着要爬起来,抬头看见云未思时,不由得愣了一下。

四目相对,片刻之后,过去的云未思直接晕了过去。

长明缓缓道:"既然你不想改变过去的任何事情,我认为,你还是暂时避开为好。"

云未思沉默片刻,走到门边,开门,走出去,关门,默默隐入风雪中。

长明的目光落在昏迷不醒的云未思身上。他拨开沾了血污的发丝,一张年轻俊美的脸露出来。

长明想起来了,这里是舍生峰。此时,应该是他离开玉皇观之后不久。

这里是舍生峰。

修炼之中,凶险关卡比比皆是,唯有舍生忘死,方能置之死地而后生。此地常年风雪,一年里几乎没有几天是放晴的,普通人在这里根本待不住,即便修士也很难忍受日复一日、年复一年的清苦。

但长明带云未思来过几回,他反而很喜欢这里寂寞艰苦的环境。越是艰苦,越能淬炼心智和躯体。

修士眼中的至臻境界是白日飞升,这种飞升并非魂魄飞升,而是连同肉体一道顿悟,这就需要肉体与魂魄都修炼到极致,方能两者并行,兼而容之。

长明时常坐在山巅,一坐就是好几个时辰,甚至是好几天。起初云未思是受不住的,他自小锦衣玉食,受尽父母宠爱,虽然也练习了一些入门心诀,可仗着天赋过人,从未认真坚持下来,三天打鱼两天晒网,糊弄过去便算完事了,直到家门生变,家破人亡,方才醒悟过来。

哪怕经历过千里逃亡,那也是出于危急之下逃生的本能,他骨子里依旧是那个娇生惯养的翩翩公子。玉皇观的修炼虽然也艰苦,但他咬咬牙还能忍下来,舍生峰令人望而生畏的狂风暴雪,却让云未思每次想起来就觉得寒冷刺骨。

但在长明离开玉皇观之后，他却经常主动来这里修炼。因为没遇到过长明，后来来的次数也渐渐少了。况且他已经不再畏惧这种风雪，在这里修炼的意义也就不大了。

这一年，云未思前往万莲佛地，挑战龙象佛座。

万莲佛地与庆云禅院并称佛门两大圣地，藏龙卧虎，人才济济。龙象佛座圣觉是万莲佛地中号称武力第一的僧人，地位仅次于本门佛首。以云未思当时的实力，必然是赢不了的。

圣觉听说道门新秀上门求教，也是付之一笑，并未亲自出面，随手召了座下数名弟子招待。但那些人都被云未思打败了，包括圣觉最为倚重的大弟子。

圣觉终于被惊动了，他亲自出手，与云未思在佛地门前的院子里战了三日三夜，云未思身负重伤，圣觉也未占到什么便宜，还被云未思以半招之数堪堪取胜。圣觉主动认输，并感慨云未思前途无量，终有一日能登顶武道巅峰。

离开万莲佛地的云未思没有回玉皇观，反而来到了舍生峰。他也没法解释，为什么神志昏迷的自己会选择这个地方。

也许他早就知道，师尊再也不会回玉皇观了。在这个地方，兴许两人还有再见一面的机会，虽然希望很渺茫。

天涯海角，寻寻觅觅，他努力变强，却无人可以诉说。

长明看着倒在地上的云未思，推了几下没有反应，认命地将人挪近一些。木屋里还有些柴火，他生火开窗，捡了点茅草往人身上盖。长明开始觉得不应该把那个云未思赶走，否则现在还能有个干活的，他总不能看着过去的自己被冻死吧。

眼前这个云未思正处在意气风发的青年时期，比刚入师门那会儿沉稳了不少。虽然容颜没什么变化，但从神态表情还是可以轻易辨别出不同的。

屋内逐渐变得暖和，长明只觉喉咙发痒，忍不住咳嗽，一声又一声。

咳嗽声让昏迷中的云未思动了动，微微有些意识。他迷迷糊糊地睁开眼，还未感受到身体剧痛，视线之内就先映入一个身影。

"……"他张了张口，以为自己发出声音了。

其实没有，那只是他心里的回响——师尊。

长明咳嗽完，抬头看见他半睁着眼，一脸迷茫。

"爱徒？"

云未思："……"

他想，果然是在做梦，师尊绝不可能这么喊自己。但，做梦也好。

师徒二人已经整整三年未见了。他不时听到师尊的消息，但都是只言片语，只知道师尊越来越强，而他需要拼尽全力才能赶上师尊的脚步，才不至于被远远甩在后面。

师尊……他的嗓子已经哑了，喊不出声。

但长明读懂了唇语，他伸手去摸云未思的脑袋。青年顺势将头靠上去，蹭了蹭。

在玉皇观时，长明很少这么做。他对徒弟素来相当严厉。但云未思知道对方是为了自己好，一开始也许还有些埋怨，后面也渐渐明白过来了。

寻常人提起修仙，只知道修行之人看起来超尘脱俗，却不知修仙江湖中的争斗，往往比普通人还要残酷百倍。不够强大，就无法在师门出头；不够强大，就可能被夺宝，甚至被杀死丢掉性命。

朝堂上那些尔虞我诈固然厉害，输了官员们顶多是下野流放、人头落地。而修士若是在斗法中落败，也许连魂魄都不能留下，被拿去充作炉鼎材料。

长明越严厉，他成才的机会也就越大。而且师尊也不是日日都不苟言笑的，手谈与泡茶时，师尊的姿态往往是放松的，连带神情也柔和不少。可他从没有像眼前这样，如雪化青松，风拂夜云，所有的严厉都烟消云散，眼底有星河。

这不像师尊，更像是自己的幻觉。

"你从前在家里，也这般爱撒娇吗？"

听见师尊如是问道，云未思忍不住笑了一下。他从前是家中独子，云、丛两家的丰厚家底，虽然母亲目盲，可父母对他的宠爱并不少。

据说两家原先是有婚约的，因为母亲目盲，一度打算取消婚约，虽然两家后来还是结亲了，但闹得双方长辈不太痛快，直到他出生了才改变了局面。母亲说他小时候冰雪可爱，人见人爱，每个人见了都想亲一口，听说还差点和公主定下娃娃亲。这种情况下两家长辈哪里还有不满，就顺势下了台阶，重归于好了。

从前的云未思是个十足的公子哥儿，父母长辈对他多有宠爱，从不多做要求。

从前的师尊很严厉，云未思未敢有半分逾矩，如高高在上的神明，只能让人仰望。神明固然强大完美，眼前难得的温柔却也令他珍视眷恋。此时他重伤，神志未清，肢体动作，越发从心所欲。

长明早知道他将对父母的孺慕转移到自己身上，无形中也纵容他的行为。四个徒弟之中，云未思是天赋最高、修为最强的，内心也是最柔软的。只是这份柔软，从前只有他能看见，后来就被云未思亲手斩断了。

现在想来，云海也许是云未思心底未竟的执念。

少年时他鲜衣怒马放纵恣意，变故后又有许多戛然而止、求而不得的憾恨。云未思以为自己斩断了，却始终藕断丝连。

他枕着长明的手睡着了。醒来时，这不过是一场温暖的梦，也许脸颊上温度

犹在，他却依旧孤身一人。这个少年时很爱热闹的人，将注定半生都要在风雪中独来独往。

在云未思睡沉之后，长明没将手抽出来，直到外面天光渐暗，他心神牵动，蓦地抬头。

另外一个云未思已有半日未归了，即便是要避嫌不让过去的自己看见，也没必要躲得那么远。

脚下传来微微震动，似是发生了什么事情。长明看看身旁的云未思，他没醒，伤得太重，睡得太沉了。长明直觉这动静与云未思有关，起身悄然离开，门外风雪扑面而来，他将门关好，奔向震动的来源。

舍生峰很高，但它不是一座独立的山峰，而是众法山脉的其中之一。这片山脉绵延相连，与万神山一西一东，遥遥相望。长明一路往东，疾奔百十里，仍在众法山脉的某一座山上，只是距离源头越来越近。

风雪之中，有两个身影在交手，其中之一正是云未思，而另外一个——

长明凝神望去，居然是陈亭。

这厮阴魂不散，从玉汝镇跟到这里来了。两人的剑气在周身形成一个旋涡，但震动声并非从他们那里传来，而是在不远处。

陈亭固然来历不明，但对于这段往事来说，他属于外来者，在这里也被限制了灵力，一时奈何不了云未思。

长明看了片刻，绕过他们继续察看那一下接一下的诡异动静。

轰，轰，一下又一下，来自地底深处。

那里会有什么？

长明停住脚步，将耳朵贴在地上聆听。片刻之后，他起身上山。

这些山脉大多被冰雪覆盖，越往上雪就越厚。雪还来不及化开，新下的雪又一层层覆盖上去，经年累月，几乎找不到可以下脚的地方。

长明的脚步很轻，轻得像羽毛在雪上刷过，凌波微步，片尘不沾。放眼半山腰同样是满目的白，他停下，看着眼前毫无异样的积雪山石后面，忽然伸手，掌风拍碎山石，露出后面的洞口。

他弯腰进去，里面伸手不见五指，脚下却是个斜坡，向下延伸，仿佛人工开凿的曲梯。越往下，就越感觉到热度。深处隐隐有亮光。

长明直觉那里有东西被困住，不是人，是猛兽，而且，恐怕不是一般的猛兽。

他单膝跪地，手在地上摸索。手上有冰凉的触感，他很快辨认出来，是一条铁链。这条铁链很长，从他摸索到的地方向下缠绕，应该是牢牢地将那嘶吼之物锁在地底。

万年寒冰铸成的锁链，连寻常修士也不能轻易破解。被锁住的东西依旧在咆哮，但声音、气息越来越弱。它也许不会死，但修为、灵力会慢慢被万年寒冰吸收，在这常年不见天日的地底，只剩下一口气。

　　那才是真正的求生不得，求死不能。蓬莱湖那头蛟龙被锁在黄泉时，身上也是万年寒冰所铸的锁链。那么这地底下的，又会是什么？

　　他在黑暗中默默地摸着铁索，似乎摸到了一点轮廓。但所有猜测都需要时间去验证，除非离开九重渊，回到现世，否则一切依旧成谜。

　　既然解不开锁链，待在这里也是徒劳，长明没有多逗留，他很快循原路返回。

　　当夜晚降临时，他心下一沉，他竟忘了！

　　黑夜来临之际正是云未思露出破绽时。陈亭虽然没了灵力，单凭武功和孤月剑也能与云未思抗衡，更何况此人来历神秘，知道颇多内情，说不定还有什么后手。思及此，长明一刻不停，赶往二人交手之处。

　　陈亭是真的想杀了云未思。玉汝镇的聚魂珠被打碎，他面上不显，心里却未必不比司徒等人恼怒。若是能在此处将云未思解决，固然未来会随之改变，但他们同样也铲除了一个障碍，否则此人终究是个巨大的隐患。

　　陈亭相信，若杀掉此人，届时许多问题都会迎刃而解。而且既然他们已经知道了一些事情，就更不能放任他们离开了。

　　一百个回合过去，双方胜负机率五五分。此战不看灵力修为，只看武功根基。陈亭一剑斩过去，未等近身，分影为三，正面紧随其后，而两边分影则左右包围。三把孤月剑，从三个方向挥向对方！

　　云未思不进反退，并未贸然迎战，反而准备退出包围圈。但他身形忽然一顿，好像在犹豫。

　　这是个太明显的破绽。高手过招，随时随地都会有性命之危，以云未思的能耐，根本不可能出现这种失误。

　　陈亭一喜，他立马抓住这一丝破绽，孤月剑化为万千道剑光，朝对方当头罩下！

　　近在咫尺，方寸之间！

　　一把剑横在中间，恰好挡住孤月剑的去势，甚至还将孤月剑逼得微微后退半寸。虽然只是半寸，但对他们这样的人而言，无疑等于退出半个战场。

　　这把平平无奇、通体乌黑的长剑猝不及防地插进来，将陈亭的攻势一点点逼回去。

　　但长明的身体今非昔比，此处他又不能用灵力，陈亭哪里将他放在眼里，准备索性将两人一起解决。

　　他在半空跃起，如流星踏月，轻盈柔软，以一对二，身形再度一分为三。但这次，三个身影居然同时做出不同动作，仿佛是完全不同的三人。

一人持剑掠向两人；一人手捏剑诀掷剑而出；一人以身入剑，身剑合一。

霎时间，虹光万千，杀气顿起，疾风狂雷，排山倒海！

陈亭志在必得，必要将云未思斩于剑下。如果九方长明不自量力加以阻拦，只会跟着一并倒霉。

"是不是我隐世久了，你们就都忘了，当年我是以武道扬名的，其后才是因为修为？"

轻飘飘的话语自身后传来，陈亭蓦然一惊。他想回头已是不可能，身前的云未思挡住其化身的攻势，手中的春朝剑准确无误地指向其中一个。

剑起。

破开！

剑落。

一气化三清，三清元合一。陈亭的脖子上多了一条血痕。血一丝丝渗出，看似犹可救，实际上半个脖子早已被划开。

陈亭一动不动，后背同时被另一把剑贯穿，一命呜呼。

然而就在此时，他的周身皮肤骤然由上而下浮起一道又一道的裂痕。下一刻，身体随风化为灰烬，唯有手上那把孤月剑，当啷一声落在地上。

长明面色一凛："三花化身之术？！"

道门有所谓三花聚顶之说，意即内丹修炼到相当境界时，人华、地华、天华三神聚于玄关，实现境界突破。但此术与三花聚顶关系不大，只是借用三花之名，神魂分离，相当于元神出窍，可又比元神更加高明，因为它已经有了实体。就像陈亭这样，如果不是丧命时的表现，谁也想不到他居然只是一个化身。

这个化身如此真实，是因为对方几乎分了一半的魂魄在上面。如今化身死了，元神魂魄未必回得去，本体也算是废了大半。

长明弯腰捡起孤月剑。剑是一把好剑，称得上神兵了，否则陈亭也不可能拿着它纵横九重渊如此之久。而且从陈亭的表现来看，他的本体肯定也是宗师级别的人物。

长明若有所思。

云未思冷冷道："你还想在风雪里站多久？"

长明咳嗽两声："你还是云未思？"

云未思"嗯"了一声，十分冷淡。

长明蹙眉："现在是黑夜，云海没出来，这是为何？"

云未思反问："你很希望他出来？"

长明："那倒不是，他永远不出现也好，毕竟你才是真正的云未思。"

云未思不语。

长明哈哈一笑:"云心肝,若你不是面目狰狞,看起来会更像些!"

云海:"……"

笑得太厉害,嘴里进了风,长明又咳嗽起来,这次咳得弯下了腰。

云海伸手粗暴一扯,直接把人揽住,掌心上翻,一团灼目的光亮悬浮于掌。在最初的刺眼过后,仔细端详,竟能看出光团中有万千星海缓缓流动,宛若一个微缩的洪荒宇宙。

第十七章 天垂城变故

许静仙第一百次后悔了，后悔进来这无穷无尽，危机四伏，随时随地可能丧命的九重渊。舒舒服服待在凌波峰当饭来张口衣来伸手，面首无数侍女环绕的峰主不好吗，为何要跑到这里来受罪？

虽说周可以是难伺候了些，但只要她两条腿跑得够快，也不至于连命都保不住。反观在天垂城，岂止是当狗，简直是活得连狗都不如！

她觉得她这次是真的要死了。

事情要从半个月前说起。

那天夜里，天垂城五长老之一的徐凤林派人将长明带走，许静仙是知道的，她原想跟过去，奈何人家不肯带她，只好留在客栈等消息。

她左等右等睡不着，索性去找隔壁的陈亭，谁知陈亭居然也不知所终。

此时夜幕降临，外面一片漆黑，传说中的秃鹫倾巢而出。哪怕外面无月无光，她也能感觉到秃鹫占据了大半天空，扑扇翅膀的声音即使在屋内也清晰可闻。

多年来在魔门的尔虞我诈，让她学会将不必要的好奇心掐灭在萌芽阶段，她安安静静在屋里待了一整夜，在确定那些秃鹫不会冲进屋内后，枕着远处的打斗声和惨叫声入眠。

直到隔天早上，她得到一个令人震惊的消息：徐凤林死了。那个横空出世杀入九重渊，从七星河大败妖魔一直杀到天垂城、当上五长老之一的徐凤林，居然死在天垂城的云顶湖里。

据说他是被人杀死的，尸身落入湖中被秃鹫啃噬殆尽，死状惨不忍睹。

第十七章 天垂城变故

天垂城每日死去的修士不计其数。许多人在外面叱咤风云，来到此地灵力受限，未能如从前一般呼风唤雨，或者一不留神就被人算计。但像徐凤林这样的天才若是离开了九重渊，十有八九是东海派未来的掌门，谁知却以如此惨烈的方式结束了生命。

传闻从头到尾没提到长明，但许静仙直觉徐凤林的死绝对与长明有关。但长明活不见人，死不见尸，连带那个陈亭也无影无踪。

许静仙只好孤身一人摸索生存之道。在这里吃住都很花钱，她原先攒下的钱财眼看就要花光，唯一来钱快的法子，就是去参加云顶楼比试。许静仙原不想走这条路，因为太出风头了，也容易引人注意，为自己招来祸患。她本想让长明去参加，但现在长明人间蒸发，她只能退而求其次，自己上场。

解决前面的对手没什么难度。修士们在外面世界能高人一等，俯视普通人，依仗的是普通人所没有的灵力，一旦失去灵力，他们的武功身手未必能赢得过普通人。

许静仙武功不错，对付这些人绰绰有余，但她的表现很快引来有心人的注意。此人就是关霞裳。

关霞裳深知天垂城的游戏规则。在这里，灵力无法施展，像她这样的女子若不依附于强大的有实力者，就会沦为玩物任人践踏。所以她不顾旁人眼光，放下修士的尊严，在短时间内攀上五长老之一的刘长老，成为其新宠。

只不过，这样的新宠一个就够了。关霞裳不希望许静仙与她一样，凭借对方出身魔门的魅惑力，想要得到五长老的青睐自然比自己容易。所以在得知许静仙要参加比试之后，关霞裳略施小计，激侯长老身边的高手下场比试，与许静仙交手。那人自视甚高，很得侯长老看重，两人关系十分要好。而侯长老身边无一女子，对女子毫不怜惜也是众人皆知的事情。

云顶楼比试素来是不死不休，许静仙技高半筹，面对对方步步相逼的攻势，最终将对方杀死。按照规矩，此时许静仙本该晋级，与另外一名参试者争夺最后的胜利。但看重之人被杀，侯长老又如何忍得了，当即亲自下场，准备用许静仙来心腹献祭。天垂城内强者为尊，纵然侯长老公然破坏规矩，可其他几位长老没有出声，旁人又能说什么？

许静仙还未从上场战斗中恢复过来，身上又带着伤，如何与五长老之一抗衡？当即被打得连连败退，毫无还手之力。可侯长老不仅要她败，还要她的命。他掌风凌厉，隐隐有风雷之声，身形跃起如大鹏展翅，直接封死了许静仙反守为攻的通路。

无奈之下，许静仙只能退，但她的退路也被对方料到了。

侯长老用的是鞭子。男人很少以鞭子作为武器，饶是在外面，鞭子也很少被修士使用，只有个别女子喜欢使鞭子，以柔克刚。但这一条铁鞭在侯长老的手中，舞出了不逊于刀剑的威力，软硬由心，可笔直如剑，也可柔软如缎。

偏偏许静仙的纱绫在刚入九重渊时就被斩断了，此时威力减半，左支右绌，好不狼狈。对方的鞭子抽在身后，她不由得以纱绫去挡，这样身前就露出空门。侯长老一掌拍在她胸口，她只听见咔嚓一声，胸骨竟似被打断了，人也跟着连连后退，撞上身后的柱子，吐出一大口血。

"我算是看明白了！"她心头怒极，却笑得越发娇媚，"敢情侯长老说是帮心腹出头，亲自下场，就是为了占奴家的便宜啊！"

侯长老冷哼，根本不与她废话，又是一鞭抽过来。

这一鞭下去，她就算不死，至少也得皮开肉绽。许静仙躲无可躲，索性也不躲了。她眼角余光瞥见依偎在刘长老身边的关霞裳，也看见了之前在彩虹桥上临时结成同盟的那几人。他们都选择站在人群中，袖手旁观。

这很正常，谁又会冒着性命危险来救一个毫不相干的人呢？他们对同门道侣都见死不救，又如何会管魔门妖女？

那一刻，许静仙心里十分平静。她从来不期望有人从天而降来拯救她，自许多年前起，她就不做这样的梦了，只是——长明是一定要骂的。

若不是他，她肯定不会来九重渊，就更不会遇上眼前这些事了。混蛋长明，老娘做鬼都不放过你！

太阳很耀眼，许静仙的眼睛被强光刺了一下，她眯起眼。

那一鞭迟迟没有落下。

她觉得眼睛被刺得都出现了幻觉，因为她居然看见长明了。那个男人手持长剑，如天神降临一般落在侯长老身后。

剑起！剑光如虹，迅若闪电。

侯长老感受到身后高山倾塌般的威压，但还没等回过头，剑尖就已经落在他身上。

"唔！！！"

自从当上五长老，侯长老每日养尊处优，凡事由手下出头，他已经很久没有亲自出马，更别说直面生死危机了。若说方才对许静仙是志在必得的戏耍，那此刻背上被划开的深可见骨的口子，则激起了他的杀心。

他低吼一声，转身挥鞭，跃出凉亭，主动掠向对方。

许静仙惊魂未定，终于反应过来，自己不是在做梦，那混蛋的的确确回来了。她想破口大骂，却没了力气，只能靠在柱子上喘息。

没人顾得上理会她，众人的注意力都落在云顶楼外面的云顶湖上。

长明与侯长老正在湖面上交手。湖上栽种了不少奇花异草，那都是卢长老的心

爱之物，其中还有许静仙念念不忘的养真草。卢长老心疼得直抽气，居然趴在云顶楼栏杆上，大声喊话让两人去别处打。

长明和侯长老充耳不闻。两人足尖落在花叶上，不时借力飘在水面上。侯长老的长鞭对上长明居然没占到任何便宜，反倒处处受限，落了下风。

武功高强者甚至能看出，长明处处留力，并非拼尽全力地在与侯长老交手。

这说明什么？说明侯长老败局已定，也许天垂城将会诞生一位新长老。

关霞裳也没想到，第二重渊里那个病恹恹的男人居然有如此之高的武功。也许以对方的灵力，在外面算不上强者，但在灵力受限的此地，倒是显露出优势来了。

早知如此……早知如此，她就跟着他们，又何必委身于年老猥琐的刘长老呢？！

侯长老很狼狈。他身前身后皆受了伤，突然脚下踩空，直接落入水中，却被对方扑面而来的剑风逼得不得不重新跃起，飞向云顶楼的方向，怎么看都像是落荒而逃。

"愣着做什么，还不给我上！"

他怒斥手下，又大声求救于其他几位长老："帮我杀了他，我把身家法宝都送给几位！"

侯长老收藏的法宝中有几件很不错的珍品，众人听了有些意动。若侯长老死了，这人把法宝据为己有，未必肯让出来给他们。但如果侯长老跟这人一起死了，那东西就全是他们的了。对视一眼后，几位原本准备袖手旁观的长老，终于一起出手了。

除开已死的徐凤林，如今天垂城中有四位长老，无一不是武道高手。一个侯长老也许打不过长明，但其他三人联手就绰绰有余了。

长明人在湖中央，一下就要面对来自三方的攻势，两把长剑，一把长枪。

从三人出手到他们掠至长明眼前不过眨眼工夫，剑与枪却都已如离弦之箭，势不可挡。三个人分作三个方向，流星赶月，走云连风，三道光芒如同天上流星，霎时滑向同一个地方。

无论怎么看，长明好像都躲不开这一击。身下是湖水，除非他往上跑。但对方三人合围，手中兵器形成三道气幕，根本不容他有任何逃离的机会。

许静仙知道长明会御物化神之术，而且出神入化，神鬼莫测。她以为在这种情况下，长明肯定会以替身傀儡迷惑众人，转而出其不意突出重围，再杀个回马枪。

但长明居然没有，三道光距离他咫尺之遥，他居然一动不动，像是被吓傻了。

皇帝不急太监急，许静仙急得脑门都出汗了。

长明不动，三把兵器居然也无法再前进半分。咫尺之遥，就永远是咫尺之遥。

刘长老等人微微色变，不约而同地试图往前刺入半分。一股强烈的力道反弹回来，三人不由自主后退数十步，差点落入水中。

黑色长剑自长明手中脱出，飞快掠向刘长老面门！

那是他人生中看见的最后一幅景象，他至死都不知道自己是怎么死的。

但别人看见了，尤其是另外两名长老，看得清清楚楚——他是被一把黑色长剑杀死的。

那剑去势极快，快到视线都已跟不上速度，只觉下一刻就已出现在刘长老面前。

刘长老的脖子裂开一道口子，整个人往后跌落在水中，身体沉下去，血却浮上来，很快染红周围的湖水。

众人惊呆了，另外两名长老也大为震惊。谁都没想到威名赫赫、在天垂城呼风唤雨数年的刘长老，居然就这么死了。

也许是他多年来沉迷酒色，身体虚亏，很多事情自有手下出面应付，旁人摸不清他的底细，自然不会轻易动手，结果却让长明捡了个大便宜。但眼前这一幕，委实令许多人震惊不已。

许静仙发现关霞裳正准备悄然离开，这女人看见靠山轰然倒塌，立马就想溜了。她冷笑一声，赶上前将对方去路拦住。

纱绫一出，关霞裳下意识抬手，但她的剑早就被刘长老收走，空手接白刃，鲜血喷涌而出，她踉跄后退，倒在地上，却没有人接住她。

美色在天垂城不过是唾手可得的玩意儿，当你拥有了力量，也就拥有了权力和想要的美色。关霞裳是刘长老喜欢的玩物，可也仅仅是玩物。

场面就这么乱了。五长老去了三个，其他人蠢蠢欲动。

"把长老杀光，我们自己做主！"

也不知是谁先喊了一声，其他人紧随其后，杀向剩下的两名长老。

这里又有谁天生是低人一等，他们在外头都是有几分本事、有点名头的修士，否则谁又敢跑到九重渊里来？只是天垂城限制灵力，大部分人武力不如人，只能忍气吞声，任由五长老驱遣盘剥，心中不满已久。

如今长老被杀死就像一根导火索，彻底激起所有人潜藏在内心的反抗念头。

卢建木大惊失色。他就算武功再高，也抵挡不住这么多人合围。

"宁涵，你倒是快想想办法啊！"他冲同伴大喊。

人为财死，鸟为食亡，甭管从前多么忠心的手下，在巨大的利益面前，只有同为长老的宁涵靠得住。

但宁涵一言不发转身就跑，余下卢建木陷入满蓄仇恨的人海之中。面对一双双杀红了的眼，他知道今日是跑不掉了。

关霞裳躺在地上，许静仙没再去管她的死活，而是将目光落在湖面上。卢建木栽种的许多珍奇草木被一场打斗损毁殆尽，唯独那株疑似养真草的植物摇曳生

姿，凌然于水面。

许多人不知宝物近在眼前，大都将注意力放在长老身上，还有的早已奔向五长老宅邸，期望从中搜刮出什么珍奇异宝。

许静仙心头一喜，再也忍不住，起身掠向湖中央。

阳光下，养真草显得很低调。近看才发现，它的草叶上竟布满丝丝缕缕的金线，宛若天绣。这些金线似乎构成了一幅幅图案，形似满天星辰，一层一层，旋涡般令人不由自主沉迷下去。

胳膊被人拽住，许静仙回过神来，才发现她的身体居然已沉入水中，差点就淹死了。意识恢复的瞬间，她被拽出水面，水从口鼻耳纷纷涌出，呛咳不已。

"那东西……"

"的确是养真草。"长明道，"此物擅于迷惑神志，取养真草者须得有过人的心志，你方才差点就着道了。"

然后许静仙干了件事，她二话不说把整株养真草塞进嘴里，鼓起腮帮子死命咀嚼，企图咽下去。

长明："……"

饶是他见过那么多世面，也被许静仙的行为震撼到了，一时难以用言语形容。

"这东西是要炼化成丹的，你就这么……吞下去了？！"

许静仙："这么吃下去会死人吗？"

长明："……暂时没听说。"

在相关记载里，能得到养真草的人几乎没有。这一株生在九重渊，也并非卢建木所种，而是机缘巧合凝聚万神山灵气而成。众人不识货，卢建木虽然爱侍弄草木，也只将它当成珍奇的花草。毕竟这里不能使用灵力，众人也没想到它竟是能令修为大增的宝物。

许静仙理所当然道："夜长梦多，到嘴里才谁也夺不走。为了这株养真草，老娘差点连命都搭上了。还有你！"

她正想骂长明丢下她消失了，又想起他刚才以剑破力，诛杀刘长老的情形，忽地嫣然一笑，凑近亲了长明一口。

长明下意识地想避开，但人在水中有阻力，反应慢了点，脸颊被红唇堪堪擦过。

"明郎前来相救，想必对奴家情深义重，难以割舍，不如咱们以天为媒，以水为床，直接把好事办了吧！"

她嘴里胡说八道，手还真的开始扯衣领了。

长明似笑非笑，毫无窘迫之态："你就没发现自己现在热得厉害吗？"

许静仙何止发现了，她咽下养真草之后，从喉咙到五脏六腑瞬间冰凉又随即火

辣辣的,像极了欲火焚身,再怎么竭力忍耐,也口干舌燥脸发红。

许静仙欲哭无泪:"到底怎么回事?"

"蠢物。"

长明任她在水里冷静,纵身跃上岸边,望向远处。火烧云正以浓艳的姿态描绘着最后一丝余晖。

那些秃鹫就快出来了,云海那边应该也差不多了。正思及此,地面开始摇晃。这种摇晃很快加剧,逐渐演变成地面开裂。

有些人猝不及防,掉入裂缝之中。火光乍起的天垂城,到处都是惊慌失措的呼喊声。这里的天要变了。

长明想毁了天垂城,就像当日张暮摧毁七星河那样,彻底摧毁这个封闭的、将人心深处所有欲望释放出来的城池。

幕后之人既然处心积虑阻拦他们,甚至不惜追到过去想要改变现在和未来,来达成目的。那么天垂城的变故,一定能够逼他们提前现身。九重渊对他们如此重要,必然不止陈亭一颗棋子。

云未思虽然什么也没说,却也默许了长明的计划。

但黑夜是属于云海的,云未思要做一件事,云海只会将这件事闹得更大。于是在长明救出许静仙,天垂城因为长老的死而发生动乱时,天垂城开始天崩地陷了。

许静仙愀然色变,忍着浑身火烧似的难受紧紧拽着长明的胳膊。她一下子想到了七星河:"是不是这里要没了?"

长明"嗯"了一声,看她坐立不安的难受模样:"你还能走吗?"

"我……我……"

许静仙欲哭无泪,她现在连舌头都开始发麻打结了。这哪里是什么集天地灵气的仙草,分明是毒药!

"我们要去哪儿?快……快走!"

哪里还需要她催促,长明拽住她的胳膊跃向云顶楼。两人站在楼顶,看着地面裂开,湖水倒灌,城中房屋纷纷倒塌。天空阴沉,唯有城中各处燃起的火焰照亮天空。

当远处最后一丝余晖也被黑云吞噬时,黑暗的使者将成群结队蜂拥而来,追寻它们眼中最美妙的血肉滋味。

"那些秃鹫……"许静仙也想到了,她催促长明赶紧找个地方躲起来。

长明却摇摇头:"再等等。"

"再等就来……来不及了!"

许静仙身体好受了点,但脸部表情仍不受控制,歪口咧嘴,说话还流口水,跟行将就木的八十老太一样,气得她颤巍巍抬起袖子死命遮住脸。早知道养真草的药性

如此剧烈，她就——闭着眼还是得生吞下去。

"许仙子。"

长明负手站在屋顶，看着远处乌云翻滚，变幻莫测，长发衣袍俱飞扬，颇有些乘风而去的出尘之感。唯独身边跟着个以袖掩面、不大像仙女的女子。

他问出来的话更是让许静仙全身的毛发都炸了。

"你确定你吃下的，就是真正的养真草吗？"

许静仙："……"

她骨子里压抑的多疑瞬间被挑起来："为何这么说？"

"如果是养真草，你怎会如此难受？说不定真的早就被那卢长老用了，你现在吃到的不过是赝品。"

"不可能！"许静仙下意识反驳，"卢建木若真用了那养真草，怎会如此狼狈？还有，我看的那本古籍上明明白白写着，养真草的草叶上面有金线纹路，这是无法模仿的，世上不会再有与它相似的赝品了！"

长明讶异挑眉："原来那古籍上记载着养真草叶子有金线，之前怎么没听你说起过？"

许静仙语塞，她总不能明说自己之前并不信长明，所以有所保留吧。

说了一会儿话，她发现身上难受的感觉正在逐渐消失，取而代之的是丹田升起一股暖意，流遍四肢百骸。

"那养真草，你为何自己不用？"许静仙犹豫片刻，还是问了出来。

若是不知道也就罢了，在知道了养真草的存在及其效用之后，应该没有修士能抵挡住它的诱惑。

"它对我没用。"长明淡淡道。他随口扯着闲篇，实则在观察天色变化，等待云海那边的结果。

"我身负重伤，虚不受补。"

吃下养真草，他的反应未必比许静仙小，说不定还会一命呜呼。唯有四非剑的灵气可以慢慢滋养他的身体，也许还能助他度过修炼执玉念月第八重会遇到的瓶颈。

"你不必担心我诓你，无论如何，你陪我进来一趟，这养真草算是应有的酬劳。"

许静仙对上他似笑非笑的眼，知道自己心底的想法已全被看穿。脸皮比城墙还厚的许峰主没有露出任何惭愧之色，反倒嗔道："人家还不是担心吃到假的连累你吗，再怎么说，咱们也算共过患难了。你放心吧，回去之后，我定会尽力保你，不让宗主对你下手……咦，你的头发？"

方才一直忍耐痛苦无暇旁顾，她这才发现，长明靠近腰部的那部分头发，不知何时竟已变为霜白。黑暗与火光交融的夜里，随风飞扬的白色非但不显苍老，反倒为

主人增添了几分魅惑。

"还真……挺好看的。"

许静仙贪恋美色的本性又冒出来了，忍不住伸手去摸。一缕发丝被她抓在手里，随即又被风吹走，挠得手心痒痒的。好看归好看——

"你是不是受伤了，头发怎会变成这样？"

长明随口胡诌："这是九重渊最新风尚，往后出去了，所有人都会群起效仿，照着这个样子来染的。"

骗鬼吧你！许静仙嗤之以鼻，松手任由发尾在风中狂舞。

然后她听见长明道："时间到了。"

什么时间到了？还未来得及反应过来，许静仙听见了翅膀扇动的声音。

噼啪，噼啪。

由远及近，由疏而密。在这里待了快两个月的许静仙对这种动静实在是太熟悉了。

秃鹫，那些秃鹫出来了！它们就像黑夜里的审判者，不见鲜血决不罢休。

互相厮杀的人们突然一下子清醒过来，心底的恐惧被秃鹫唤醒，顾不上快到手的宝贝，赶忙转身就跑，寻个屋子躲藏起来。

也不是所有人都能如此果断，有些人眼看梦寐以求的法宝近在咫尺，扑上去就抢，片刻的工夫却已经成了秃鹫的猎物。他们手里挥舞起武器拼命反抗、驱赶，可也抵不过秃鹫的群攻，很快便有人被啄得头破血流，满身窟窿倒在地上，死状颇为恐怖。

但没有人顾得上去哀怜他们，天垂城彻底陷入混乱。

人性在生死面前一览无余。有人将同伴推出去挡在自己前面，有人将道侣关在门外，任凭对方被秃鹫蚕食，也有人为了救师兄弟成为秃鹫嘴下的食物，而被救的人却转身就跑，头也不回。

站在高处的许静仙和长明自然成了显眼的目标，大批秃鹫朝他们远远飞来，转眼就到了附近。

许静仙抓着长明要往下跳，却被对方按住："等等。"

还要等？等什么？许静仙不明所以，他刚不是说时间到了吗？

就在这时，一道光猛地照亮整个天空。闪电将天歪歪扭扭地划成两半，刺目的亮光让许多人无法直视，也让不少飞在半空的秃鹫纷纷掉下。

轰隆！伴随着雷声滚滚，闪电划开的裂痕非但没有消失，反而越来越大，就像整个天空被一股巨大的力量撕裂开来，再也合不上。

"走！"

第十七章 天垂城变故

长明一手拽起许静仙，一手以四非剑开路，从楼顶跃起，掠向天边裂开的地方。

大批秃鹫似乎被这突如其来的电闪雷鸣吓傻了，那股疯狂的劲儿一下子减了不少，有的被四非剑剑气波及，直往下掉，有的则下意识避开长明，二人得以一路畅通无阻。

旋风，巨大的旋风，从云层降下，席卷而来。

众人远观而色变，纷纷往反方向跑，许静仙却被长明拉着头也不回地奔向旋风。

"我们要去哪里？"

她需要将声音喊到最大，才有可能让对方听见。但长明没有回答，他甚至松开许静仙的手让她自己走。

许静仙没法子，只好紧紧跟在后面。她发现她的速度比未服用养真草之前快了许多，在无法使用灵力的情况下，还能有这快的速度，现在的她与之前跟侯长老交手时的自己相比，已不能同日而语了。

大批秃鹫丧失战斗力，并没有让所有人高兴太久，他们很快发现一件更为恐怖的事情。

天垂城的另一边，原本已抛下卢长老独自逃跑的长老宁涵又回来了。在他身后，大批穿着黑衣斗篷、看不清面目的人尾随而来。他们手无寸铁，指甲却有两三寸长，伸手便抓向旁边来不及避开的人，黑气从指甲倒灌出来，被抓之人的身体从上而下变得漆黑，倒毙，风吹来瞬间就化为灰烬，尸骨无存。

再看那宁长老，半张脸依稀还有宁涵的样子，另外半张脸则青面獠牙，眼珠血红，分明是借了宁涵躯壳的妖魔。

"七星河那个妖魔？！"许静仙一下子就认出来了。

当日那个妖魔假借张暮的躯壳潜伏在悲树身边，半夜吸了悲树的精气，将他杀死，不料被长明撞见。他在众修士围攻之下，破罐破摔，选择直接毁掉第一重渊七星河，自此遁去无踪。

原来他一直没离开九重渊，反倒又为自己找到了一副好躯壳。作为五长老之一，天垂城源源不断的资源足够他养精蓄锐，掀起一场更大的杀戮。

长明不去管他们，也没回头看，径自奔向那个连接天地的飓风旋涡。在那里，云海破开了缺口，毁掉天垂城的阵眼云顶湖，整座天垂城很快就会像七星河那样，彻底分崩离析。

地面的震颤摇晃还在持续，整座天垂城几乎被夷为平地。唯一屹立不倒的云顶楼也随着倒灌的湖水的冲击，在强震下摇摇欲坠。一根柱子倒了，牵一发而动全身，整座云顶楼很快歪倒，湖水淹没了倒塌的宝盖，云顶楼不复存在。

当长明带着许静仙穿过旋涡，来到他们最初落地的海边，有不少人反应过来，纷纷通过旋涡离开天垂城。

张暮率领大批妖魔追了上来，偌大海滩，倏时变成人与妖魔厮杀的战场。

被压制已久的灵力解开了禁锢，许多修士憋闷已久，准备大开杀戒。但很快，众人发现这些妖魔并非寻常的魑魅魍魉，他们是比秃鹫更为可怕的捕食者。

借着身边手下开道，张暮如入无人之境。

血，染红了海滩，又很快被海水冲走。喊杀声响彻天际，却撕不开漫漫长夜。

人们从未感觉到自己与高阶妖魔之间有如此悬殊的差距。哪怕是在外面独当一面，来到九重渊后也未尝败绩的修士，在这样的攻势下，也有些左支右绌。

许静仙在杀死一个妖魔之后，又迎来四面夹击，她甚至顾不上转头去看长明。养真草的灵力还未彻底与身体相融，她感觉尚未能发挥出全力。

张暮眯起眼，视线落在混战中的一人身上——九方长明。

四非剑对妖魔而言是巨大的震慑。长明纵然灵力残缺，但有四非剑在手，加上御物化神之术，也能腾挪无碍。

就在四非剑将一个妖魔对半劈开时，张暮出手了。他穿过人海，迅捷如风，飘忽不定，上一刻还有数丈之遥，下一刻便到了长明身后。

他伸出手，这只手布满青筋，指甲乌黑，只要沾到发肤，就能将污秽魔气传给对方。他露出志在必得的表情，已经迫不及待想看这个干净的人被魔气污染，在地上痛苦哀号地翻滚了。

一道剑光射来！凌厉霸气，目空四野，带着横断四合八荒的决绝。

张暮神色凝重，他发现这道剑气居然突破了周身的屏障，不得不后退，暂时放弃美味猎物。

云海缓步走来，缩地成尺，瞬步千里，魔挡杀魔，神挡杀神。他的步履极稳，剑锋却极狠，灵力氤氲，无人敢掠其锋芒。

张暮看见他，却蓦地笑起来。在修士们且战且退，已不自觉缩成一个小圈时，他却忽然下令停止进攻。

他对云海笑道："没想到昔日道门首尊，竟是我同族中人，果真是极大的惊喜！只是你想护着他们，他们领你的情吗？"

张暮手指众人，毫不意外地看见许多人惊疑不定地望向云海，下意识地远离他。

云海孑然一身，面对群魔，他冷冷笑了一下，似根本不在意对方的话，手中的春朝剑慢慢抬起。

就在此时，一人越众而出。他不顾旁人眼光，走到云海身边，停住脚步，望向张暮。

第十七章 天垂城变故

"听说妖魔大多守诺,我想与你打个赌,若我赢你,你就罢手,如何?"

张暮冷冷道:"你有什么资格与我打赌?当日在七星台,若不是你太过狡猾,早已是死人了。"

"就凭我是昔日天下第一人九方长明,他的师父。这够不够资格?"

长明微微一笑,将旁人的喧哗抛诸脑后。

"你奚落本座爱徒,本座总不能坐视不管吧?"

第十八章 冰山渐显

许静仙自然知道九方长明。从寻常人家踏入修炼之门伊始，这个名字就会经常在她耳边被提起。

天下第一人、道门首尊、佛子、魔修宗师、儒家名士……很难想象这么多八竿子打不着的名头会同时落在一个人身上。因为九方长明与旁人的修炼轨迹不同，他先入道门，而后又入佛门，然后成了魔修，还进过儒门，折腾来折腾去，最后就成了四不靠的散修。

常人终其一生穷究一道已是极限，他居然门门都学，而且门门精通。为了笼络这位奇才，哪怕背地里不齿这种修炼之道，他改投的宗门依旧会竭尽全力捧着他，给予他无上尊荣。那些或明或暗的流言蜚语根本不敢放到台面上来。在九方长明的鼎盛时期，所有人，无论喜欢他或不喜欢他，是敌或是友，当着他的面，都要恭恭敬敬喊一声九方真人。

对许多人而言，这是一个遥不可及的传奇。许静仙也不例外，她不止一次看着各种话本上编排出来的传说，生出"修士当如是"的想法。在绝对的力量面前，一切不满的声音都会消失。世人畏他、谤他，可也敬他、服他。

万神山一役之后，九方长明陨落，活不见人，死不见尸。

有人说他死了，也有人将六合烛天阵的失败归咎于他。后面这种说法越来越盛行，许多新入门的修士不明就里，渐渐地，九方长明这个名字被钉在了耻辱柱上，成为人类与妖魔勾结的铁证。

崇拜追逐强者是所有种族的天性，修士也不例外。当强者从神坛跌落，他们心

中的高山坍塌，九方长明这个名字也就不再被提起，慢慢被遗忘了。

许静仙无论如何也无法将眼前这个病恹恹的男人，跟传说中的人物联系到一起。虽然两人同名，她一直也以为只是同名而已。谁能想到，同名就真的是同一人呢？！

那这么说——许静仙忽然想起，那一日在见血宗，长明和宗主之间的古怪氛围。

宗主是九方长明的弟子之一，这她知道。最初听见这件事时，她还在心里暗暗嘀咕，就宗主这喜怒无常的脾气，当年在九方真人面前也敢如此吗？

万万没想到，这师徒俩还真见面了。难怪宗主会让她带人来九重渊。

她尚且如此惊诧，旁人更不必说了，一时间，所有视线都落在长明身上，震惊的、怀疑的、好奇的，不一而足。

就连张暮那张狰狞的脸上也闪过一丝错愕："九方长明？"

愕然过后，他上下打量对方，讥诮嘲讽之意显露无遗。

"所谓世间第一人，竟是你这样的？你们修士全死绝了？你也配？"

一石激起千层浪，此话一出，人群沸腾起来。有些性子急的听不得这挑拨之言，当即就破口大骂。

长明不为所动，只看着张暮："你认识藏天吗？他是你的同族，还曾托我给你们带话。"

张暮面色微微一变。

长明："看来你果然认识。"

张暮："他如何了？"

长明不答反道："赌约。"

张暮冷笑："我是不会与你打赌的，有本事就凭实力撬开我的嘴，否则你们今日全都要死！"

"死"字还未说完，他身形一动，已至长明面前，手指紧跟着伸出，却抓了个空！

长明原地消失，张暮只抓到一具人形傀儡，薄纸化成碎片四散飘飞。

他猛地转身，黑色剑尖已到眉心！他只觉眉心一痛，急速后撤飘飞，他身旁那些手下要出手，却都被云海拦住。

眼看云海的身影淹没在黑衣妖魔之中，不知胜负生死，许静仙咬咬牙，心道，老娘可算是在你这边下注了，便也跃起飞过去。

长明与云海之间似乎早有默契，云海没有插手长明和张暮的斗法，只帮他拦住其他妖魔。而那两人的战场已从沙滩转移到海面。

众人遥遥望去，只见黑夜里剑光纵横交错。海浪为灵力所引，越发澎湃激昂，掀起滔天巨浪，一波接一波，几乎要将夜空覆盖。

昔日七星台上，张暮能一人力战群雄，修为自然不必说，哪怕众人不了解黑暗

深渊中妖魔的世界，也知道张暮的实力起码也是宗师级别了。

九方长明曾经威名赫赫，但曾经不代表现在，如今早已不是当年的光景了。在场绝大部分修士入门修炼期间，天下大局已定，各大宗门势力已成，他们不曾在九方长明的阴影下战战兢兢地修炼，自然也就体会不到当年此人是有何等威势，仅以名字就能让人退避三舍。

许静仙觉得自己那半截纱绫委实不大好用，说长不长，说短不短，也就是她现在修为大进，突破了瓶颈，还能勉强撑一阵，否则换作先前，早就败下来了。如果这一次他们能赢也就罢了，她跟在长明身边，说不定还能再挖到一棵养真草，如果输了，那可真是赔了夫人又折兵。

可长明，当真是那个九方长明吗？

传说变成现实，未免令人产生些许不真实感，兴许是因为，不久之前她还抓着对方的头发调戏之。一边打架一边走神，后果就是肩膀差点被长长的指甲抓破，幸好有人将她及时推开。

"愣什么神？！"

许静仙扭头一看，居然是何青墨。彩虹桥上萍水相逢的神霄仙府弟子，跳下镜湖之后就不知所终，他居然没死。让许静仙更意外的是，在许多人都袖手旁观的时候，何青墨竟然主动参与进来，在他后面，他的一个师弟也过来了。

其他人面面相觑，绝大多数人选择明哲保身，静观其变，但渐渐地，也有一小部分人加入进来，许静仙的压力一下子小了许多。至于云海——云海不见了，他去哪里了？

张暮本不相信对方能赢他，此刻他却无法确定了。

他发现他被困在虚空阵法之中，前后左右八个方位皆是长明持剑捏诀的模样，每个虚像手诀各不相同，但无论他朝哪个虚像进攻，所有攻势都会被反弹回来。

如此几次，张暮差点怀疑人生，他觉得他肯定是有什么细节遗漏了。这种阵法，除了需要灵力支撑，还需要强大的神识。张暮完全无法想象，对方的识海强大到如此地步，竟能将他困在这里，寸步难行。

识海……

他灵光一闪，似乎明白了什么，必然是一不留神，被对方乘虚而入。现在他所在的并非九重渊的迷雾之海，而是在长明的识海内。只要将识海打破，九方长明不单再也困不住他，而且还会因此神识受到重创。

昔日威名赫赫的宗师变成一个傻子，听上去似乎挺有趣的，不是吗？

张暮嘴角噙着一抹冷笑，忽然出手！他早已发现八个方位的虚像虽然看似毫无

第十八章 冰山渐显

破绽，实则有细节上的不同。其中东南方位者，同样是手持四非剑，但剑尖朝上，蓄势待发，随时可能出手。

但越是主动强势，就越是内里虚弱。尤其这个虚像，也许是因为灵力已支撑不住，呈现出比另外七个更浅的颜色。

张暮心念急转，出手如风，抓向东南位。虚像在他碰到的刹那间破碎消失。

果然！张暮一喜。

但他的喜悦维持不到半息。飓风自身后袭来，将他卷入旋涡之中，混乱中他以灵力抗衡，却发现其他七个虚影同时御剑朝他斩来！

方才是对方故意露出的破绽！张暮恍然大悟，但为时已晚。棋差一着，满盘皆输。他被四非剑由身后穿心而过，剑拔出来时，他亦从半空跌落入海。

但他的身体还未被海水浸泡就被人捞起，拽往岸边。张暮只觉身体剧痛，不仅是被剑穿过的胸口，还有掌心全都疼痛难忍。他费力掀开眼皮，看见掌心被长明用剑牢牢钉住，彻底失去反抗能力。

张暮想说点什么，张口却先吐出一大口血，他看见长明在身前蹲下。

"我认识藏天。"他听见对方说道，"那些人与你们合作不过是为了利益，一旦他们发现需要一个替死鬼，就会毫不犹豫把你们出卖。当年的玉汝镇血案，藏天就是这样死的。他临终前让我转告你们，不要轻易相信那些人。"

"咳咳，你错了，我从来就没有相信过他们！这是我们唯一的机会，离开黑暗深渊，来到人间，他们没有骗我……"

张暮脸上露出笑容，那是一种讥诮和嘲弄。

"你以为，杀了我，离开九重渊，就结束了吗？不，一切才刚刚开始，九重渊在你们看来已经足够宏伟庞大，但它不过是，计划中的一环。哈哈哈……你永远也想不到的！"

看来用藏天撬开他的嘴是不可能了。长明手下使力，令四非剑又深入一寸，灵力搅弄对方筋骨，饶是妖魔也经受不住，张暮痛苦闷哼，面容抽搐扭曲，眼神也开始涣散。

"他们是谁？除了迟碧江和司徒万壑，还有谁与你们合作？"

张暮自然是不会说的，他脸上露出毫不意外的神情，似乎在说"我早就知道你会提他们"。

血从他的嘴巴和鼻子不断涌出，他却还想嘲笑长明的愚蠢。

但长明问出这句话，仅仅是为了引出下面的——

"萧藏风？"

张暮的笑容僵住。重伤令他意识模糊，分不出更多的急智来掩饰表情，瞬间的

反应已经让长明知道答案。

长明："还有，若我没猜错，陈亭应该就是万剑仙宗宗主江离的化身分神。"

"我不会说的，有本事，你就自己去查。"张暮嘴唇张张合合，表情逐渐凝固，彻底没了声息。

另一边黑衣妖魔也被杀戮大半，许静仙见长明飘然落地，安然无恙，不由得大喜过望，抽出手来朝他奔来。

"明郎，你没事吧？"

长明"嗯"了一声，转头望向迷雾之海尽头。在那里，新的巨浪正慢慢涌过来，遥遥望去，速度似乎并不快，但其势之高、其声之大，居然远远超过方才。

若无意外，等到巨浪来袭时，这里的海滩将会被彻底淹没，变成泽国汪洋。

许静仙见状皱眉："怎么办，我们还要穿过迷雾吗？"

他们的确是通过迷雾才来到九重渊的，但上次穿越迷雾直接去了第三重渊，可见这里头变化万千，一个不小心又会重新绕进去，无穷无尽。

"尸虫！那些尸虫又来了！"

长明还未回答她，就听见谁突然喊了一声。许静仙面色大变，扭头果然看见夜色中一群莹莹之光自远处飞来，乍看星星点点甚为漂亮，但在场许多人都知道那是什么。

让人闻之色变、触之即死的萤火尸虫。

许静仙一看到萤火尸虫，就想起自己那半截纱绫。

长明对她道："跟我来！"

说罢，便当先御剑飞向巨浪来处，他的身影越来越远，最终没入海浪之中。

这种看上去纯粹找死的行为令许静仙愣了一瞬，随即跟过去。

离巨浪越近，风也越大。许静仙身形不稳，跌落海中，她咬咬牙眯起眼，硬着头皮顶着滔天风浪，将身体往下扎。

水，铺天盖地的水。身体彻底没入水中，受到来自四面八方的力道牵扯，她身不由己，只能随波逐流，以一点灵力护持周身保证神志清醒。但眼前天旋地转，阴阳不辨，很快就很难保持清醒，入门修炼这么多年来，她再次尝到小时候坐马车头晕恶心的那种感觉。

许静仙白眼一翻，终于彻底晕过去了。

再度醒来时，许静仙身体疲惫，但眼皮已经明显感觉到灼热刺痛。她有些难受，忍不住抬起手遮住眼睛，慢慢睁开，日光透过手指缝隙，直刺眼睛。

许静仙的意识慢慢回笼，坐起身举目四顾。

第十八章 冰山渐显

不远处，长明负手站在崖边，与那神霄仙府的何青墨在说话。云海则从另外一边走来，手里还拿着一束枯草，好像是去树林里摘了什么东西回来。

许静仙记得这里，他们先前就是从这里进入九重渊的。那悬崖下面云雾弥漫，正是九重渊的入口。也就是说，他们彻底离开那个可怕的地方了？

许静仙有些恍惚，甚至感觉像在做梦。如果时光倒流重来一回，她不确定自己还会不会选择站在长明一边，但可以确定的是，她这辈子绝不会再踏足此处。

绝不会。

何青墨与长明不知在说什么，朝许静仙这里看了一眼，似乎犹豫着要不要过来。最终他只是越过她走向云海，跟后者拱手告辞，然后御剑离去。

被忽视的许静仙心想：很好，以后看见神霄仙府的弟子，捉住一个折磨一个，捉住两个折磨一双。

她看向长明。后者随手用发带束住长发，但仍有些发丝逃逸出来，散落肩膀。宽衣长袍，迎风而立，果真有一代宗师的风采。

许静仙知道，长明先前力杀张暮的战绩，很快就会随着那些从九重渊逃出去的修士传遍天下。许多人都会知道九方长明死而复生，重现人间，只怕天下很快又会掀起风波。

她怔怔地望着对方，心绪起伏不定，带着劫后余生的唏嘘。

忽然，长明低头吐了口血，往后瘫坐在地上，毫无传说中宗师的形象。

许静仙所有的遐思瞬间灰飞烟灭："你方才不是跟没事人一样吗？"

长明抹去嘴角血沫："在仰慕者面前，风度绝不可少，忍也得忍着。"

许静仙："……"

他们在九重渊里遇到的事情太多了，众人各自分散之后又各有奇遇，三天三夜也讲不完，许静仙心中更是有许多疑问，尤其是张暮当着所有人的面说云海是同族的那件事，一直在她脑海里徘徊不去。

她抬眼就看见他朝她走来，那双眼睛里似有冰川雪海，令她血液凝结，问不出半句话。他没有在她身边停下，连注意力也丝毫未分散，径自走到长明面前。

"把衣服脱下来。"

许静仙听见他道，睁大眼睛，一下子就不困了。

长明也有些讶异："脱衣作甚？"

云未思淡淡道："你背后不是有伤口吗？"

那是之前跟张暮交手时被打伤的，火辣辣的，但尚可忍耐。

"被妖魔抓伤，须在三日内敷以猫爪草，否则毒入骨髓。"

长明笑道："我若毒入骨髓，发狂而死，岂非遂你所愿？还是说，你舍不得杀

为师了？"

他一边调笑，一边褪下衣裳，后背果然有几道伤痕，已经肿起，近乎发黑。许静仙见了都忍不住倒抽一口凉气，长明却只是将头发拢到身前，微微垂首方便对方上药，面色如常，若无其事。

云未思不语，似乎没听见长明的话。他摘下洗干净的枯草叶子，放入口中嚼碎，再吐出来，一点点抹在长明背上。

好端端一个上药的动作，却像是在轻柔摩挲。偏生云未思聚精会神，没有半点猥亵轻薄之意，却让旁观者老脸微红，目不转睛。

唯一的旁观者自然就是许仙子了。她自忖阅尽千帆，拜倒在自己石榴裙下的仰慕者如过江之鲫，能入她法眼的自然都是容貌身段上佳的才俊。但与眼前两人相比，许静仙竟觉得之前那些人完全是泥猪癞狗。

那段微微弯下的脖颈在日光下像是会发光，若有水珠泼上去，怕是半刻都留不住。几缕发丝被风吹散，从长明手里溜出来散落在肩膀上，霜白发尾落在上药者的手上，犹恋恋不舍，无声挽留。

许静仙有些口干舌燥。她后悔方才没有主动提出给长明上药，好摸一摸那皮肤是不是真如眼睛看见的那样滑腻，而不必像现在这样只能在内心垂涎，幻想自己化为上药的手。视线再往下，长明背部的伤口被草药覆盖，青色覆上原本的紫黑色，交错杂陈，素来喜欢美丽事物的许静仙竟半点也不觉得丑陋，反而怎么看都心旌摇动，色授魂与。

为何先前她会觉得长明不如云海好看呢？此人的漂亮分明是深藏在骨子里的，只有懂得发现与探究的人，才会发现这种不为人知的美妙，譬如她。

就在这时，云未思忽然转头，瞥了她一眼。

这一眼如冰水浇头，顿时让许静仙清醒过来。她这才发觉自己不知不觉凑近许多，手差点就伸出去了。

许静仙轻咳一声，假惺惺道："云道友累了吧？不如我来帮忙。"

云未思又看了她一眼，许静仙不敢再轻举妄动了。

她从先前张暮和长明的对话里，约莫知道了云未思的身份，但又觉得眼前这个人与一开始认识的"云海道友"有着明显的不同。

一个喜欢用笑脸掩盖意图，行事恣意妄为毫无底线，喜则爱极，怒则恨极。一个半句话不肯多说，看上去仙风道骨，但许静仙直觉他要比另一个可怕得多。

色心再大，不如命大。早知当日在凌波峰就该先借故把人给办了，生米煮成熟饭，也比现在看得见吃不着好。

思及凌波峰，许静仙倒是忽然有些想念了。她手下人不多，但大都是她的心腹，

连打扫的侍女都比外头漂亮，厨娘做菜的功夫也是别处比不上的，那都是她自故地找来的。虽说自从修炼起她就与家里断了联系，但这些年她出身豪富之家的习性未改，能穿好的用好的绝不肯委屈自己，也就是在九重渊里，朝不保夕，无暇顾及其他。这会儿脱离险境，许静仙就想起自己已多日没有洗澡，浑身上下难受得紧，连美人都无心欣赏了。

"许仙子，你可认识萧藏凤？"

许静仙正胡思乱想，闻言回过神来，长明的衣裳已重新穿上系好。她暗道可惜，嘴上回答："见过几面，不算熟。萧家在幽国当官，走的是儒门的路子，唯独萧藏凤不是。他少年时拜入万剑仙宗门下，而后力战几位成名高手。前几次的千林会，我曾见过他几面，此人风采绝伦，说话也好听，当然，不及明郎之万一。"

长明拢发的动作一顿，又是万剑仙宗。

许静仙嫣然一笑："细说起来，他与你还有些渊源。"

长明："哦？"

许静仙："萧藏凤曾与孙不苦交过手。我记得，不苦禅师也曾出自你的门下吧。"

长明："胜负如何？"

许静仙："不分上下。但也正因如此，萧藏凤的名声越来越大，同样被认为是奇才。据说此人喜爱游历各方，神龙见首不见尾，想要找到他很难。"

长明："那么，万象宫宫主迟碧江呢？"

许静仙微怔："迟碧江？她死了许多年了，如今的万象宫主人叫赵丝竹，是迟碧江的师妹。"

长明忍不住皱眉："万剑仙宗宗主江离，该不会也死了吧？"

许静仙："那倒没有，你不知当年六合烛天阵失败之后的事情吧。包括你在内，万神山死了许多修士，幸存者寥寥无几，万剑仙宗宗主江离是其中修为最高的人，但他也受了重伤，回去之后足足闭关十年方才出关。出关之后江离修为大进，比原先更为厉害，万剑仙宗也在那数十年间越发壮大，门下天资卓越的弟子比比皆是，萧藏凤便是其中之一。万剑仙宗如今俨然是天下第一宗门，隐隐有超越神霄仙府之势。"

长明："那陈亭呢？"

许静仙："跟我们一起在九重渊里的那个陈亭吗？他自称万剑仙宗弟子，但我从未见过，兴许是后进门的吧。不过他手里那把孤月剑我倒是认得，是昔年江离大弟子吕舒衡的佩剑。只是吕舒衡已经死去很多年了，照理说这把剑应该被封存起来的，也许是被重新拿出来赐给陈亭了吧。"

看来事情与他猜测的八九不离十。没有点本事的人根本不可能贸然闯入九重渊，如果陈亭真是万剑仙宗的人，一定不会是寂寂无名之辈，但既然许静仙没听说过，而

他手上又有掌门才能亲自启封的孤月剑，那就证明长明之前所推测的应该是对的——那个陈亭，极有可能就是江离的化身分神。

但事情没有那么容易解决。如果他直接找上万剑仙宗，非但见不到江离，还会生出许多事端。既然对方步步为营，煞费苦心设计这一切，又处处被他破坏，现在就连云未思也被他带出九重渊，那么，就算长明不去找他们，对方也迟早会找上门来。

他只想按照自己的步伐，去解开那些他想要知道的谜团。被困在黄泉的蛟龙，众法山脉地底咆哮的猛兽，还有张暮——

"不要走神。"

下巴被捏住，长明的神思被强行拉回，他发现许静仙不见了，只有云未思还在。

"她呢？"

"说要先回凌波峰。"云未思道。

方才许静仙与长明道别，他没听见，云未思和他说话，他也恍若未闻。云未思这才出手。

长明反手握住他的手腕，掀起袖子，上面那根红线已快到内关穴。

"怎会如此快？"

他记得上次那条红线才刚到郄门，如今才过去没多久，怎么就到内关了？

当红线延伸到掌心，便是成魔之时。

"无妨。"云未思倒是淡然，毫不在意，将手抽回来。

长明再看他眉心，不知何时竟已出现一道浅浅的红痕，浅淡得几乎看不出来，却很不寻常。长明记得很清楚，他在九重渊里见到云未思时，对方还没有这道红痕。

先前张暮讥讽云未思是同族，想必正是感觉到他身上隐隐的魔气波动。

云氏世世代代皆为人，无一丝妖魔血统，云未思的妖魔之血显然不是原来就有的。

"你在九重渊里遇到过什么？"

"我不记得了。"

还是那句话。云未思遗忘了许多记忆，都是他主动舍弃的，可并不意味着他愿意被人算计。通过虚无彼岸那些经历，无须长明说，他也知道当年那场变故里隐藏了许多秘密，说不定就连他镇守九重渊这件事，也早在计划之中。

如果身在局中而不去破解，这将成为他修炼的心障。所以云未思出来了，他想找到当年的真相。他想知道，缘何他对九方长明总有种怅然若失的感觉。

蛟龙龙倾对他说的那些话，他已经没有半点记忆。云未思总觉得，他似乎忘了一件非常重要的事情，而这件事情与眼前之人有关，哪怕他把人杀了，对方从此消逝于天地之间，这种感觉也并不会消失。

他想知道答案。

"你方才说到张暮。"

长明道:"不错,当日我离开黄泉,到七弦门落脚,随后七弦门大弟子刘细雨半夜惨死在外门后山,连魂魄都找不到。九重渊里,张暮也以同样的手法杀了悲树,我在悲树屋里发现一颗沧海月明,里面就有可以让人神志迷失的无求药。后来许静仙说,原本与刘细雨定亲的萧氏的嫁妆里,同样有一颗沧海月明。萧氏乃萧藏凤侄女,萧藏凤又是万剑仙宗的弟子。若是我们现在直接去找江离,显然是没有结果的。萧藏凤居无定所,一时也很难找到。七弦门既然差点与萧氏联姻,也许会有什么线索,不妨先从七弦门查起。"

云未思点点头,他对这些人都没什么印象,自然由长明决定。

"那就先去七弦门。"

(未完待续)

番外

因果

嶙峋怪异，火星四溅，这就是这座山的全貌。无论走到何处，放眼所及，火焰隐藏在地表之下，几欲喷射而出，长久的灼烧让石头通红薄透，隐约还能瞧见火星。别说赤足，就是穿着几尺厚的铁鞋，只怕脚也会瞬间被烫熟。

偏偏有人在山间行走，偏偏还是赤足。双足白皙不沾尘埃，就连脚底也未有泥秽。除此之外，他衣衫褴褛，额头热汗津津，从太阳穴滑向下巴、锁骨。他只顾往前走着，似乎感觉不到炎热。

九方长明觉得自己应该寻找点什么，但他记忆模糊，神思混沌，已然忘记了许多事情，有时候连出身来历也记不大清楚。

唯一深刻的印象，是一双眼睛。

久远的记忆里，他仿佛走在一条永远看不到尽头的路上，身后有人默默相送，那人容貌早已模糊，唯独那眼神，九方长明至今不能忘记。

缄默并非无情，也许更是无声的长情。可那人，到底是谁？

他长长吐出一口气。即便有灵力护体，身体也难免感到灼热难耐，仿佛每次呼出的不是内息，而是火星沫子。

黄泉便是如此。这里是死亡之地，也是妖魔横行的天涯海角，外面有修士前仆后继进来历练，被困在此处的人却千方百计想出去。

九方长明属于意外闯入，他遗失了大部分记忆，甚至神魂也有所缺失。他身受重伤，浑浑噩噩，流落黄泉不知今夕何夕。黑白晨昏，他只是漫无目的地走，直到他听见咆哮声。

那是来自地狱深渊的绝望哀号，是穷途末路的不甘挣扎，持续了很久的咆哮与呻吟能让在黄泉打滚、心肠早已麻木的人也为之动容。

他循声走去，越靠近叫声，地面也越滚烫。不远处，岩浆从山顶缺口溢出流下，浇灌在一条盘着的"麻绳"上。

那不是麻绳，是一条蛇，确切地说，是一条巨大的蛟龙。

那蛟龙已然失去昔日威风，瘦骨嶙峋地倚靠在火山下，它浑身被铁链捆住，那铁链隐隐有符箓封印加持，等闲人靠近不了，更勿论将铁链斩断。

黄泉本是无主之地，强者为尊，怎么会有一条蛟龙被锁在这里？九方长明不由得生起好奇之心，迈步走近。

似乎感觉到他的到来，蛟龙缓缓撑开恹恹无力的双目。它身上的鳞片被滚烫的熔岩浇过，生生烫得掉落下来，皮肉绽裂，以至于让长明起初以为它是条麻绳。

这是一种怎样的痛苦？求生不得，求死不能，神识依旧能感受躯壳的遭遇，却无法反抗，只能清醒承受。如果他是这条蛟龙，恐怕会想尽办法逃离，要么就想尽办法结束自己的性命。

"救我……"

他听见蛟龙的呐喊，无声的，通过识海传递过来。

"你，为何会被困于此处？"长明问道。

"我也不知……我原本在蓬莱湖修行，从未干过伤天害理之事，可那人、那人二话不说就将我捉来……已经好久好久了，没有人能来这里，除了你……救救我，只要能离开这里，我可以把蛟珠给你！"

蛟珠是蛟龙内丹，几乎凝聚了它毕生的修为，若有人想夺精怪内丹，那无异是想让对方修为尽弃。但这条蛟龙为了活命，宁肯将蛟珠交出来，可见此处对它而言，比变回小蛇从头开始，还要艰难千万倍。

长明怀疑它是因为作恶多端被人禁锢于此的，自然不肯轻易答应，但他长途跋涉，此时也有些累了，便困困地问道："捉你的人是谁？"

"我不知道，他太强了，我根本挡不住。他本来可以杀了我，取我内丹，但他没有，却将我捉到这里来，用铁链将我锁住，日日夜夜囚困我。呜呜呜，为何要如此对我？我想出去，如果不能出去，还不如让我死了吧！"

小孩儿般的哭泣让长明陷入沉默，他开始怀疑这条蛟龙的心智。将一条如此心智的蛟龙抓到此处，却不要它的内丹，更不要它堪称良药的一身皮肉，只将它困在这里，饱受折磨，这其中缘故，若非血海深仇，就是另有动机。

动机……他微微蹙眉，似乎捕捉到什么讯息，又很快一闪而过。

九方长明抬起手,将灵力聚集于手掌,试图将铁索劈断,但他很快发现,这铁索是万年寒冰所铸,寻常力量根本不可能将其劈开,除非是他那把四非剑。

但四非剑,早在他流落黄泉时就已遗失了。

四非剑……想到这把剑,他禁不住伸手捂住额头,想要阻挡突如其来的剧痛,余光一瞥,他看见蛟龙前爪绑着的白色剑穗。

"那是……春朝剑的剑穗?"

"你也认得吗?是一个叫云未思的人给我的,他说他欠我一个人情,拿剑穗当信物,你若认得他,就去告诉他,让他来救救我,我真的好难受……"

九方长明还待说什么,心头一点灵犀忽至,预感到身后危险降临,长明忍痛闪身,避开攻击,转身看见一只两人高的硕大鹰隼扑面而来,带钩的尖尖的鸟喙锐利如刀,凌厉带风,这一啄下来,估计半条命都没了。

长明赤手空拳,一掌拍过去,巨鹰毫毛都没掉一根。反是他全靠闪躲腾挪,才勉强避开攻击。

鹰隼鸟喙一张,火焰喷出,差点没将他的头发烧焦。

长明一跃而起,手中灵力凝聚成形,当头击向鹰隼,不料后者忽然仰头长啸,身形在半空逐渐变换为人形,然后又凭空消失在他眼前。

在身后!

脑海中警铃大作,长明正欲避开,身体却慢了半步,背后传来钻心剧痛,仿佛皮肉绽开,被一只手撕开探入。他踉跄往前跌倒,勉强避开要害,一时很难起身。身后压力陡至,他甚至还未来得及回头,脖颈就被紧紧捏住,下巴被迫抬起,看向眼前隐有鹰隼之相的人。

"不自量力!"

脸蓦地贴近,连气息都清晰可察,长明嘴角淌血,蜿蜒而下。他如今身负重伤,实力大不如前,连记忆都混混沌沌,自然不敌。但当他看见这条蛟龙,与它钩爪上的剑穗时,似乎许多回忆瞬间涌入脑海,碎片拼凑成形,逐渐变成一幅幅完整的画面。

"他是看守我的,快跑!"

"你打不过他的,先前有人靠近这里,都会被他杀掉……"

"你若认识云未思,就让那家伙来救我,他借过我的蛟珠,明明说过要还人情的!"

"记住,我叫龙倾!"

蛟龙的声音在长明的脑海不断响起,他抵挡不住鹰隼所化之人铺天盖地的攻势,不得不拖着受伤的躯体连连后退,一直退出火山范围。那鹰隼竟还不肯放过他,似要追杀到底,长明与之一场激战,最终重伤而逃,捡回一条命,却也因此徘徊生死之间,将好不容易回忆起来的零碎记忆又丢失大半，连带这条蛟龙和剑穗，也一并被遗忘在识海深处。

直到若干年以后，他深入九重渊，遇到云未思，与对方在虚无彼岸重回过去，方才想起黄泉深处，还有一条受困多年的蛟龙，还在等着他去救。

那条身躯庞大的蛟龙，心智却与单纯的小姑娘无异，只因天赋异禀，就被强行从蓬莱湖捉到黄泉，成为支撑六合烛天阵的一角，也成为阴谋者的棋子。

从那时起，九方长明就知道，他活着不仅仅是为了弥补师徒之间的遗憾，更要阻止阴谋滑向不可挽回的深渊，哪怕束缚这一切的铁索再坚固，亦必须由他来斩断！

图书在版编目（CIP）数据

参商. 上 / 梦溪石著. -- 北京：中国致公出版社，2022

ISBN 978-7-5145-1934-1

Ⅰ. ①参… Ⅱ. ①梦… Ⅲ. ①长篇小说－中国－当代 Ⅳ. ①I247.5

中国版本图书馆CIP数据核字(2022)第036873号

参商·上
SHENSHANG

梦溪石 著

出　　版	中国致公出版社	
	（北京市朝阳区八里庄西里100号住邦2000大厦1号楼西区21层）	
出　　品	湖北知音动漫有限公司	
	（武汉市东湖路179号）	
发　　行	中国致公出版社（010-66121708）	
作品企划	知音动漫图书·时代坊	
责任编辑	付　阳　高　瑞	
责任校对	邓新蓉	
装帧设计	秦天明	
责任印制	程　磊	
印　　刷	武汉鑫兢诚印刷有限公司	
版　　次	2022年9月第1版	
印　　次	2022年9月第1次印刷	
开　　本	710 mm×1000 mm　1/16	
印　　张	15	
字　　数	292千字	
书　　号	ISBN 978-7-5145-1934-1	
定　　价	45.00元	

版权所有，盗版必究（举报电话：027-68890818）
（如发现印装质量问题，请寄本公司调换，电话：027-68890818）